AU SECOURS DE GRACE

AU SECOURS DE GRACE (ACE SÉCURITÉ, TOME 1)

SUSAN STOKER

Ceci est une œuvre de fiction. Les noms, les personnages, les lieux et les événements sont le produit de l'imagination de l'auteur et sont utilisés à des fins narratives. Toute ressemblance avec des événements réels, des lieux ou des personnes vivantes ou ayant existé relèverait de la pure coïncidence.

Traduit de l'anglais (U.S.) par Lorraine Cocquelin pour Valentin Translation

Titre original : *Claiming Grace (Ace Security, Book 1)*

Aucun extrait de cette publication ne saurait être utilisé, reproduit ou transmis sans le consentement écrit de l'éditeur, sauf dans le cas de brèves citations illustrant des critiques, comme la loi l'autorise.

Ce livre est disponible seulement pour votre usage personnel. Il ne pourra pas être revendu ou offert à d'autres personnes. Si vous voulez partager ce livre avec une autre personne, veuillez acheter un exemplaire supplémentaire pour chaque destinataire. Si vous lisez ce livre et ne l'avez ni acheté, ni emprunté, ou s'il n'a pas été acheté pour votre utilisation personnelle, veuillez vous procurer votre propre exemplaire.

Merci de respecter le travail de l'auteur.

Conception de la couverture par Chris Mackey, AURA Design Group

La version anglaise de ce titre était initialement publiée par Amazon Publishing.

DU MÊME AUTEUR

Autres livres de Susan Stoker

Ace Sécurité

Au secours de Grace

Au secours de Alexis

Au secours de Chloe

Au secours de Felicity

Au secours de Sarah

Mercenaires Rebelles

Un Défenseur pour Allye

Un Défenseur pour Chloe

Un Défenseur pour Morgan

Un Défenseur pour Harlow

Un Défenseur pour Everly

Un Défenseur pour Zara

Un Défenseur pour Raven

Forces Très Spéciales Series

Un Protecteur Pour Caroline

Un Protecteur Pour Alabama

Un Protecteur Pour Fiona

Un Mari Pour Caroline

Un Protecteur Pour Summer

Un Protecteur Pour Cheyenne

Un Protecteur Pour Jessyka
Un Protecteur Pour Julie
Un Protecteur Pour Melody
Un Protecteur Pour the Future
Un Protecteur Pour Kiera
Un Protecteur Pour Dakota

Delta Force Heroes Series

Un héros pour Rayne
Un héros pour Emily
Un héros pour Harley
Un mari pour Emily
Un héros pour Kassie
Un héros pour Bryn
Un héros pour Casey
Un héros pour Wendy
Un héros pour Sadie (TBA)
Un héros pour Mary (Avril)
Un héros pour Macie (May)

PROLOGUE

Les trois hommes se rassemblèrent autour du cercueil, bien emmitouflés dans leurs blousons pour se protéger contre le vent frais printanier qui soufflait. Un employé du cimetière attendait non loin, à une distance respectueuse, que ses clients fassent leurs adieux.

Logan Anderson remua, mal à l'aise. Cela faisait des années qu'il n'avait pas vu ses frères, et il n'avait pas vraiment envie de renouer leur lien au-dessus de la tombe de leur père. Il lui était difficile, voire impossible, de choisir quelle émotion prévalait en lui. La colère, envers sa mère ; le chagrin, pour ce père loin duquel il avait grandi ; la honte, pour n'avoir pas contacté Blake et Nathan plus tôt ; la frustration, qu'il ressentait face à toute cette situation et qui pesait lourdement sur ses épaules. Les mains dans les poches, il se tenait voûté, à la fois pour se protéger de l'air glacial et sous le poids de ses émotions.

— On aurait dû être là, déclara-t-il à voix basse, les lèvres pincées, les poings serrés.

— Ne fais pas ça, répliqua Blake sur le ton de l'avertissement. On ignorait qu'elle allait faire ça.

— C'est des conneries et tu le sais. On était conscients que ça arriverait tôt ou tard. On n'aurait pas fui la ville sitôt notre bac en poche si on n'avait pas craint déjà qu'elle perde la boule un jour. Je n'aurais jamais cru que ce serait papa qui en ferait les frais, cela dit, ajouta-t-il, d'une voix pincée, cassante, qui se brisa sous l'effet du chagrin.

— Nous n'aurions rien pu faire. S'il n'était pas prêt à la quitter, rien de ce que nous aurions pu dire ne l'aurait convaincu de le faire, affirma Nathan.

— Peut-être. Peut-être pas. Mais imaginez si cela avait été possible ?

— Comment ça ? Logan ?

Il se tourna vers ses frères, qu'il n'avait vus que quelques fois depuis qu'il avait rejoint l'armée à dix-huit ans. Ils avaient un passé douloureux en commun, à esquiver les coups de leur mère, et craignaient trop que toutes les émotions négatives de cette époque leur reviennent en pleine face, voilà pourquoi ils n'avaient jamais été proches. Cependant, maintenant qu'il se tenait à leurs côtés, Logan le regrettait. Ils étaient ses frères, sa chair et son sang. Bien sûr, ils avaient leur lot de mauvais souvenirs partagés, mais il y en avait aussi des bons. Ils avaient toujours été les « Triplés Anderson ». Il aurait aimé revenir à cette époque. Ils étaient de faux triplés, nés à quelques minutes d'intervalle certes, mais ils ne se ressemblaient pas tant que ça, à part un air de famille.

Ils faisaient la même taille, avaient les mêmes cheveux châtain clair, mais les similitudes s'arrêtaient là. Nathan, le plus jeune, était grand et mince. Il avait passé l'essentiel de son enfance et de son adolescence à l'intérieur de chez lui, face à un ordinateur, ce qui l'avait tenu à l'écart de la ligne de mire de leur mère. Il apprenait vite et avait terminé le lycée haut la main. Il était passionné par les chiffres et ne s'en cachait pas. Grâce à une bourse d'études, il avait pu se rendre à l'université quand il avait quitté la ville, et trouver finalement un emploi de comptable. Il préférait sans doute se servir plutôt de sa tête que de ses muscles, en réaction à leur éducation, et aussi à cause de sa nature introvertie. D'après les rumeurs, Nathan était doué dans son travail, très doué, même.

Tout comme Logan, Blake avait rejoint l'armée aussitôt la fin de la terminale, mais il en était parti dès qu'il avait fait ses quatre années obligatoires. Il avait ensuite intégré une agence de détectives privés et s'occupait, à côté, de la sécurité d'événements ou de concerts d'envergure. Il avait gardé ses muscles acquis à l'armée, mais avait abandonné une partie de l'attitude de super macho qui allait avec, contrairement à son aîné, qui en faisait parfois étalage. Logan avait le sentiment que Blake s'était souvent senti perdu en grandissant, comme s'il n'avait pas sa place dans leur famille. Nathan était le plus intelligent, Logan le plus fort, et Blake ? Juste... Blake. En conséquence, il se mettait régulièrement en quatre pour se faire remarquer, déclenchant même des bagarres avec ses frères. Alors, leur mère essayait constamment de le discipliner, mais Logan protégeait généralement son petit frère du courroux de celle-ci.

Logan était le plus âgé, et avait l'allure du type qui vous couperait la gorge si vous vous retrouviez seul avec lui dans une ruelle sombre. Des tatouages, des muscles et l'attitude qui allait avec l'ensemble. Personne ne lui cherchait des poux. Il en était de même depuis le collège. Chaque fois que quelqu'un menaçait l'un de ses frères, Logan s'interposait pour le protéger. Que ce soit face à une petite brute à l'école ou leur mère à la maison, Logan se plaçait systématiquement entre eux et le danger. En conséquence, Blake et Nathan le considéraient comme un leader, et comptaient sur lui pour les tenir à l'écart des poings de leur mère.

— Blake, si tu avais appris combien la situation s'était aggravée entre nos parents ces dernières années, aurais-tu fait quelque chose ?

— Oui, répondit l'intéressé sans hésiter.

— Et toi, Nathan, si papa t'avait appelé pour t'informer que maman était devenue incontrôlable et qu'il craignait qu'elle commette une folie, est-ce que tu serais rentré à la maison ?

— Tu sais bien que oui, répliqua son frère, sans avoir besoin d'y réfléchir.

— Moi aussi. Alors pourquoi ne nous a-t-il rien dit ?

Ce n'était pas vraiment une question. Logan méditait surtout sur l'injustice de la vie par moments.

— Je ne l'avais pas souvent au téléphone, une fois tous les deux mois à peu près, mais c'était suffisant pour qu'il puisse me parler de sa situation. Chaque fois qu'on s'appelait, il semblait tellement fier de moi, de nous. Fier de savoir que nous étions partis pour faire bouger les choses. Il n'avait qu'un mot à dire, et n'importe lequel d'entre nous serait venu le sortir de là.

— Il avait honte, conclut Nathan. Honte de se faire frapper par sa femme. Qui l'aurait cru ? S'il était allé voir les flics, ils l'auraient regardé comme un sous-homme. Il craignait sans doute qu'on le considère de la même manière. Il n'y a pas vraiment de foyers pour hommes battus par ici. Il était coincé.

— Oui. C'est exactement ça.

Logan se concentra sur le cercueil.

— Sans oublier qu'il ne voulait pas nous voir retourner dans cette vie que nous avions laissée derrière nous. Mais pourquoi n'y a-t-il aucun foyer ? Pourquoi est-ce qu'il ne vient à l'idée de personne que les hommes aussi peuvent être battus ?

Ils se dévisagèrent tous les trois, mais aucun d'eux n'avait la réponse.

— Et si on faisait quelque chose pour y remédier ? suggéra Logan.

— Comme quoi ? répliqua Blake, la tête penchée sur le côté et les sourcils relevés. Que pouvons-nous y faire ?

— Ton boulot compte beaucoup pour toi ? rétorqua Logan, plutôt que de réagir directement à la question de son frère.

Blake haussa les épaules.

— Rester, partir, je m'en fiche.

— Et toi ? demanda Blake à Nathan. Tu aimes être un gratte-papier dans le Missouri ?

— Pas plus que ça.

— Dans deux mois, je pourrai quitter l'armée, les informa Logan.

— Qu'est-ce que tu suggères ? lança Nathan.

Une lueur, dans son regard, trahissait son intérêt.

— On a des compétences, affirma Logan. J'ai passé dix ans dans l'armée. J'ai fait deux périodes de service au Moyen-Orient. Je suis formé au combat rapproché, et j'ai déjà ma licence pour le port d'arme cachée. Blake, toi, tu y es resté quatre ans en tant qu'officier de police militaire. À côté de ça, tu as ta licence en informatique. Tu es un génie avec les ordinateurs, et tu serais excellent pour faire des recherches. Toi, Nathan, tu n'es pas un soldat comme nous, mais tes compétences en comptabilité nous sont nécessaires pour monter une entreprise et la faire tourner. Maman s'est suicidée après avoir tué papa. C'était lâche de sa part, je n'aurais jamais cru qu'elle le ferait, mais elle n'est plus là, et du coup, notre raison de quitter la ville ne l'est plus non plus.

Le corps raide de frustration et de colère, Logan serra les poings.

— Alors, revenons ici et montons notre propre société. *Ace Sécurité*. Du nom de papa. Vous savez aussi bien que moi que ce n'est pas la première fois qu'une femme tue son mari ou compagnon après des années de maltraitance. Nous pourrions offrir à des hommes un lieu de confiance, non moralisateur, où ils pourront trouver une assistance quand ils seront au bout du rouleau. Pas un foyer à proprement parler, mais un endroit où ils pourront se faire aider sans craindre le moindre jugement et déterminer avec eux la prochaine étape. Nous pouvons leur fournir de nouvelles identités pour qu'ils puissent recommencer leur vie ailleurs, les mettre en relation avec un avocat. Obtenir des ordonnances de restriction, leur procurer des logements sûrs, même leur servir de garde du corps, si c'est ce dont ils ont besoin.

Logan s'interrompit et essaya de jauger la réaction de ses frères. Nathan hocha la tête sans attendre, impatient de se lancer dans l'aventure, manifestement. Blake, en revanche, avait le visage fermé, inexpressif, et les bras croisés. Étonnamment, ce serait visiblement lui le plus difficile à convaincre.

— Les gars, vous avez conscience qu'il n'y a pas que les hommes qui ont besoin d'aide, ajouta Logan. Les gamins aussi se retrouvent coincés dans ces situations. C'était notre cas, et vous le savez. Si les hommes ont peur d'en parler, qu'en est-il des enfants, alors ? Qui se font frapper tous les jours, mais ne peuvent rien dire, de crainte qu'on se moque d'eux ou que ça n'aggrave le climat à la maison ? Nous pouvons faire quelque chose pour eux. Maman nous a intimidés et effrayés toute notre vie ou presque, mais nous pouvons maintenant essayer de faire en sorte que d'autres ne subissent pas les maltraitances des femmes de leur entourage... ou de n'importe qui d'autre, d'ailleurs.

Le vent siffla dans les branches des arbres au-dessus d'eux. Logan s'écarta de ses frères et posa la main sur le cercueil.

— Papa ne méritait pas ça. *Nous* ne méritions pas ça.

Sa voix n'était plus qu'un murmure, et il avait la tête basse. Sur un ton brisé, il ajouta :

— Je suis désolé de ne pas être revenu plus tôt, Ace.

— J'en suis.

Il y avait, dans le timbre de Nathan, une certaine dureté, inédite pour Logan.

— Tu as raison, Logan. Moi aussi, je parlais à papa tous les deux mois, et il n'a jamais rien dit. S'il avait fait le premier pas, nous aurions agi. Il a souffert en silence, comme nous, quand nous étions enfants. Nous non plus, à cette époque-là, n'avons rien raconté à personne. Peut-être que si nous l'avions fait, que si nous avions pu nous tourner vers quelqu'un, peut-être que les choses auraient été différentes. Mon boulot est merdique. Je déteste Saint-Louis. C'est crade et dangereux. L'été là-bas, c'est l'enfer, entre les inondations et l'humidité. J'ai un peu d'argent de côté. On peut s'en servir pour démarrer et ça peut nous aider à obtenir un prêt. Je peux faire le travail sur le terrain pour cette partie-là.

— Merci, Nate.

Les deux frères se tournèrent vers Blake. Le cadet de la famille s'était toujours montré plus prudent qu'eux. Il se mordillait la lèvre et regardait par-delà leurs têtes, méditant.

— Qu'est-ce qui t'inquiète ? voulut savoir Logan qui lui posa une main sur l'épaule.

— Ça ne va pas être facile. Les hommes maltraités depuis des années ne vont pas tout à coup faire le premier pas et demander de l'aide. Tout ce que tu as dit tout à l'heure est toujours valable. Ils se sentent honteux, et pas seulement parce qu'ils craignent qu'on ne les croie pas. Comment cela peut-il fonctionner si on n'a aucun client ?

— On va y arriver, affirma Logan, confiant. Avec toi, derrière ton clavier, à faire tes trucs, Nathan se chargeant de la paperasse et moi qui gère l'essentiel de la sécurité, ça va marcher.

— Je peux aussi aider pour la sécurité physique, grommela Blake. Je ne reste pas assis sur mon cul toute la journée, tu sais. J'ai toujours mes accréditations de quand j'étais policier dans l'armée.

Logan sourit. Il avait bien compris qu'il avait énervé son petit frère.

— Alors, tu marches ?

Blake soupira, mais hocha la tête.

— Oui, je marche. Comme si j'allais vous laisser seuls. Sans moi, vous vous feriez sans doute arrêter dans moins d'un mois.

Ils pouffèrent tous les trois, conscients qu'il avait très certainement raison.

Blake perdit son sourire le premier. Il prit une grande inspiration.

— Pour papa, affirma-t-il fermement. On le fait pour papa.

— Ace Sécurité. Ça me plaît, déclara Nathan.

Logan mit sa main à plat au-dessus du cercueil en acajou.

— Pour papa, répéta-t-il.

— Pour Ace, répliqua Blake, en posant sa paume sur celle de son frère.

— Pour toutes les familles maltraitées, jura Nathan, ajoutant sa main à la pile.

Les trois frères se dévisagèrent un long moment, se remémorant la douleur partagée à l'adolescence, leur résolution actuelle, et leur détermination à faire de cette aventure inédite un succès.

Conscients d'entamer bientôt une nouvelle vie, de tendre vers un nouveau but, les trois hommes s'écartèrent de la tombe de leur père. Ils s'en détournèrent d'un même geste et se dirigèrent vers le pick-up de Logan.

— Je vais mettre la machine en route, pour ce qui est des finances et de l'administratif, pour démarrer la société, indiqua Nathan à ses frères.

— Je vais nous trouver un lieu pour le bureau, ajouta Blake.

— Et moi, des endroits pour vivre. Ça va marcher, conclut Logan.

Ses frères acquiescèrent.

Et c'est ainsi que naquit *Ace Sécurité*. Logan n'avait certes pas pu protéger son père, mais il pourrait peut-être sauver quelqu'un d'autre.

1

Six mois plus tard

— Qu'est-ce qui vous est arrivé, à tous les deux, sérieux ?

Logan ignora la remarque de son ami Cole et continua à soulever sa barre de poids. Il n'avait plus revu Cole depuis son départ de la ville, dix ans plus tôt, mais dès qu'il avait franchi le seuil de *Rock Hard Gym*, ils avaient renoué comme si les années n'avaient pas filé. Évidemment, fidèle à lui-même, Cole ne laissa pas tomber le sujet.

— Vous étiez comme cul et chemise, au lycée. Tout le monde pensait que vous vous marieriez. Mais elle est restée ici, et toi, tu n'es jamais revenu. Et maintenant, ajouta Cole en agitant la main pour indiquer la femme séduisante qui était passée devant la salle de sport pour se rendre dans le café de l'autre côté de la rue, vous vous regardez à peine tous les deux. Je ne comprends pas.

Logan lâcha un soupir agacé, reposa la barre de poids et se tourna vers son ami.

— On a grandi.

— N'importe quoi.

— Écoute, Cole, cela n'a pas d'importance. Nous sommes plus vieux et plus avisés. Ce que nous avions au lycée, ce n'étaient que des trucs d'ados. Elle est restée ici, et j'ai pris le large. Fin de l'histoire.

Cole jaugea son ami d'un coup d'œil perspicace.

— Donc, tu veux dire que ce que toi et moi partagions, ce n'étaient que des trucs d'ados ?

— Non, bien sûr que non.

— Alors pourquoi est-ce que tu écartes votre passé commun de la sorte ?

Frustré, Logan mit sa main dans ses cheveux trempés de sueur et soupira.

— Parce que. Tu peux laisser tomber, s'il te plaît ?

— Tu sais que Felicity et Grace s'entendent très bien, n'est-ce pas ?

— Oui, et ?

— Et Felicity est la copropriétaire de cette salle, et nous sommes bons amis aussi. Felicity m'a raconté que Grace était contente d'apprendre que tu étais revenu en ville, mais qu'à cause de votre histoire elle n'était pas très emballée à l'idée de te parler. Vous avez réussi à vous éviter jusque-là, mais un jour, vous ne pourrez pas vous rater. Je ne voudrais pas que ça soit gênant.

— Ça ne le sera pas, répliqua Logan d'un ton ferme.

Pendant quelques instants, Cole ne dit rien, mais transperça Logan du regard. Enfin, il reprit à voix basse, afin que les autres clients ne puissent entendre.

— Ça n'a pas été facile pour elle depuis le lycée. Elle...

— Je ne veux pas le savoir, affirma Logan, résolu, coupant son ami. Ce n'est pas mon problème.

Il détestait voir la déception qu'exprimait le visage de

Cole, mais il avait de bonnes raisons de rester loin de Grace Mason.

— Ses parents...

— J'ai dit non, répéta-t-il, décidant, dans le même temps, de mettre un terme à sa séance d'entraînement matinal.

Il avait une tonne de trucs à faire ce jour-là, notamment accompagner un homme jusqu'à Denver, où il devait récupérer ses affaires dans la maison qu'il avait partagée avec son épouse, et sans se faire frapper par celle-ci.

Depuis deux mois qu'*Ace Sécurité* avait ouvert ses portes, ils avaient eu bien plus de travail qu'ils ne s'y attendaient. Car aussi bien des hommes que des femmes, partout dans le pays, avaient besoin de leurs services. Oh, ils avaient été très clairs sur ce point : leur cible principale, c'étaient les hommes, mais, le moment venu, aucun d'eux n'avait pu nier que, statistiquement, les femmes étaient plus nombreuses à se faire tabasser quotidiennement par un proche. Ils ne pouvaient pas tourner le dos à une dame en larmes et effrayée qui se présentait sur le pas de leur porte pour les supplier de la protéger, pas plus qu'ils ne pouvaient détourner le regard face à un crime en cours, pas s'ils pouvaient y faire quelque chose.

Comme Cole fronçait les sourcils, Logan lâcha un peu de lest.

— J'ai saisi. Elle a eu des problèmes. C'est notre cas à tous. Mais elle est célibataire, a un super boulot dans le cabinet d'architecte de ses parents et est bien plus riche que je ne le serai un jour. Elle fait pratiquement partie de la famille royale de Castle Rock. Elle n'a aucun souci à se faire. Elle n'a qu'à aller voir papa et maman, et ils régleront tous ses problèmes, comme ils l'ont toujours fait.

Cole secoua la tête, dégoûté, puis il tourna les talons et partit sans un mot.

Logan s'attendait à une réplique quelconque. Ce n'était pas le genre de Cole de ne pas dire sa façon de penser. Pourtant, Logan était soulagé d'avoir un peu de répit. Parler de Grace Mason avec qui que ce soit ne faisait pas partie des choses qu'il rêvait de faire. Jamais.

Comme si songer à elle l'avait fait apparaître, Logan la vit sortir du café. Elle ne souriait pas. À vrai dire, lors des rares occasions où il l'avait remarquée depuis leur retour en ville, à ses frères et lui, elle ne le faisait jamais. Il se souvenait de l'époque du lycée, où il trouvait qu'elle avait le plus joli sourire au monde. Il ne dévoilait pas toutes ses dents. C'était encore mieux que ça. Chaque fois qu'elle apercevait Logan, ses lèvres s'incurvaient légèrement, juste ce qu'il faut, et son visage s'illuminait. Cette joie avait disparu de ses traits à l'heure actuelle.

Elle se tourna dans la direction du *Cabinet d'Architecture Mason*, où elle travaillait de 8 heures à 17 heures chaque jour, et s'éloigna de lui.

Grace s'obligea à avaler une gorgée du *caramel macchiato* qu'elle tenait à la main, tandis qu'elle se dirigeait vers le cabinet d'architecte de ses parents. Elle détestait le café. L'abhorrait. Mais elle avait besoin de la caféine pour pouvoir fonctionner le matin. Voilà pourquoi elle choisissait la boisson au goût le plus suave et atténué que possible, afin de le rendre buvable.

Consciente que Logan Anderson se trouverait très certainement dans la salle de sport à côté du café, elle fit de son mieux pour ne pas lorgner avec envie du côté des fenêtres du lieu, qui reflétaient la rue. Elle savait qu'il n'y avait aucune chance qu'il soit en train de la regarder. Il n'avait laissé planer aucun doute sur le fait qu'il ne voulait rien avoir à faire avec elle, malgré ce qu'il avait dit avant de s'engager dans l'armée.

Elle avait fait sa connaissance en seconde, quand on l'avait chargée d'être sa tutrice. Par-dessus les récits de présidents décédés et de guerres d'autrefois, ils avaient noué des liens, qu'elle pensait indestructibles. Il n'en avait pas fallu beaucoup pour que leurs séances de tutorat ressemblent davantage à deux amis passant du temps ensemble. Grace n'était pas populaire, sans être mal-aimée pour autant. Elle était calme et réservée, comme ses parents l'exigeaient de sa part, et fréquenter Logan était excitant.

Il était plutôt brut de décoffrage, à l'époque. Ses frères et lui avaient sans arrêt des problèmes, commettaient des infractions mineures tels que vandalisme, consommation d'herbe et, parfois, intrusion. Un jour, elle lui avait demandé pourquoi il faisait toutes ces choses. Elle se souvenait encore de sa réponse, qui l'avait surprise.

Il avait dit :

— C'est ce qu'on attend de moi.

Elle comprenait, à présent.

Oh oui, elle comprenait.

À l'âge de vingt et un ans, elle avait obtenu sa licence en gestion. Ses parents lui avaient prévu un poste dans leur cabinet ; elle avait décidé de commencer là-bas, et de chercher un nouvel emploi une fois qu'elle aurait appris les bases. Un an plus tard, elle avait eu une conversation franche avec eux, déclarant qu'elle était une adulte, qu'elle n'avait plus besoin de leur aide et qu'elle allait se trouver un travail à Denver, ainsi qu'un appartement.

Margaret, sa mère, avait complètement perdu les pédales. Tout d'abord, elle avait fondu en larmes et affirmé qu'ils ne pourraient pas s'en sortir sans elle, qu'ils vieillissaient et qu'il fallait que Grace reste près d'eux pour pouvoir s'occuper d'eux. Comme ce chantage ne lui avait pas fait changer d'avis, ses parents l'avaient un jour prise entre quatre yeux pour lui expliquer qu'elle était une incompétente qui n'était pas encore prête à vivre sans eux. Elle n'avait toujours pas cédé, alors ses parents avaient opté pour une nouvelle tactique. Dès qu'elle s'était levée pour s'en aller, son père l'avait attrapée par le poignet, forcée à se rasseoir et menottée à son siège, avec ses bras derrière elle.

Ils l'avaient laissée ainsi toute la nuit. Le lendemain matin, ils l'avaient autorisée à utiliser les toilettes, puis ils l'avaient rattachée à la chaise.

Après sept jours de maltraitance psychologique, Grace avait eu sa dose. Elle s'était pliée à leurs désirs et avait accepté de rester à Castle Rock ainsi qu'au *Cabinet d'Architecture Mason* juste pour que ses parents se taisent. Cependant, cet instant avait signé le point de départ de sa rébellion interne. Elle aurait pu tolérer leurs critiques incessantes ; elle l'avait fait toute sa vie. Mais cette première nuit, quelque chose s'était libéré en elle. Cette escalade de la violence, le fait qu'ils soient allés jusqu'à l'attacher, lui avait fait prendre conscience qu'elle devait s'éloigner d'eux pour son propre bien.

Elle était restée une année supplémentaire chez eux, tout en laissant entendre l'air de rien à plusieurs reprises qu'il était étrange, pour une fille de son âge, d'habiter toujours avec ses parents. Par conséquent, et encore pour maintenir cette image de perfection face au monde extérieur qu'ils entretenaient, ils l'avaient autorisée à emménager dans un modeste appartement situé entre leur demeure et le cabinet. Ce n'était pas exactement ce que Grace avait voulu, néanmoins, elle acceptait avec bonheur la moindre parcelle de liberté.

Elle n'était pas affranchie pour autant. Ses parents la tenaient toujours en laisse. Ils la culpabilisaient pour l'obliger à assister à des dîners d'affaires chez eux, et dès qu'ils avaient un petit rhume, ils se comportaient comme s'ils étaient à l'article de la mort et la persuadaient de dormir dans son « ancienne » chambre et de les aider à la maison jusqu'à ce qu'ils se sentent mieux.

Elle avait tenté de se montrer forte face à leurs manipulations, mais elle cédait systématiquement. À chaque fois. Bien qu'elle dispose de son propre logement, elle passait presque plus de temps dans la maison de ses parents à les « aider » que dans son appartement.

Voilà pourquoi, si elle n'avait pas bien saisi la réponse de Logan à cette époque-là quand il lui avait dit qu'il faisait ce qu'on attendait de lui, à présent, elle la comprenait parfaitement.

Rester en ville à faire ce que ses parents exigeaient d'elle la rongeait à petit feu. Elle était la propriété de Margaret et Walter Mason. Ils étaient ses geôliers bien qu'elle n'habite pas officiellement sous leur toit, et tout le monde l'ignorait. Personne ne pouvait comprendre.

Grace soupira et déverrouilla la porte du bureau, qu'elle referma à clé derrière elle. Les locaux n'ouvraient que dans une heure et demie, mais elle venait toujours tôt. Toujours. Cette heure dont elle disposait avant l'arrivée de tous les autres était *à elle*. Elle pouvait réfléchir seule et faire ce qu'elle voulait sans crainte de représailles.

Elle ne se faisait pas d'illusions. Elle n'avait aucun véritable ami, à part Felicity. Tous les employés de ses parents l'espionnaient. Si elle répondait un peu vertement à un client, elle en entendait parler. Si sa pause du midi durait cinq minutes de trop, elle se faisait réprimander.

Alors, cette heure avant que les locaux n'ouvrent était à elle. À elle seule.

Elle alluma son ordinateur et se connecta à sa session. Ses parents pourraient voir qu'elle était arrivée à l'heure habituelle et présumeraient qu'elle travaillait. Elle lança également son logiciel de messagerie électronique et celui de conception, puis elle s'adossa à son siège et en sortit le portable dont ses parents ignoraient l'existence.

Son salaire était versé directement sur son compte à la banque du coin... un compte que son père surveillait de près. Si elle déboursait un dollar sans son approbation préalable, il la passait immédiatement sur le gril sans relâche et la faisait culpabiliser de s'être acheté quelque chose pour elle-même plutôt que d'aider ses « vieux » parents.

Grace avait appris à se montrer discrète. Elle n'avait pas le choix. Elle avait bientôt trente ans. Elle détestait devoir justifier de chaque cent dépensé auprès de ses parents. Chaque semaine, ils lui donnaient de « l'argent de poche ». Ils croyaient qu'elle utilisait cette somme pour s'offrir des vêtements neufs pour le travail et des repas au restaurant, notamment. Ce qu'elle faisait effectivement, mais elle en mettait aussi une partie sur un compte ouvert à son nom dans une grande banque de Denver. Au cours des cinq dernières années, elle s'était constitué un bas de laine conséquent. Cet argent, Walter et Margaret en ignoraient totalement l'existence.

S'acheter un portable avait été l'une des premières choses qu'elle avait faites avec ses économies. Un téléphone non surveillé et non payé par son père et sa mère. Les factures étaient envoyées chez Felicity, pour le cas où Margaret aurait l'idée de relever le courrier de sa fille pour se montrer « serviable ». Grâce à ce téléphone, Grace pouvait parler librement, surfer sur Internet autant qu'elle le désirait et prétendre qu'elle n'était pas totalement sous la coupe de ses parents autoritaires.

« *Déj aujourd'hui ?* »

Ce message bref la fit sourire. Felicity n'était pas du genre à mâcher ses mots.

Sans elle, Grace se serait sans doute suicidée, depuis le temps, sans exagérer. Felicity savait combien ses parents étaient manipulateurs, à quel point sa vie était étouffante, mais étonnamment, son amie s'en fichait, malgré sa nature très sociable.

Grace et Felicity étaient deux faces opposées. Bien qu'elles soient de taille équivalente, Felicity avait en comparaison une allure de culturiste. Elle était bardée de muscles, son corps était couvert de tatouages, elle portait principalement des tenues de sport et semblait ignorer la notion même de « mode ».

Grace pour sa part, n'avait jamais fait une seule heure de sport de toute sa vie, et, sans être en surpoids, elle avait quelques kilos en trop. Sa peau était blanche comme neige, et elle était toujours impeccable. Les cheveux parfaitement coiffés, les ongles vernis, les vêtements repassés, et elle avait constamment des talons aiguilles aux pieds.

Elles s'étaient rencontrées le jour où Cole, son associé, et elle étaient venus au cabinet, car ils cherchaient une personne capable de faire de leur rêve une réalité, en mesure de transformer ce bâtiment délabré au bout de la rue. Depuis lors, Felicity se plaignait d'avoir dû filer de l'argent à Margaret et Walter, même si leur entreprise avait fait un excellent travail de rénovation.

Grace tapa une réponse rapide.

Grace : « *Oui. Même heure, même endroit.* »
Felicity : « *RDV là-bas.* »

Grace sourit, contente de pouvoir parler avec Felicity. Elle détestait sa propre curiosité, cependant, elle désirait plus que tout entendre tous les ragots que son amie possédait sur les frères Anderson. Leur retour en ville pour monter une entreprise après le meurtre de leur père par leur mère avait surpris tout le monde, ici. Pourtant, non seulement ils étaient revenus, mais en plus leur boîte semblait florissante, jusqu'à présent.

Elle aurait pu se sentir jalouse du fait que les frères Anderson se soient libérés de leur mère tyrannique, mais elle s'y refusait. Elle était fière d'eux.

Logan avait changé. Elle l'avait vu à quelques reprises depuis son retour en ville. Il était plus endurci. Elle ne retrouvait plus en lui le garçon sympathique qu'elle avait connu pendant l'adolescence. Ce garçon, dont elle avait bêtement cru que l'amitié durerait éternellement. Celui dont elle rêvait, en secret, qu'il revienne la chercher après son entraînement de base et l'emmène loin d'ici.

Désormais, il avait toujours la mine sombre, des tatouages sur la peau et il faisait de la musculation chaque jour à la salle de sport de Felicity. Et jamais, pas une seule fois, il ne lui avait adressé ce discret mouvement du menton qu'il lui réservait en dehors de leurs séances de tutorat.

Ce garçon était parti, remplacé par un homme qu'elle ne connaissait pas.

Grace cliqua sur son profil Facebook. Elle n'était pas

sous son vrai nom, pour éviter que quelqu'un n'en parle à ses parents, et elle avait très peu d'amis. Cependant, elle aimait observer ce que les autres faisaient en dehors de sa propre vie restreinte. La page Facebook d'*Ace Sécurité* avait de plus en plus de « j'aime » chaque jour, et elle avait enregistré dans son portable la photo postée sur la page qui montrait Logan, Blake et Nathan devant leurs bureaux. Ils se tenaient les bras croisés et arboraient un visage sérieux. Bien qu'ils soient sexy tous les trois, Grace n'avait d'yeux que pour Logan. Il en avait toujours été ainsi.

Dommage qu'il la déteste.

2

— Des nouvelles de ta candidature ? demanda Felicity à voix basse, alors qu'elles déjeunaient au *Subway* quelques heures plus tard.

C'était une chaîne de sandwiches bon marché, et chaque dollar économisé était un dollar de plus qui finissait sur le compte secret de Grace pour son avenir.

— Non, mais ils ont dit que cela pouvait prendre quelques semaines.

— Es-tu sûre de vouloir étudier le marketing ?

— Oui, acquiesça Grace.

Avisant l'air triste de son amie, elle ressentit le besoin de la rassurer.

— Je me doute que je ne pourrai très certainement rien faire avec un diplôme dans ce domaine, mais pour une fois dans ma vie, juste une fois, j'ai envie de faire quelque chose que *j'ai* décidé.

— Je sais.

Il fallait qu'elle change de sujet avant que Felicity n'enchaîne sur ses parents et leur horrible caractère... encore une fois... Grace orienta la conversation dans une direction irrésistible pour son amie.

— Alors, Logan est venu ce matin encore ?
— Bien sûr. Et Cole a tenté de lui parler, mais...
— Il n'a rien dit à propos de... de moi... si ?
Felicity secoua la tête.
— Non. Mais ce n'est pas faute d'essayer. Logan a refusé net de discuter de toi. Il a envoyé balader Cole.

Lorsque Logan était revenu en ville, Felicity avait surpris Grace à se morfondre et lui avait tenu la jambe jusqu'à ce qu'elle crache le morceau. Grace avait tout raconté sur son histoire avec Logan.

— Je ne sais pas ce que j'ai fait, Leese. J'ignore ce que j'ai pu faire de si horrible qu'il refuse de me reparler. Je ne comprends pas.
— Tu n'as rien à voir avec ça, la calma immédiatement Felicity, en lui posant une main sur le bras. Ça vient de lui, pas de toi.

Grace haussa les épaules, peu convaincue. Elle ne croyait pas son amie. Il était impensable qu'un homme d'honneur comme Logan coupe court à une relation, à une amitié qui leur avait servi de refuge à tous les deux, sans raison. Grace se souvenait encore de leur conversation avant qu'il ne prenne le car pour l'armée comme si c'était hier. Elle s'était glissée en douce de chez elle pour le retrouver un matin près de l'arrêt de bus.

Face à face, Logan lui tenait les mains pendant qu'ils discutaient.
— Ne sois pas triste, Grace. Je t'écrirai dès que je serai arrivé. Tu en auras bientôt marre d'avoir de mes nouvelles.
Elle secoua la tête.

— Non, jamais. Je suis impatiente que tu me racontes tout. Tu me promets de ne pas m'oublier ?

— Je ne t'oublierai jamais. Je te le jure.

— Est-ce que ta mère était énervée que vous quittiez la ville, tous les trois ?

Logan haussa les épaules, indifférent.

— Pas plus que d'habitude. Elle a râlé et hurlé pour nous obliger à rester, mais rien n'aurait pu nous faire changer d'avis.

Grace lui retira sa main pour effleurer du pouce l'hématome qui se formait autour de son œil.

— Elle a râlé et hurlé, hein ?

Logan s'écarta de sa caresse et se pencha vers elle, front contre front.

— Ce n'est rien. Je me casse de cette ville, Grace. Je ne reviendrai pas. Tu vas aller à la fac de Denver. Tu restes habiter ici ?

— Oui. Mes parents sont d'avis que c'est ce qu'il y a de mieux.

— Quand je connaîtrai mon premier lieu d'affectation, tu voudrais me rendre visite ? Pour voir si on pourrait être... plus que des amis ?

— Tu le penses sincèrement ?

— Oh que oui ! Je t'aime beaucoup. Je n'ai rien fait, parce qu'on sait tous les deux qu'une relation ensemble ne fonctionnerait pas ici à cause de nos familles, et du fait que tu es riche et moi pauvre. Mais je t'aime vraiment. Beaucoup.

Grace rougit.

— Moi aussi, je t'adore. Et je serais très heureuse de venir te rendre visite quand tu auras fini ton entraînement et que tu seras devenu un véritable soldat.

Logan afficha un sourire, immense, comme Grace en avait rarement admiré sur ses lèvres. Il n'avait pas vraiment le genre de foyer qui poussait à l'insouciance.

— Moi aussi, j'aimerais te voir.

— Tu vas me manquer. Prends soin de toi, d'accord ?

— Promis. Toi aussi. Attends-moi, Grace Mason.

Elle avait hoché la tête, à court de mots.

Il s'était penché et l'avait embrassée un bref moment sur les lèvres. C'était leur premier attouchement qui dépassait des limites de l'amitié. Quand elle avait senti sa bouche sur la sienne, elle en avait eu la chair de poule et le souffle court.

Les derniers mots qu'il lui avait lancés avaient été « Je reste en contact ! » Puis il lui avait lâché la main, avait pris son sac en toile par terre et était monté dans le bus pour Denver.

Cependant, il n'avait pas tenu parole.

Ni par lettre.

Ni par téléphone.

Rien.

Tant pis pour ce qui était d'être plus que des amis.

— ... ce week-end, Cole a invité quelques personnes à la salle pour une fête à la lumière noire.

— Pardon. Qu'est-ce que tu as dit ? demanda Grace qui avait manqué une bonne partie de ce que son amie lui avait raconté.

— Cole a décidé que nous devions nous diversifier et essayer de nouvelles choses. Alors, samedi, on va faire une fête à la salle, une soirée avec lumière noire. La consigne, c'est que tout le monde doit porter du blanc... Ça va être génial. J'aimerais vraiment que tu sois présente.

— Je ne sais pas, Leese. Samedi ?

— Essaie, au moins, insista Felicity.

— Bradford vient dîner ce soir, lança tout à coup Grace.

Margaret tentait de la caser avec Bradford Grant depuis

un an et demi à présent. Grace n'avait rien contre celui-ci ; il était gentil, séduisant, et sa famille était riche comme Crésus… Mais il n'était pas son type d'homme.

Ses parents l'invitaient de plus en plus souvent, cependant, et Grace savait que ce n'était pas bon signe. Sa mère ne tolérait aucun refus, et si elle avait décidé que Bradford et sa fille sortiraient ensemble, eh bien, ils n'auraient plus qu'à s'exécuter. Point.

Ce qui n'ajoutait qu'un souci de plus à la liste de ce qui inquiétait Grace.

Elle ignorait ce qu'elle pourrait faire si elle se retrouvait contrainte d'épouser Bradford. Bien sûr, elle voulait un mari et une famille, mais pas un homme sélectionné par quelqu'un d'autre. Elle ne sortirait jamais de sa coupe, si elle acceptait le choix de sa mère. Jamais.

— Oh, merde. Bradford Grant ? Cet architecte avec un balai dans le cul ? s'exclama Felicity, incrédule, les yeux écarquillés.

Grace le lui confirma.

— Il n'est pas si mal que ça. Je ne crois pas. Il est même plutôt gentil. Mais il ne m'attire pas. Pas du tout.

— Laisse-moi deviner. Ta mère l'a invité et t'a dit qu'elle était incapable de préparer un simple dîner sans ton aide ?

Grace hocha à nouveau la tête, observant son amie, dont l'esprit semblait tourner à plein régime.

— Ce n'est pas bon signe. Tu sais qu'elle ne fait que te manipuler pour t'obliger à être là et te fourrer Bradford sous le nez.

— Je vais voir ce que je peux faire pour samedi, répliqua Grace, sans répondre à aucune remarque de son amie.

Grace était tout à fait consciente des manigances de sa mère… Même si elles l'affectaient toujours.

— Je peux t'y emmener, si tu veux. Tiens-moi au

courant. Je sais que tes vieux vont trouver le moyen de te convaincre de rester dormir chez eux ce week-end.

Felicity ne la lâcherait pas, même si Grace était contrainte de passer la nuit là-bas plutôt que dans son propre appartement. Felicity et elle avaient mis en place un système permettant à Grace de sortir en douce de chez ses parents une fois qu'ils étaient allés se coucher. Elles se retrouvaient alors au bout de la rue. Par chance, sa chambre était à l'opposé de la leur, dans l'immense demeure, et elle ne s'était jamais fait prendre.

— Je te tiens au courant. Merci, Leese. Je ne sais pas ce que je ferais sans toi.

Leur repas terminé, elles se levèrent. Felicity l'enlaça entre ses bras puissants. Puis elle se redressa, attrapa son amie par les épaules et la regarda très sérieusement.

— Je t'aime, Grace. Tu es l'une des personnes les plus honnêtes et pures que j'ai pu rencontrer de toute ma vie. Je déteste le fait que tu vives sous leur emprise. Je déteste le fait que tu doives passer plus de temps que nécessaire dans cette maison alors que tu devrais pouvoir savourer ta liberté et vivre comme tu le sens. Et je déteste tout particulièrement le fait que personne, à part Cole et moi, n'ait idée de l'enfer que tu traverses chaque jour de ta vie.

— Ce n'est rien.

— Ce n'est pas rien. Mais tu sais, Grace. Si tu as besoin de moi, il te suffit de m'appeler, d'accord ? Ou de m'envoyer un SMS. Ou un e-mail. Et je viendrai. Compris ? N'importe quand. Par tous les moyens.

— Merci. C'est... Ça compte beaucoup pour moi.

— Je m'en fous, je veux que tu acceptes.

Grace sourit face à la férocité de son amie.

— Je le ferai.

— Jure-le-moi, ordonna Felicity.

— Je te le jure.

Grace mentait, mais si Felicity se sentait mieux d'avoir cette promesse en poche, elle pouvait bien la lui faire.

— Merci. Viens, maintenant. Tu as 4 minutes et 10 secondes pour retourner travailler avant que les espions ne dénoncent ton retard.

Grace sourit, bien que son amie ait raison. Parfois, ça valait la peine d'être en retard. Parfois.

3

— Je ne sais pas pourquoi tu t'embêtes à fouiller cette maison, lança Logan à Blake en rentrant dans le bureau.

Blake, c'était le frère qui adorait percer les mystères, creuser, creuser, et encore plus jusqu'à connaître les réponses. Bien qu'ils n'aient démarré leur activité que huit semaines plus tôt, Blake avait déjà, sans l'aide de personne, trouvé les informations qui avaient contribué à résoudre plusieurs enquêtes, permettant ainsi à *Ace Sécurité* d'acquérir le respect des forces de police locales ainsi que des fédéraux.

Dans une de ces affaires, une femme de Colorado Springs harcelait son ex-compagnon et la nouvelle compagne de celui-ci depuis plusieurs mois. Elle avait commencé par quelques actes agaçants, tels que dégonfler les pneus de son ex, mais l'escalade s'était poursuivie jusqu'à ce qu'elle en vienne à se pointer chez le jeune couple en pleine nuit pour leur hurler des obscénités, leur faisant craindre pour leur vie. Blake avait déjà établi un lien entre cette ex-copine folle et un cas à Washington, où une femme s'était introduite chez son ex et avait tué sa nouvelle compagne. Cette femme avait disparu, mais Blake avait trouvé suffisamment de coïncidences pour alerter la police de Colorado Springs et le FBI. Cette femme était à présent en prison et serait bientôt extradée vers Washington pour y être inculpée de meurtre.

Connaissant la ténacité de Blake, il n'y avait rien d'étonnant à ce qu'il passe au peigne fin le bazar accumulé chez leurs parents au fil des ans. Logan, lui n'en avait rien à cirer. Il avait tout fait, ces dix dernières années, pour oublier son enfance, et il n'avait aucune envie de replonger dedans. Même pas pour son frère.

— Tu crois vraiment que tu vas dénicher quelque chose qui expliquerait pourquoi maman était une telle connasse violente ?

— Aucune idée, mais si je ne cherche pas, je ne trouverai rien, rétorqua Blake.

— Nous avons autre chose à faire, l'informa Logan d'une voix dure. Nous avons reçu deux nouvelles affaires hier.

— Je sais, et je suis dessus. Mais tu n'as pas envie de comprendre pourquoi maman était comme ça ?

— Non.

— Allez, Logan, tu...

— J'ai dit non.

— Très bien. Mais je n'arrêterai pas.

— Je m'en fous. Tant que tu n'amènes pas ça au boulot.

— Pas de problème.

— Tu veux vraiment rester dans ce taudis ? ajouta Logan.

C'était encore une chose qui lui trottait dans la tête. Lorsque les trois frères étaient retournés vivre à Castle Rock, Logan avait loué un appartement, Nathan acheté une petite maison. Blake, cependant, avait souhaité s'installer dans la maison de leur enfance, qui leur avait été léguée après la mort de leurs parents, afin de la remettre à neuf.

— Oui. C'est une belle bâtisse. Et le quartier est mieux qu'à l'époque où nous habitions ici. Je peux la rénover et en faire un truc super.

— Les souvenirs ne te gênent pas ? demanda Logan, curieux.

— Pas vraiment, répliqua Blake en secouant la tête. C'était avec toi que maman était la plus dure. Elle nous frappait aussi, Nathan et moi, je ne dis pas le contraire. Mais c'est toi qui prenais le plus cher. Peut-être parce que tu nous défendais sans arrêt.

Logan refusait de s'attarder sur la question. Il ne voulait pas faire remonter le souvenir de l'enfer qu'il avait vécu toute son enfance. En outre, il aurait fait n'importe quoi pour protéger ses frères. Il se sentait encore tellement coupable de l'époque où il ne pouvait rien faire pour eux ; cette mauvaise conscience formait comme une boule au fond de lui, qui menaçait d'exploser à tout moment. Cependant, il la ravala et haussa les épaules d'un air nonchalant.

— Peu importe. Mais ne t'attends pas à ce que Nathan ou moi venions traîner souvent par ici.

— Je ne vous le demanderai pas.

Sentant le besoin de changer de sujet, Logan reprit :

— Tu vas à la fête de Cole ce week-end ?

Blake haussa les épaules, peu concerné.

— Je n'y ai pas vraiment réfléchi. Peut-être. Et toi ?

— Oui. Ça sera une belle occasion de distribuer quelques cartes de visite.

Blake éclata de rire.

— Est-ce qu'il t'arrive de *ne pas* travailler ?

— Non.

— Alors, bonne chance. Et si je ne viens pas, tu salueras Cole pour moi.

— Ça marche. Tu crois que je peux persuader Nathan de m'accompagner ?

— Aucun risque. Tu sais qu'il déteste ce genre de choses.

— Danser, tu veux dire ?

— Danser. Parler avec des inconnus. La foule… Choisis ce qui te fait plaisir.

— Ça pourrait lui faire du bien.

— Peut-être, mais bonne chance à toi, si tu comptes le convaincre d'accepter.

Logan grommela tout bas. S'il n'avait pas été certain que Nathan était son frère, il aurait pu le croire adopté, tellement il était différent de Blake et lui. Il était replié sur lui-même, parlait doucement et plaidait rarement sa propre cause… Il ressemblait beaucoup à leur père. Cependant, il ne se laissait pas marcher sur les pieds. Logan l'avait vu tabasser un homme qui avait frappé son fils en public. Nathan n'avait aucun mal à prendre la défense de plus faible que lui, mais il semblait n'en avoir rien à cirer de ceux qui se moquaient de lui.

— Il acceptera peut-être, cette fois, rétorqua Logan, tout sourire.

— Tu n'arrêteras jamais de lui demander de sortir de sa zone de confort, hein ?

— Non.

— Bien. Il a besoin d'être un peu secoué. Il passe bien trop de temps avec ses chiffres adorés.

— Si tu trouves quoi que ce soit sur les nouvelles affaires, tu me tiens au courant ?

— Évidemment. Tu vas à Denver ?

— Oui. J'ai un rendez-vous avec un client potentiel. Sa fille le harcèle, conteste les dernières volontés de sa mère, disant qu'elle a été laissée sur le carreau et que son père lui doit tout.

— Quel âge a le père ?
— Quatre-vingt-trois ans.
— La vache, souffla Blake. Vas-y. Je garde le fort.
— Merci. À plus tard.
— Bye, Logan.

Logan quitta les locaux d'*Ace Sécurité* et s'approcha de sa bécane. Il ne la conduisait pas souvent, mais le temps était au beau fixe, et il avait bien besoin de faire de la moto.

Il avait vu Grace et Felicity déjeuner au *Subway* d'en face, avant d'entrer dans son bureau. Grace riait de quelque chose que lui avait dit son amie. Elle avait rejeté la tête en arrière et avait paru bien plus insouciante que depuis son retour en ville.

Il repensa à la Grace de son enfance. Elle avait été chaleureuse, joyeuse, et prête à lâcher tout ce qu'elle faisait pour lui parler dès qu'il en avait besoin. Elle l'avait écouté se plaindre de sa mère pendant des heures. Lorsqu'elle remarquait son coquard, elle allait lui chercher un pack de glace au bureau des infirmières, sans lui poser la moindre question.

Il connaissait son rêve de travailler au service marketing d'une grande entreprise et son désir de voyager. En plus d'une occasion, ils s'étaient demandé à quoi ressemblerait l'océan et ce que ça leur ferait de sentir le sable sous leurs pieds. À cette époque-là, les espoirs et les aspirations de Grace brillaient dans ses yeux, et il était persuadé qu'elle parviendrait à tous les réaliser.

Voilà pourquoi il avait été sidéré quand il était revenu à Castle Rock quelques mois plus tôt et qu'ils s'étaient croisés pour la première fois. Ils étaient à l'épicerie tous les deux, et, tandis qu'il tournait dans une allée, il avait percuté le chariot de Grace. Elle l'avait fixé, semblant vouloir lui dire quelque chose, mais lorsqu'elle avait découvert que c'était lui, elle s'était mordu la lèvre et avait filé dans une autre direction.

Ce n'était pas sa rebuffade immédiate qui avait inquiété Logan, mais bien son regard. La Grace qu'il avait connue au lycée avait disparu. Elle n'avait plus d'étoiles dans les yeux. Plus aucun rêve. Il aurait tout aussi bien pu être en présence d'un robot. Elle n'avait esquissé aucun sourire de bienvenue, elle l'avait juste fixé avec un visage dépourvu d'expression. Logan avait voulu dire quelque chose, mais il ne savait pas très bien quoi. Cependant, Grace avait disparu dans une autre allée avant qu'il n'ait pu prononcer un mot.

Tous les matins, il la regardait sortir du café en face de *Rock Hard Gym* et se rendre au travail. En sa qualité d'expert en matière de sécurité, il n'aimait déjà pas constater qu'elle se soumettait à une routine immuable, mais en tant qu'homme ayant cru un jour qu'ils finiraient leur vie ensemble, il exécrait encore plus le fait qu'elle semblait à peine vivre, mais plutôt suivre le mouvement, tout juste.

Elle arrivait peut-être à duper tous les autres, mais pas lui. Bien qu'elle lui ait lacéré le cœur, elle comptait toujours pour lui. Beaucoup trop. Il pensait s'être remis d'elle, mais dès l'instant où il l'avait vue, son attirance était revenue, comme pour se venger.

Grace avait une allure tout aussi impeccable qu'au lycée. Ses chemisiers étaient professionnels et semblaient faits sur mesure, elle portait de petits talons qui soulignaient ses mollets musclés, dévoilés par les jupes qu'elle revêtait chaque jour et qui lui arrivaient aux genoux. Ses cheveux châtain clair étaient attachés en un chignon au niveau de la nuque, qui donnait plus que tout à Logan l'envie de le détacher, pour passer ses mèches autour de son poignet et embrasser la jeune femme. Elle avait toujours été pulpeuse, et l'était encore aujourd'hui. Ses hanches étaient pleines, ses fesses se balançaient quand elle descendait la rue.

Son apparence n'était pas la seule chose qui l'intéressait. Il l'observait à distance depuis quelques mois, désormais. Elle était aimable avec toutes les personnes qu'elle croisait, s'arrêtant pour parler à un sans-abri âgé, qui attendait un matin à l'extérieur du café. Elle lui avait même offert à boire. Une autre fois, elle avait diverti le tout-petit d'une maman stressée tandis que cette dernière cherchait son portefeuille dans son sac.

Grace était calme et réservée, mais, tout comme à l'époque du lycée, elle se souciait sincèrement des gens qui l'entouraient. C'était un trait de caractère qui l'attirait encore aujourd'hui.

Il aurait peut-être réussi à l'oublier, si Felicity et Cole ne l'idolâtraient pas autant. Logan savait que tous les deux étaient durs à impressionner. Cole n'avait pas cessé d'essayer de découvrir ce qui s'était passé entre eux, et Felicity n'était pas loin derrière.

Voir Grace sourire et rire avec Felicity, toutefois, avait été comme un coup en plein ventre. Elle n'était visiblement pas aussi morte de l'intérieur qu'il l'avait cru. Néanmoins, ce n'était plus lui qui lui procurait cette joie. C'était douloureux à réaliser. Plus qu'il ne souhaitait l'admettre.

Il haussa les épaules et s'empara du casque passé autour de la poignée de sa Harley. Il savait qu'il devrait mettre cartes sur table avec Grace un jour ou l'autre. Il n'avait pas le choix. S'il désirait avancer dans la vie, s'il voulait pouvoir vivre dans la même ville qu'elle, il aurait besoin de réponses. Mais rien ne pressait. L'occasion viendrait. D'ici là, il avait un travail à faire.

Il fit vrombir le moteur de son énorme moto, savourant

la sensation de puissance sous ses cuisses. Il se dirigea vers l'autoroute et vers le nord, en direction de Denver, s'obligeant à repousser dans un coin de son esprit tout ce qui avait trait à Grace Mason, afin de se concentrer sur le rendez-vous à venir.

4

Grace était assise raide comme un piquet sur sa chaise, à écouter sa mère et Bradford discuter autour du dîner. Elle avait aidé en cuisine, veillant à ce que la cuisinière ait préparé la boisson préférée de Bradford. Elle avait également mis la table, aspiré la salle à manger et épousseté avant l'arrivée de leur invité. Bien que ses parents aient des domestiques, il y avait toujours des choses de dernière minute qu'il fallait « absolument » que Grace fasse.

— Quel est votre prochain projet, Bradford ?

— Je suis en train de finaliser les plans pour un nouveau complexe d'appartements à Denver, madame Mason. Ça fait partie du projet global d'embellissement du centre-ville.

— Ouah, c'est impressionnant, s'enthousiasma Margaret.

Bradford haussa les épaules, comme si ce n'était rien.

— J'aurais aimé pouvoir dire que je suis impliqué, mais ce serait mentir. L'essentiel du travail préparatoire pour ce projet a été réalisé par l'une de nos assistantes de direction. Elle est comme un bouledogue. Elle n'arrête jamais, même quand on lui claque la porte au nez.

— Tu vois, Grace ? Tu devrais être bien plus comme ça, la réprimanda son père. Si tu essayais un peu plus, tu ne serais plus dans le bureau de devant ; tu pourrais gravir les échelons.

Grace rougit, sans chercher toutefois à se défendre. Elle avait appris, au fil des ans, que cela ne servait à rien.

— Oh, je ne voulais pas dire… commença Bradford, mais Margaret l'interrompit.

— Tout va bien, Bradford. Grace sait très bien qu'elle a beaucoup de chemin à parcourir avant d'avoir l'étoffe d'une assistante de direction. Cependant, je pense qu'avec le bon mari à ses côtés, elle n'aurait pas autant de distractions.

Grace eut envie de mourir sur place. C'était déjà suffisamment désagréable d'entendre ses parents la dénigrer devant d'autres personnes, mais la jeter pratiquement dans les bras de Bradford, c'était encore plus méprisable.

— Je suis sûr qu'elle s'en sortira très bien, répliqua Bradford, qui essayait de se montrer conciliant. J'ai eu l'occasion de travailler avec elle à quelques reprises, et elle a toujours été parfaite.

— Merci, dit Grace d'une petite voix.

Bradford n'était pas un mauvais bougre. Il était charmant et n'abondait pas dans le sens de ses parents quand ils la rabaissaient. Il essayait toujours de changer de sujet ou de la complimenter. Cependant, elle ne ressentait rien pour lui. Aucune étincelle. Aucun désir de lui tenir la main. Aucune alchimie. S'imaginer coucher avec lui l'écœurait. Elle aurait l'impression de coucher avec son frère. Elle ignorait ce que Bradford ressentait pour elle, mais si elle devait faire une supposition, elle dirait qu'ils étaient sur la même longueur d'onde.

Car, lors des rares occasions où ils s'étaient retrouvés seuls en privé, il n'avait jamais franchi certaines limites ni essayé de l'embrasser. Ils avaient simplement parlé boutique ou de sujets sans importance. Ils s'appréciaient, et Grace le considérait comme un ami, en quelque sorte… même s'ils ne traînaient jamais ensemble. Elle était à l'aise avec lui et ne craignait jamais qu'il tente de l'embrasser ou d'aller plus loin. L'insistance de sa mère pour les faire sortir ensemble commençait à devenir gênante pour tous les deux.

Le reste du dîner fut un calvaire, mais enfin le dessert fut mangé, et Margaret recula sa chaise.

— C'était un véritable plaisir de vous revoir, Bradford. Dites à vos parents que je les appellerai bientôt, je vous prie. Ça fait longtemps que nous n'avons pas discuté.

— Je n'y manquerai pas, madame Mason. Merci pour ce charmant dîner.

— Appelez-moi Margaret. C'est de circonstance, après tout.

Sans leur laisser l'occasion de s'attarder sur ce commentaire sibyllin, elle enchaîna.

— Je suis un peu fatiguée. Nous allons vous laisser discuter encore tous les deux. Grace pourra vous raccompagner.

— Pas de problème. Merci pour tout.

Walter se leva et lui tendit la main.

— Merci d'être venu ce soir, Bradford. C'est toujours un plaisir de passer du temps avec une jeune personne aussi ambitieuse que vous. Grace aurait beaucoup à apprendre de vous.

Les petites piques de son père ne la décontenançaient plus. Grace garda le dos droit et un sourire poli aux lèvres tandis que ses parents quittaient la pièce. Puis, elle se tourna vers Bradford.

— Je suis désolée pour tout ça. Vraiment.

— Ce n'est pas grave, Grace. Je ne veux pas te mettre mal à l'aise, mais il faut que je te dise quelque chose. J'apprécie tes parents. À vrai dire, je les admire. Ils ont fait prospérer leur cabinet d'architecte jusqu'à ce qu'il ait pignon sur rue. Je sais que mes parents ne seraient pas arrivés là où ils en sont actuellement sans l'aide des tiens. Je ne sais pas comment te le dire, alors je vais y aller franchement : sortir avec toi ne m'intéresse pas.

— Je sais. Et moi aussi, je t'apprécie, mais pas comme ça, renchérit Grace tout de suite.

— Pfffiou ! souffla Bradford, en faisant semblant de s'essuyer le front de soulagement. Pendant un instant, j'ai cru qu'ils allaient faire sortir un prêtre de leur chapeau et insister pour qu'on se marie séance tenante.

Grace eut un petit rire.

— Bradford, je dois te prévenir qu'ils ne vont pas renoncer facilement à leur idée de nous caser ensemble.

— Appelle-moi Brad, s'il te plaît. Bradford, c'est trop guindé. Eh oui, je m'en suis rendu compte. Ils ne posséderaient pas l'un des cabinets d'architecture les plus renommés du Colorado s'ils n'étaient pas aussi tenaces. Ne t'en fais pas, la rassura-t-il en lui tapotant la main. Je suis sûr qu'ils renonceront à cette idée tôt ou tard. Tu me raccompagnes ?

Il recula sa chaise, posa sa serviette sur la table puis vint reculer celle de Grace. Elle se leva avec grâce et le suivit jusqu'à la porte d'entrée, une double porte ornée de fioritures. La Porsche de Brad était garée dans l'allée circulaire. Grace le suivit jusqu'à sa portière.

— N'aie pas l'air aussi inquiète, Grace. Tes parents sont des gens raisonnables. Ils finiront bien par comprendre que nous ne sommes que des amis.

Grace ne répondit pas, elle hocha simplement la tête. Elle laissa Brad l'embrasser sur la joue. Puis elle recula et le regarda sortir de l'allée, et resta jusqu'à ne plus voir la voiture.

Sachant ce qui l'attendait à présent, elle retourna sans grand enthousiasme dans la maison.

— Grace Mason, tu n'es qu'une ratée. Tu devais le faire aller dans le salon. Comment veux-tu qu'il apprenne à te connaître si tu ne passes pas du temps avec lui ? Et tu es restée raide à ses côtés, comme une planche frigide. La prochaine fois qu'il t'embrassera, tu l'embrasses en retour. Tu ne le mèneras jamais par le bout du nez si tu ne lui donnes pas un avant-goût de ce à quoi il aura droit quand vous serez mariés.

— Mais je ne veux pas l'épouser, protesta Grace d'une petite voix, ressentant le besoin de le verbaliser, tout en sachant que c'était inutile.

Margaret Mason balaya la remarque de sa fille d'un revers de la main. De multiples bagues brillaient à ses doigts.

— N'importe quoi. Tu ne sais pas ce que tu veux. Tu ne l'as jamais su. Tu es une femme faible incapable de prendre la moindre décision sans un homme à tes côtés. Bradford est celui dont tu as besoin. Sa famille est riche, et forger une alliance entre nos deux cabinets grâce à votre mariage nous rendra encore plus puissants. Tu feras ce que je te demande, ou bien tu le regretteras jusqu'à la fin de tes jours.

Comme Grace ne répondit pas, Margaret s'approcha pour l'attraper par le menton et lui faire relever la tête afin de la regarder dans les yeux.

— Suis-je claire ? Tu vas épouser Bradford Grant. C'est ce que tu as de mieux à faire, pour toi comme pour nous.

Les Grant ont l'argent dont nous avons besoin pour maintenir notre train de vie après notre retraite. Tu ne veux pas que nous soyons mis dans l'embarras, n'est-ce pas ?

— Bien sûr que non, répondit Grace.

Elle savait ce que sa mère voulait entendre.

— J'espère que tu n'envisages pas de rentrer chez toi à cette heure-là. Va dans ta chambre et repose-toi, Grace. Tu as d'énormes valises sous les yeux ; tu ne voudrais pas que les gens te voient comme ça. Tu en serais très embarrassée. Tu as pris du poids, aussi. Tout le monde le voit, des clients m'en ont même parlé. J'ai dit à la cuisinière que tu n'as pas besoin de déjeuner quand tu restes ici la nuit. Tu es en surpoids, tu nous fais honte. J'ose espérer que tu ne te gaves pas de beignets quand tu es seule chez toi. Si tu te réinstallais ici, je pourrais t'aider à prendre mieux soin de toi. Il faut que tu sois en bonne santé pour pouvoir t'occuper de nous quand nous en avons besoin. Est-ce que tu sais que j'ai ressenti des douleurs dans la poitrine l'autre jour ? C'était atroce, et je n'arrivais pas à te joindre.

» Oh, et j'espère que tu vas arrêter de déjeuner avec cette Felicity. Tu sais, cette fille couverte de ces horribles tatouages. Je ne comprends pas comment on peut vouloir marquer sa peau à vie avec ces immondes dessins. Elle est indigne de toi, et maintenant que tu vas te marier avec Bradford, tu ne dois rien faire qui porterait préjudice à ton image. Les gens se mettraient à parler dans ton dos et à confier leurs projets à d'autres personnes. Que nous arriverait-il, alors ? Le cabinet coulerait et nous serions sans un sou. Va, maintenant. Monte te reposer. Tu te sentiras mieux demain matin. On pourrait aller faire les magasins demain, je t'aiderai à trouver des vêtements plus flatteurs.

Grace ne répondit rien. Elle sortit calmement de la pièce

et monta l'escalier. Comme un automate, elle se déshabilla et se prépara pour la nuit. Il n'était que 20 h 30, mais c'était sans importance. Elle n'avait pas le courage de se disputer avec sa mère ce soir-là. Chaque fois qu'elle faisait preuve d'un peu de cran, Margaret étouffait sa bravade dans l'œuf en la faisant culpabiliser ou en crachant son venin, qui dévorait l'âme de Grace.

Elle avait déjà envisagé de disparaître avec tout l'argent qu'elle avait mis de côté, de se rendre sur la côte, pour enfoncer ses orteils dans le sable pour la première fois de sa vie, mais quelque chose l'en empêchait chaque fois. C'était comme si Margaret sentait qu'elle était allée trop loin et devenait tout à coup la « mère de l'année ». Elle affirmait être fière de Grace, être reconnaissante que sa fille habite dans la même ville qu'eux et puisse les aider quand ils en avaient besoin. Grace vivait pour les rares compliments que sa mère lui dispensait. Même si elle avait conscience de se faire manipuler, elle ne pouvait pas s'en empêcher.

Elle savait que Felicity ne comprenait pas, et elle n'était pas sûre de parvenir à le lui expliquer. Elle voulait partir. Voulait quitter l'emprise de ses parents. Mais chaque fois qu'elle trouvait le courage de le faire, sa mère avait désespérément besoin d'elle, et elle renonçait à s'en aller.

Elle avait vraiment été sur le point de s'en aller pour de bon, un jour. Elle avait préparé un sac en secret, qu'elle avait caché dans le coffre de sa voiture, et versé un dépôt de garantie pour un appartement à Denver. Pourtant, la veille de son départ supposé, le propriétaire l'avait appelée pour lui dire que le logement n'était plus libre.

Ce soir-là, au dîner, Margaret lui avait demandé comment s'était passée sa journée, puis avait claqué la langue, désapprobatrice.

— Grace, je ne sais pas ce qui t'est passé par la tête. Cet appartement à Denver n'était pas bien pour toi. Savais-tu qu'il y a six délinquants sexuels qui vivent dans cet immeuble ? Ce serait de la folie pour toi de t'installer là-bas. En plus, le trajet pour venir travailler ici serait bien trop long, et tu ne trouveras jamais un travail convenable là-bas. Walter et moi en avons discuté et sommes tombés d'accord pour dire que tu n'as pas toute ta tête. C'est pourquoi tu resteras le mois prochain au West Springs Hospital.

Le West Springs Hospital était un établissement psychiatrique à Grand Junction. Ses parents avaient réussi à convaincre un médecin – en le soudoyant, lui faisant du chantage ou le menaçant, certainement – de la faire admettre contre son gré via un formulaire particulier, qui ne permettait à l'hôpital de la garder que soixante-douze heures, mais elle avait tellement eu peur de la réaction de ses parents à sa sortie qu'elle avait dit aux médecins qu'elle souhaiterait rester trente jours de plus... exactement comme sa mère lui avait dit de le faire.

Ces quatre semaines et quelques passées aux côtés de personnes mentalement affectées, aux maladies légitimes et non internées de force comme elle, avaient été horribles. Elles avaient suffi à lui prouver qu'il était bien plus simple de faire ce que ses parents voulaient. En outre, à sa sortie, elle avait découvert que son père avait fait un tour aux urgences à cause de douleurs abdominales – causées, avait-il affirmé, par le stress et l'inquiétude qu'il se faisait pour sa fille.

Pour la première fois depuis bien longtemps, les pensées de Grace dérivèrent vers cet endroit sombre où elles avaient coutume d'aller avant sa rencontre avec Felicity, à l'époque où elle était seule et effrayée dans cet hôpital psychiatrique. Juste avant que Felicity ne lui donne un avant-goût de la femme que Grace avait toujours voulu être. Elle allait devoir renoncer à Felicity. À leurs déjeuners. À son rêve de travailler dans le marketing. À tout. Elle savait que ce n'était qu'une chimère, mais elle s'y était accrochée malgré tout. Ce soir-là lui avait prouvé que ça ne se ferait pas.

Margaret Mason parvenait toujours à ses fins. Toujours.

5

« Relève tes cheveux ce soir »

Grace fixa le texto. Elle était à son bureau. Un samedi, parce que sa mère avait décrété qu'elle devrait faire preuve d'esprit d'initiative. Elle irait sans doute jusqu'à vérifier les caméras de sécurité si par hasard Grace mentait et *prétendait* être allée travailler. Cela ne valait pas la peine. Dans la tête de Margaret, venir au cabinet le week-end démontrait, aux parents de Bradford, que Grace avait toutes les qualités d'une bonne épouse... même si elle ne désirait pas devenir celle de Brad.

Sa journée terminée, elle retournerait dans la maison de son enfance plutôt que chez elle. Elle aurait tellement voulu manger de la glace en regardant *Cendrillon* pour la millionième fois. C'était l'un de ses films préférés, car elle s'identifiait totalement à la pauvre Ella. Cependant, son père ne se sentait pas bien et lui avait demandé de venir lui préparer sa soupe aux nouilles et au poulet qu'elle seule savait cuisiner à la perfection, d'après lui. Elle avait accepté, galvanisée par le fait qu'il veuille quelque chose qu'elle seule pouvait lui apporter.

Comme il n'y avait personne au bureau, elle avait pris le risque de sortir son téléphone secret, pour voir si Felicity l'avait contactée. Elle n'avait pas déjeuné avec son ami le reste de la semaine, effrayée par ce que sa mère lui dirait si elle contrevenait à son ordre. Elles se parlaient encore par texto et e-mail, cependant.

Grace : « *Je ne suis pas sûre de pouvoir venir* »
  Felicity : « *N'imp. Tu viens* »
  Grace : « *Je ne peux pas* »
  Felicity : « *Tu vas chez tes parents ?* »
  Grace : « *Oui* »
  Felicity : « *Je serai dans ta rue à 8 h* »
  Grace : « *Leese, je ne peux pas* »
  Felicity : « *Si je ne te vois pas, je viens frapper à la porte* »

Grace soupira. Son amie le ferait. C'était parce que Felicity n'admettait aucun refus que Grace l'aimait autant.

Grace : « *Très bien. 8 h* »
  Felicity : « *Relève tes cheveux* »
  Grace : « *Je ne peux pas* »
  Felicity : « *Si. Je veux voir tes oiseaux sous la lumière noire. Personne n'en parlera à la sorcière* »

Grace se mordilla la lèvre. Elle adorait son tatouage. Elle avait dit un jour à Felicity qu'elle trouvait les siens magnifiques et qu'elle aurait bien aimé en avoir un. Tout était parti de là. Son amie avait insisté, l'avait amadouée et l'avait même littéralement brusquée pour qu'elle s'en fasse faire un. Elles s'étaient rendues à Denver un dimanche – Grace avait raconté à sa mère qu'elle allait rendre visite à Bradford –, et l'artiste qui avait fait l'essentiel du travail sur Felicity avait terminé le petit dessin en vingt minutes.

Il s'agissait de deux moineaux en plein vol, tatoués juste en dessous de la ligne de ses cheveux, au niveau de son cou. Margaret insistait pour que Grace porte un chignon bas tous les jours, prétendant que c'était une coiffure raffinée et convenable, si bien que les oiseaux étaient généralement cachés. Et même si la zone était dévoilée, cela n'avait pas d'importance, car le dessin avait été fait dans une encre spéciale visible seulement à la lumière noire.

Margaret péterait une durite si elle en découvrait l'existence. Littéralement. Elle ferait sans doute une crise cardiaque si elle apprenait que sa fille s'était fait marquer de manière permanente. Cette petite rébellion lui avait redonné le sourire pendant plusieurs jours. Pas tant à cause du tatouage lui-même, mais le fait d'avoir défié sa mère et de s'en être tirée. Ce n'était qu'un détail en matière de révolte face à ses parents stricts, mais c'était déjà ça.

Son téléphone vibra, annonçant l'arrivée d'un nouveau message de Felicity.

« Fais-le, garce :) »

Grace tapa rapidement sa réponse, sachant que son amie la harcèlerait jusqu'à ce qu'elle accepte.

. . .

Grace : « *D'accord, très bien* »
Felicity : « *Ne sois pas en retard. 8 h* »
Grace : « *Compte sur moi* »

Comme elle entendit le bruit d'un moteur à l'extérieur, elle remit en vitesse son portable secret dans son sac à main et se leva. Elle s'approcha des fenêtres du bureau et regarda dehors.

Logan Anderson.

Il venait de garer sa moto devant ses nouveaux bureaux, qui faisait partie de quelques entreprises situées presque en face du cabinet, et Grace était arrivée à l'instant où il faisait passer sa jambe par-dessus la selle de sa bécane.

Par tous les saints, il était en forme.

Grace le regarda de tout son saoul, sachant qu'il ne pouvait la voir derrière les vitres teintées du *Cabinet d'Architecture Mason*. Pour la première fois depuis qu'il était revenu en ville, elle put le détailler de la tête aux pieds.

Il portait un jean noir qui lui moulait les jambes. Elle ne distinguait pas bien ses cuisses, mais ses fesses étaient parfaitement soulignées par le vêtement. Il avait le genre d'arrière-train qui constituait un véritable appel à la caresse. Il se tourna vers sa bécane et détacha la lanière sous son menton.

Son tee-shirt manches courtes laissait voir ses biceps, qui fléchirent quand Logan passa le casque autour de la poignée de sa moto. Sous les yeux de Grace, il mit les deux bras au-dessus de sa tête et s'étira, pour se défaire visiblement des nœuds causés par sa balade.

Il se pencha en arrière, puis d'un côté et de l'autre, ce qui releva son haut et permit à Grace d'apercevoir un tatouage sur son flanc. À ce moment-là, Logan pivota, posa les paumes sur la selle de la moto et s'inclina vers l'avant. Grace saliva. Elle déglutit.

Le tee-shirt se souleva à nouveau, dévoilant les muscles puissants de son dos, mais, une nouvelle fois, ce fut le fessier qui attira son attention. Elle mourait d'envie de plonger les mains sous la ceinture du pantalon pour prendre les globes en coupe. Pour l'allumer, afin qu'il la plaque contre sa moto, lui relève la jupe, la débarrasse de sa culotte et...

Lorsque Logan se redressa et se dirigea vers l'entrée d'*Ace Sécurité*, Grace inspira longuement. Elle recula maladroitement, jusqu'à ce que l'arrière de ses cuisses trouve le coin de son bureau. Seigneur. Elle n'avait pas le droit de baver sur Logan Anderson. Il l'avait quittée bien des années plus tôt, sans un regard en arrière. Toutes ces belles paroles qu'il avait prononcées avant de monter dans le bus ne comptaient pas. Malgré tout, elle ressentait pour lui un désir qu'elle n'avait jamais éprouvé auparavant.

Elle avait eu quelques relations sexuelles. Sa mère n'en savait rien, préférant croire que sa fille était toujours aussi vierge que le jour de sa naissance, mais cela avait été, pour Grace, un nouveau moyen de défier Margaret. Elle était sortie avec un homme rencontré au travail, le fils du président d'un cabinet rival à Denver. Il était venu avec son père pour un rendez-vous. Ils avaient discuté, Grace avait dîné avec lui, puis l'avait suivi jusqu'à son appartement. Le sexe n'avait pas été génial, et elle était retournée chez elle en proie à un mélange d'émotions. Satisfaite d'avoir enfin perdu sa virginité, heureuse d'avoir réussi à contrecarrer les souhaits de sa mère, mais coupable en même temps. En dépit de la manière dont Margaret la traitait, Grace l'aimait et voulait la contenter pour gagner son affection.

Grace avait connu deux autres hommes, pour des résultats tout aussi médiocres. Elle ne détestait pas le sexe, non, mais les hommes qu'elle avait fréquentés s'étaient davantage intéressés à leur jouissance qu'à elle et son plaisir. Aucune de ses expériences n'avait été même agréable, pourtant, elle savait, sans la moindre hésitation, que coucher avec Logan n'aurait rien à voir. Elle *avait la certitude* que, quand il mettait une femme dans son lit, il ne la quittait que lorsqu'elle était éreintée et comblée.

Grace caressa son tatouage, ferma les yeux et soupira. Elle ne devait pas penser à Logan et à un lit. Ne devait pas se laisser aller à son désir de passer une nuit avec lui. Elle se refusait à y songer. Non. Hors de question.

Dès sa première rencontre avec Logan Anderson, quand, assis en face d'elle, il jouait les durs alors qu'elle tentait de lui enseigner l'histoire, elle avait été captivée. Il se comportait comme s'il se souciait pas mal de ses notes, mais à sa façon de l'écouter et de travailler dur pour saisir les concepts qu'elle lui expliquait, il avait été plus qu'évident qu'il était *loin* de s'en ficher. Plus elle apprenait à le connaître et le voyait prendre la défense de ses frères, les protéger, plus elle avait ressenti au fond d'elle le désir dévorant de posséder la même chose dans sa vie.

Pourtant, jamais il n'avait laissé entendre qu'il souhaitait avoir une relation autre qu'amicale avec elle. Grace n'avait pas insisté. Quand Margaret avait découvert à qui elle donnait des cours, elle l'avait mise en garde contre le temps qu'elle passerait avec ce « traîne-misère d'Anderson ». Elle avait ajouté qu'il ne ferait que tirer Grace vers le bas, et que ce serait mauvais pour une Mason d'être vue en compagnie d'un garçon du genre de Logan.

Au début, Grace s'était rebellée. Logan était un jeune homme bien. Drôle. Gentil. Protecteur. Elle avait défié sa mère, pour la première fois de sa vie ou presque. Cependant, quand Margaret avait affirmé que Walter n'avait qu'un coup de fil à passer pour faire perdre son travail au père de Logan, si Grace continuait à traîner autant avec ce dernier, elle avait cédé et divisé leurs séances de tutorat par deux.

Elle était toutefois incapable de rester loin de lui. Elle avait conscience de l'embrouiller. Bon sang, elle s'embrouillait elle-même. Et chaque fois qu'elle disait à Logan qu'elle ne lui donnerait plus aucun cours, il la taquinait, l'amadouait et se montrait drôle et gentil jusqu'à ce qu'elle accepte de le retrouver encore... et le cycle redémarrait. Il avait duré ainsi lors de leurs deux dernières années de lycée, et il avait fallu que sa mère menace de compromettre l'enrôlement de Logan dans l'armée pour que Grace mette fin une bonne fois pour toutes à leurs séances de tutorat.

Logan et ses frères n'avaient pas eu la vie facile. Il venait sans cesse à l'école avec des hématomes et des coupures. Grace savait chaque fois que c'était la mère de Logan qui s'en était pris à lui, mais elle n'avait jamais abordé le sujet, tout comme elle n'avait jamais parlé de sa propre mère, déçue de la femme qu'elle devenait. Ils n'avaient évoqué qu'en une seule occasion le foyer de Logan. Une unique occasion.

Ce jour-là, il s'était pointé au lycée avec un œil au beurre noir, si enflé qu'il en était presque fermé. D'après les rumeurs, il se serait battu avec plusieurs types de Denver, pourtant, Grace n'avait pu s'empêcher de lui demander la vérité, alors qu'ils étaient installés dans leur petit coin tranquille à la bibliothèque.

Ils avaient discuté pendant les quarante minutes prévues pour leur tutorat. Logan lui avait raconté les horreurs que sa mère faisait subir à son père. Que celui-ci et ses frères marchaient toujours sur des œufs en sa présence, ne sachant jamais ce qui la ferait basculer. Il lui avait expliqué qu'il avait récolté son coquard en protégeant ses frères du courroux de leur génitrice. Apparemment, Blake et Nathan n'avaient pas nettoyé leurs chambres à la hauteur des attentes de leur mère, qui s'était alors déchaînée sur eux. Logan s'était interposé et l'avait provoquée jusqu'à ce qu'elle s'intéresse à lui plutôt qu'à eux. Il avait fixé Grace droit dans les yeux à la fin de son histoire et lui avait avoué que, dès son bac en poche, il quitterait la ville sans jamais revenir.

Grace avait essayé de le réconforter, se disant que, de toutes les personnes présentes au lycée, elle était celle qui le comprenait le mieux. Bien sûr, ses parents ne la frappaient pas, mais ils savaient la taillader avec leurs paroles désobligeantes. C'était de sa faute à elle, en général, cela dit. Si elle était une meilleure fille, ils ne seraient pas contraints de lui faire remarquer toutes les fois où elle les mettait dans l'embarras. Ni à l'enfermer dans sa chambre quand elle les mécontentait, afin qu'ils n'aient pas à la regarder.

Le plus beau jour de son existence, et le pire avait été celui où Logan Anderson avait quitté Castle Rock. Elle savait qu'il lui manquerait horriblement et n'arrivait pas à imaginer qu'elle ne le reverrait plus aussi souvent. Mais il lui avait promis de rester en contact. Il lui avait affirmé qu'il la voulait dans sa vie. Alors, enfin, le souhait qu'elle avait eu pendant ces trois années de lycée allait être exaucé.

Sauf qu'il ne l'avait pas été.

Elle s'était répété ses paroles pendant des années... jusqu'à admettre finalement qu'il avait changé d'avis. Qu'il avait compris qu'elle n'en valait pas la peine. Ses parents avaient raison, elle était une déception pour toutes les personnes qui l'entouraient, et elle devait travailler plus dur pour les rendre fiers.

Elle retourna derrière son bureau et se réinstalla sur son siège. Elle devait se concentrer sur les e-mails qu'il lui fallait envoyer.

C'était une idée qui la turlupinait depuis des mois, à présent. Elle voulait savoir, affronter Logan et lui demander pourquoi. Pourquoi avait-il dit qu'il écrirait et n'en avait-il rien fait. Elle avait besoin de réponses, mais elle les craignait également.

Son petit côté rebelle était persuadé qu'elle méritait de comprendre pourquoi il l'avait si cruellement effacée de sa vie. C'était cette même facette qui s'était laissée convaincre par Felicity de se faire tatouer en secret. Celle qui avait accepté un dîner avec un parfait étranger puis un dernier verre dans son appartement. Celle qui l'encourageait à sortir en douce de la maison pour traîner avec sa seule et unique amie alors qu'elle était censée rester chez ses parents âgés à s'occuper d'eux et les rendre fiers.

Résolue, Grace prit une décision en une fraction de seconde.

Ce soir. Si Logan était présent à la fête dans la salle de sport, elle lui poserait la question. Elle voulait savoir. Avant de devoir épouser Bradford. Avant que sa mère et son père ne la tiennent totalement sous leur emprise. Elle avait besoin de savoir.

6

Logan se tenait au fond de la salle et savourait l'ambiance. Felicity et Cole s'étaient surpassés. Castle Rock n'était pas vraiment une plaque tournante, contrairement à Colorado Springs ou Denver ; ce qui se déroulait ce soir était une première pour la petite commune.

La boule à facette tournoyait au-dessus de leurs têtes, éclairée par des rayons blancs. Les néons au plafond avaient été remplacés par des lumières noires, causant un mélange perturbant d'éclats pourpres et de cercles tourbillonnants. Avant de laisser entrer qui que ce soit dans le local, Felicity s'assurait même, pour des raisons évidentes, que personne ne souffrait d'épilepsie.

En outre, tout le monde portait du blanc. S'ils n'en avaient pas à leur arrivée, Cole et Felicity fournissaient des tee-shirts pour les hommes ou des écharpes pour les femmes, immaculés bien sûr. Il en résultait un visuel spectaculaire, qui surclassait les boîtes dans lesquelles Logan s'était rendu.

La salle n'était pas surpeuplée, mais étonnamment, Nathan avait décidé de venir en compagnie de Blake, et la majorité des habitués s'était déplacée. Cole avait amené une glacière remplie de glaçons et de bières, et Felicity s'était chargée du reste, y compris des softs et de l'eau pour ceux qui conduisaient ou surveillaient leur apport en calories. Felicity et Cole ne possédaient pas vraiment d'autorisation pour vendre de l'alcool, mais tant que tout le monde se tenait, ils pensaient pouvoir invoquer la « simple sauterie » s'ils se faisaient contrôler.

Sa bière Lone Star à la main, Logan regardait les nouveaux fêtards sourire béatement à leur entrée dans le local, avant de s'y enfoncer pour aller saluer leurs amis. La musique était forte, mais pas excessivement. Personne ne dansait encore, mais ce n'était sans doute qu'une question de temps.

Logan avait une conscience aiguë de Grace Mason, qui se tenait de l'autre côté de la salle. Elle était arrivée en compagnie de Felicity et portait un débardeur blanc sur un jean. Il pouvait compter sur les doigts d'une seule main le nombre de fois où il l'avait vue vêtue d'une manière aussi décontractée. Même au lycée, Grace mettait des pantalons élégants et des chemisiers. Ses cheveux étaient également parfaitement coiffés, ses habits soigneusement repassés et ses pieds chaussés de talons bas.

Mais ce soir, elle était... magnifique. Elle semblait plus accessible, plus facile à aborder. Logan se trémoussa, mal à l'aise et frustré que cette fille ait encore un quelconque pouvoir sur lui. Il la voulait malgré tout ce qui s'était produit. L'attirance avec laquelle ils avaient joué tant d'années auparavant était toujours présente. Voire bien plus forte, de son côté. Grace Mason avait grandi. Elle n'était plus une jeune fille, elle était une femme, à présent, et il mourait d'envie de la toucher. Mais pas que. Chaque fois qu'il la voyait parler avec un autre homme, il n'avait qu'un seul désir : se ruer à l'autre bout de la pièce pour frapper le type qui avait le malheur de se tenir aussi près de la femme qu'il voulait pour lui-même. C'était irrationnel au possible.

Pas un jour ne s'était écoulé sans qu'il ne pense à Grace. Il se demandait où elle était, ce qu'elle faisait, avec qui elle se trouvait. Du moins, les premières années.

Avec le temps, la distance s'était agrandie. Il avait cessé de la voir en chaque brune qu'il croisait. Il avait même fini par arrêter d'attendre son courrier, quand il ouvrait sa boîte aux lettres. Et il ne s'interrogeait plus que de temps en temps sur ce que leur histoire aurait pu donner.

Cependant, ce soir-là, elle était à couper le souffle. Ses cheveux étaient relevés en une simple queue de cheval haute, dévoilant sa nuque fine, sur laquelle il avait très envie d'aller poser les lèvres et d'appliquer un suçon pour que tout le monde sache qu'elle était prise. Son débardeur était rentré dans son jean, fermé par une énorme ceinture noire. Le pantalon, justement, était d'une coupe fuselée et descendait jusqu'à ses tongs. Sa tenue n'était pas sexy. Grace n'essayait pas d'attirer l'attention sur elle, vêtue ainsi... et pourtant, elle brillait de mille éclats.

Logan ne pouvait pas s'empêcher de fixer ses pieds. Jamais, pas une seule fois dans sa vie, il ne l'avait vue porter des tongs. Même depuis l'autre côté de la pièce, il pouvait distinguer ses orteils sexy. Elle rit de quelque chose que lui disait Felicity, et ses dents blanches luisirent clairement sous les lumières noires.

— Pourquoi est-ce que tu ne vas pas lui parler ?

Cette question le sortit brutalement de son introspection. Il se tourna vers Cole, qui s'était approché de lui.

— Je ne veux pas.

Cole éclata de rire comme si Logan était l'homme le plus drôle de la Terre.

— Oui, c'est ça. Tu en meurs d'envie. C'est évident pour tout le monde.

Logan se renfrogna et croisa les bras avant de lancer un regard peu amène vers Grace et Felicity.

— Pourquoi tu me saoules avec ça, Cole ? Est-ce qu'on n'a pas déjà eu cette conversation ? Laisse tomber.

Plutôt que de répondre, Cole s'adossa au mur, imitant la position de Logan, puis indiqua les deux femmes du menton.

— Felicity est allée la chercher ce soir. Elle s'est garée au bas de la rue et a attendu que Grace se glisse en douce de cette satanée maison, dans laquelle elle passe plus d'heures que dans son propre appartement. Elle s'est faufilée par sa fenêtre et a retrouvé Felicity loin de la porte.

— Elle n'avait pas envie que papa et maman apprennent qu'elle s'encanaille ? se moqua Logan.

Il ignorait pourquoi il se comportait comme un connard. Après tout, il souhaitait vraiment aller parler à Grace, réapprendre à la connaître, découvrir si leur lien était toujours présent. Mais il craignait, en s'approchant d'elle, de s'entendre dire qu'elle ne voulait plus rien avoir à faire avec lui. C'était insensé. Il était un soldat dur à cuire. Il ne devrait pas agir en poule mouillée à l'idée d'une simple conversation.

Tout à coup, Cole eut l'air énervé.

— Fait chier. Écoute-moi bien, ordonna-t-il en se redressant pour le fusiller du regard. Felicity garde des vêtements dans sa voiture pour Grace, parce que si Margaret Mason trouve une paire de tongs ou un jean dans le placard de sa fille chez eux, ou lors des nombreuses visites surprises qu'elle s'offre à l'appartement de sa fille, elle va péter un câble. Tu te crois malin, tu penses avoir tout compris de Grace, mais moi, je te dis que tu n'as saisi que dalle. Je n'avais jamais vu une femme aussi perdue qu'elle de toute ma vie.

Logan indiqua l'intéressée qui pouffait et riait avec Felicity.

— Sans déconner ? Car elle n'a pas l'air du tout perdue, là.

— C'est parce que tu n'observes pas d'assez près, rétorqua Cole avec conviction, en tapant sur le mur pour souligner son propos. D'après les rumeurs, elle serait pratiquement fiancée à Bradford Grant.

Logan lança un regard acéré à son ami.

— Bradford ?

— Papa et maman veulent de ce mariage, alors il aura bien lieu.

Se tournant à nouveau vers Grace, Logan marmonna :

— C'est logique. Il est blindé, elle aussi. Ils vont former un super couple... *Aïe !*

Logan s'écarta de Cole, qui l'avait frappé à l'arrière du crâne. Il frotta la zone.

— Qu'est-ce qui te prend ?

— Tu ne m'écoutes pas ! répliqua Cole.

— Si, mais tu t'exprimes en langage codé. Crache le morceau, putain.

Logan était énervé. Il détestait les petits jeux. Il était du genre tout noir ou tout blanc. En outre, imaginer Bradford Grant et Grace ensemble lui donnait envie d'aller trouver le futur marié pour le battre comme plâtre afin de lui faire regretter de lui voler ce qui lui appartenait. Il fut surpris de sa façon de penser, mais il n'avait pas le temps de s'y attarder.

— Grace Mason est tellement sous la coupe de ses parents qu'elle étouffe. Elle se noie, et chaque jour qui passe est un jour de plus où elle s'enfonce. Elle a un si grand besoin de leur approbation qu'elle est prête à renoncer à sa propre vie. Ils la manipulent depuis sa naissance et lui font du chantage sentimental pour obtenir d'elle ce qu'ils veulent. Grace ne possède même pas un simple jean, Logan, parce que son père et sa mère lui ont dit qu'elle ressemble à une pute quand elle en porte.

» Elle est la propriété de ses parents dans tous les domaines de son existence. Et si tu ne te sors pas la tête du cul très vite, elle va épouser Bradford Grant avant la fin de l'année. Et alors, elle sera perdue à jamais, pour toi, et pour Felicity. Le plus merdique dans l'histoire, c'est qu'elle le sait. Oui, elle rit, en ce moment. Mais si tu y regardes de plus près, tu verras que ce n'est qu'un rire de façade.

Logan étudia son ami de près, les yeux plissés, puis il se tourna à nouveau vers Grace. Il fit de son mieux pour mettre de côté sa colère déraisonnable à l'idée que Grace sorte avec un autre que lui, et il la détailla comme un détective privé le devrait. Que voyait Cole que ses propres souvenirs et sentiments lui avaient caché ?

Moins de quinze mètres les séparaient. Elle était adossée au mur, les pieds croisés. Maintenant que Logan se concentrait sur le langage corporel de Grace, il comprenait enfin ce que Cole voulait dire. Une de ses mains tenait une boisson alcoolisée très sucrée, tandis que l'autre s'agitait sans cesse, nerveusement. Elle se frottait la nuque, jouait avec la boucle de sa ceinture, s'essuyait la paume sur son jean. Ses yeux parcouraient continuellement la pièce, comme si elle cherchait quelqu'un… ou craignait que quelqu'un n'apparaisse. Elle riait et souriait, mais se mordait aussi la lèvre anxieusement. Elle avait les épaules voûtées, comme si elle se sentait mal dans sa peau, et qu'elle aurait aimé être ailleurs.

— Qu'est-ce qui lui arrive ? demanda Logan à Cole, alors que son sentiment protecteur à l'égard de la jeune femme remontait tout à coup, comme une vague venant s'écraser contre ses falaises intérieures.

Il s'était juré de ne plus s'engager sur ce terrain-là, cependant, maintenant qu'il observait Grace – qu'il la regardait vraiment, pour la première fois depuis son retour en ville –, cette promesse qu'il s'était faite se dispersait en milliers de grains de sable.

— Elle a bien plus d'argent qu'elle ne pourra en dépenser dans toute sa vie. Elle est belle. Elle a un bon boulot. Mais, si tu as raison, quelque chose cloche. J'aurais dû le voir plus tôt.

— Je ne sais pas vraiment. J'ai quelques soupçons, comme tous ceux qui la connaissent, mais je ne sais rien de concret.

— Qu'en pense Felicity ?

Cole haussa les épaules avec impuissance.

— Elle ne dit rien. Pas à moi. Elle ne veut pas trahir la confiance de Grace. Elle m'a juste laissé entendre que ses vieux n'étaient pas vraiment les parents du siècle. Mais ce n'est pas une réelle découverte.

— Elle ne *ressemble* pas à une personne victime de sévices, fit remarquer Logan, qui ne distinguait aucun signe de contusions sur son visage ou ses bras. Est-ce qu'elle l'est ? La lumière est mauvaise ici, j'ai dû mal à le voir.

— Physiquement ? Je ne crois pas. Psychologiquement ? Ça ne fait aucun doute.

Logan agita la main.

— La maltraitance psychologique n'existe pas. C'est une invention des psys pour donner aux gens faibles une excuse pour justifier qu'ils n'aient pas été assez forts pour se sortir d'une relation non consentie.

— Ouah, mec. C'est rude.

Logan regarda Cole, perplexe.

— Quoi ?

— Tu ne crois pas vraiment à ce que tu dis.

— Quoi ? Que la maltraitance psychologique n'existe pas ? Si, j'en suis convaincu. Écoute, tu connaissais ma mère, sa manière de se comporter comme une garce. Ça, ce sont de mauvais traitements. Quand je me demandais tous les jours si elle allait me tabasser, ou mes frères, ou mon père. Si elle allait utiliser le bâton rangé dans le placard ou sa ceinture. Quand j'essayais de masquer mes bleus. Quand j'inventai des histoires pour que les autorités ne nous séparent pas, Blake, Nathan et moi. Ça, c'est de la maltraitance. Grace est adulte. Elle peut partir, si elle ne veut pas vivre chez ses parents. Elle a son propre appartement. Elle n'est pas obligée de rester avec eux. C'est ce qu'on appelle le libre arbitre.

Cole le dévisagea un long moment, l'air si écœuré que Logan en fut stupéfait.

— Si c'est vraiment ce que tu crois, si tu ne dis pas ça comme ça juste parce que tu es énervé pour je ne sais quoi, alors sérieux, ne t'approche pas d'elle, Logan. Je sais qu'on est amis, et je suis heureux que tu sois revenu en ville, mais cette femme n'a pas besoin d'une autre personne dans sa vie qui foutrait le bordel dans sa tête. J'ai bien conscience que vous avez un passé, mais ce n'est pas parce que tu es incapable de voir ce que tu as sous le nez que ça n'existe pas. Oui, ton enfance était merdique. Ta mère vous a fait du mal, à tes frères, ton père et toi. Beaucoup. Mais si tu n'as pas encore compris que les mots peuvent parfois faire souffrir davantage que les poings, alors tu n'es pas l'homme que je pensais.

Sur cette réplique assassine, Cole se détourna de lui et s'approcha de leur sujet de conversation.

Logan le regarda poser une main sur l'épaule de Grace

et un léger baiser sur sa joue. Puis il l'attira contre lui pour une demi-étreinte. Elle lui sourit, lui dit quelque chose, et Logan serra les dents.

Il n'avait pas besoin de ça. Pas maintenant. Ses frères et lui avaient une entreprise à faire tourner... et elle marchait bien. Ils étaient bien occupés, on parlait d'eux partout. Il n'avait pas le temps de découvrir le mystère Grace Mason et sa situation.

Cela ne l'empêcha pourtant pas de se repasser les paroles de Cole et de se demander si sa conception de la maltraitance n'avait pas été erronée toute sa vie.

Cela n'empêcha pas ses pas de le mener vers Grace.

Cela n'empêcha pas son attirance longtemps refoulée de remonter des profondeurs de son âme.

À lui. Grace Mason était à lui, bon sang.

Si elle avait des problèmes, il voulait être là pour elle.

Il *avait besoin* d'être présent pour elle.

Leur nouvelle relation reprenait dès aujourd'hui.

Dès maintenant.

7

Grace essayait de se concentrer sur ce que Felicity lui disait, mais c'était difficile. Elle était à cran. Déjà, elle avait cru se faire surprendre à se glisser en douce de la maison, plus tôt dans la soirée. Elle avait un pied sur le rebord extérieur de la fenêtre quand elle avait entendu un craquement devant sa chambre. Elle s'était figée pendant cinq bonnes minutes, sans bouger d'un pouce. Comme ni son père ni sa mère n'étaient entrés en trombe dans la pièce, elle s'était finalement trémoussée pour finir de sortir.

Après plusieurs années à s'adonner à cette activité, elle était devenue douée pour filer discrètement de la maison. C'était ridicule, franchement. Elle avait passé l'âge de devoir se faufiler de chez ses parents sans se faire voir, sans oublier qu'elle n'habitait même pas là en théorie, mais c'était comme si.

Elle avait enfilé le jean et le débardeur que son amie lui avait apportés, tandis qu'elles se dirigeaient vers le centre-ville de Castle Rock. Felicity n'avait rien dit de la queue de cheval de Grace, mais elle l'avait regardée et avait esquissé un petit sourire. Parfois, faire plaisir à Felicity comptait autant aux yeux de Grace que de contenter son père et sa mère.

Comme si s'inquiéter que quelqu'un la remarque et la dénonce à ses parents ne suffisait pas, Logan Anderson s'était placé de l'autre côté de la pièce et l'avait fixée une bonne partie de la soirée. Elle avait salué ses frères quand ils s'étaient arrêtés quelques minutes pour lui parler, mais elle s'en était rapidement éloignée. Bien que la ressemblance entre les trois Anderson soit grande – ils étaient des triplés, après tout –, Logan restait le plus séduisant à ses yeux.

Ce soir-là ne faisait pas exception à la règle. Il portait le même jean noir qu'un peu plus tôt dans la journée, mais il avait enfilé depuis un tee-shirt blanc, comme la plupart des hommes présents. Étrangement cependant, c'était bien plus sexy sur Logan que sur les autres. Il était plus grand que son propre mètre soixante-quinze, et avait la carrure d'un homme capable de faire du développé-couché avec une voiture. Visiblement, il passait beaucoup de temps à la salle de sport, et ça se voyait. De l'autre côté de la pièce, elle ne pouvait pas distinguer ses tatouages, mais elle savait qu'il en avait.

—... tu ne crois pas ?

Grace retourna son attention sur Felicity.

— Excuse-moi, qu'est-ce que tu disais ?

Felicity éclata de rire, mais elle ne la mit pas dans l'embarras en soulignant ce qui suscitait l'intérêt de son amie.

— Je disais qu'on devrait faire ça plus souvent. Qu'est-ce que tu en penses ?

— C'est sûr. Il y a pas mal de monde, déjà, pour une première. Surtout sachant que vous n'avez pas vraiment fait de publicité, à part quelques affiches autour de la salle. Si vous aviez eu plus de temps pour vous organiser, vous auriez pu faire de la pub dans les journaux, voire vous associer avec les propriétaires de lieux semblables à Denver que vous connaissez. Vous devriez peut-être demander une licence d'alcool, par contre, si vous voulez continuer à servir de la bière et des cocktails. Vous pourriez proposer un genre d'échange entre vos salles, ou laisser leurs clients utiliser vos équipements gratuitement, et les gens d'ici pourraient parfois aller s'entraîner à Denver, par exemple. Ça serait un bon point marketing pour vous tous et...

— Ouah, attends ! s'exclama Felicity. Je ne comptais pas te faire travailler, je voulais juste ton avis à chaud. Cela dit, ce sont toutes de bonnes idées, à vrai dire.

Grace rougit, contente que le faible éclairage masque son embarras.

— Désolée.

— Non, c'est génial. Puisqu'on parle de ça... Tu as eu des nouvelles de la fac, ces derniers jours ?

Grace regarda autour d'elle, satisfaite de constater que personne ne semblait s'intéresser à leur conversation.

— Oui. J'ai reçu le mail ce week-end annonçant que j'étais acceptée. Ils disaient aussi qu'ils envoyaient un paquet par la poste, alors tu devrais bientôt avoir quelque chose pour moi.

Felicity poussa un petit cri et serra Grace contre elle.

— C'est super ! Je suis tellement contente pour toi !

Grace enlaça son amie à son tour, puis s'écarta.

— Merci. Ce n'est pas grand-chose. Ce ne sont que des cours en ligne. Ce n'est pas comme si j'allais à Harvard ou je ne sais quoi.

— Oui, mais puisque tu as ton premier cycle, tu as déjà eu la formation de base. Il ne te manque plus que ceux de marketing. Et tu auras ton master en un rien de temps.

— Oui, acquiesça Grace sans enthousiasme.

Après tout, elle ne pourrait jamais se servir de son

diplôme en marketing, de toute façon. Une fois mariée à Bradford, elle demeurerait secrétaire toute sa vie. Du moins, jusqu'à ce qu'elle ait des enfants. Puis elle serait contrainte de rester à la maison avec eux, à organiser des goûters et à écouter Margaret lui apprendre comment être une meilleure mère. Elle mourrait sans doute ensuite lentement, et très seule.

Felicity leva sa bouteille.

— Félicitations ! À toutes ces choses géniales qui t'attendent.

— Santé, marmonna Grace, en prenant une petite gorgée de sa vodka-orange sans la savourer vraiment.

— Hé, à quoi on trinque ? demanda une voix grave à leurs côtés.

Grace tourna la tête et remarqua Cole. Il l'embrassa sur la joue et lui posa un bras sur les épaules. Cole était grand. Il devait mesurer 1 mètre 95, dépassant la plupart des gens. Felicity et lui étaient bons amis, et Felicity lui avait affirmé à plusieurs reprises qu'ils se considéraient surtout comme frère et sœur. Au début, Grace n'y croyait pas. Cole était sexy et son amie magnifique, mais plus elle traînait avec eux deux, plus elle en était convaincue. Elle n'avait pas le sentiment qu'ils en pinçaient l'un pour l'autre.

— Hé, Cole, répondit Felicity. Nous trinquions à une soirée réussie.

Felicity lui fit un clin d'œil, et Grace soupira de soulagement. Elle ne croyait pas son amie capable de révéler qu'elle allait reprendre des cours, mais avec Felicity, on ne pouvait jamais savoir ce qui sortirait de sa bouche. Contrairement à Grace, Felicity semblait se ficher de faire plaisir aux autres et de rester dans les normes sociales.

— Salut, Cole, dit Grace. La soirée est géniale.

— Oui. Je pense qu'on devrait faire ça plus souvent. Hé, Leese, tu as un instant ?

— Ouaip. Qu'est-ce qu'il y a ?

— On m'a fait une demande aujourd'hui dont il fallait que je te parle.

— Maintenant ? s'exclama Felicity, perplexe, en haussant les sourcils.

— Oui.

—Très bien. Je reviens, Grace. Ça va aller ?

— Bien sûr que oui. Vas-y.

Elle ne vit pas le coup d'œil que Cole lança derrière elle avant de s'éloigner.

— Salut, Grace.

Elle sursauta si fort qu'elle faillit en lâcher son verre. Pivotant, elle vit l'homme dont elle n'arrêtait pas de penser. Il s'était approché dès qu'il avait remarqué le départ de Cole et Felicity, et elle ne l'avait pas entendu arriver à cause de la musique.

— Désolé. Je ne voulais pas te faire peur.

— Euh... salut, Logan.

— Tu as bonne mine.

— Merci. Toi aussi.

Argh. Cette conversation était tellement bizarre.

— Je peux te parler un instant ?

Grace observa son environnement et souhaita que le sol s'ouvre tout à coup et l'engloutisse. Elle s'était convaincue qu'elle devait discuter avec Logan une bonne fois pour toutes, afin d'éclaircir les choses, de découvrir ce qu'elle avait fait de mal pour qu'il lui mente les yeux dans les yeux et la quitte sans un regard en arrière. Cependant, à le voir ainsi devant elle, si... masculin... elle avait soudain changé d'avis. Elle ne voulait plus jamais lui parler. Elle ne souhaitait pas savoir ce qui l'avait poussé à la laisser tomber de la sorte. Bon sang, qu'elle était faible.

— Euh, maintenant ? La musique est plutôt forte.

— Oui, maintenant. On peut se servir du bureau de Cole ou de Felicity, ça ne les dérangera pas.

Le souffle de Grace se bloqua dans sa gorge. Avant qu'elle ne puisse répondre, Logan lui tendit la main comme s'il pressentait son besoin de s'esquiver.

— S'il te plaît ?

Ce fut cette supplique qui la convainquit. Sans réfléchir davantage, elle mit sa paume dans la sienne. Les larmes lui picotèrent les yeux quand elle perçut la chaleur et les callosités de sa peau. Il lui prit la main.

— Viens.

Elle le suivit, hors de la salle de sport, dans le couloir plus calme, et se laissa imprégner de cette expérience. Il y avait bien longtemps qu'elle ne s'était pas sentie ainsi. Depuis la dernière fois qu'elle lui avait tenu la main, à vrai dire. Au lycée, ils étaient allés assister à un match de foot, et quelqu'un derrière elle avait recraché tout son soda sur le chemisier de Grace. Incrédule, elle s'était regardée, sachant très bien que c'était elle que sa mère accuserait pour le gâchis du vêtement de marque. Logan, assis quelques rangs en arrière, avait vu toute la scène. Il avait bousculé tous les autres spectateurs pour la rejoindre, incendié le garçon fautif, avait pris la main de Grace et l'avait guidée jusqu'en bas des gradins.

Il s'était occupé d'elle, ce jour-là, et elle avait eu le même sentiment qu'à l'heure actuelle. Celui que tant que Logan Anderson lui tenait la main, elle pouvait affronter le monde entier.

8

Sans un mot, Logan se dirigea vers le bureau de Cole. La main de Grace dans la sienne lui rappelait l'époque du lycée. Il ne la lui avait pas souvent tenue. Il n'en avait que quelques souvenirs, cependant, sa paume chaude dans la sienne après tant d'années lui remémorait un moment en particulier.

Ils étaient allés assister à un match de football, et un abruti avait renversé son verre sur le chemisier de Grace. Assis quelques rangs derrière elle, et alors que, comme d'habitude, il la regardait, il avait été témoin de toute la scène et avait bougé sans réfléchir. Il l'avait prise par la main, comme en cet instant, et l'avait traînée jusqu'à la buvette, où il avait attrapé une poignée de serviettes en papier. Puis il avait conduit Grace au parking, à côté de son pick-up.

Il l'avait aidée à sécher son haut, mais ça n'avait pas très bien marché. Finalement, quand il avait compris qu'elle ne serait pas à son aise tant qu'elle ne se serait pas changée, il avait pris un de ses tee-shirts de secours qu'il gardait dans son véhicule. Il lui avait tourné le dos le temps qu'elle l'enfile. Son vêtement était beaucoup trop grand pour elle. Ils en avaient ri, puis Logan l'avait aidée à faire un nœud au niveau de la taille.

Quand il l'avait vue ainsi dans son tee-shirt, un sourire aux lèvres, quand ses doigts avaient effleuré la peau douce de son ventre, il en avait éprouvé une sensation qui ne l'avait pas quitté pendant de nombreuses années. À cet instant précis, il avait compris que ses sentiments pour sa tutrice en histoire étaient passés de la tolérance puis au respect, pour finalement déclencher son affection et son instinct protecteur.

À cette époque-là, il n'avait rien à lui offrir. Elle ne vivait pas dans le même quartier que lui ; elle habitait celui avec les grandes demeures et les parents qui avaient tellement d'argent qu'ils ne savaient plus quoi en faire. Cependant, il n'était plus le même désormais. Il avait réussi dans la vie, il était plus sûr de lui... et il la voulait toujours.

Il tourna la poignée de la porte du bureau et y entra, puis referma derrière Grace. Il observa le bazar qui l'entourait, typique de Cole. Des papiers étaient empilés partout. La bibliothèque contre un mur était pleine à craquer de livres, et il n'y avait pas le moindre espace libre sur sa table de travail.

Par chance, il y avait à peu près de la place sur la causeuse. Cole devait y faire des siestes. Logan encouragea Grace à s'y asseoir.

Elle s'exécuta, les yeux baissés toutefois. Il s'installa à côté d'elle et soupira.

Elle se tenait droite comme un *i* et se tordait les mains. Elle fixait ses doigts comme s'ils détenaient la réponse aux plus grands mystères de la vie.

— Regarde-moi, Grace.

Elle n'en fit rien.

— S'il te plaît.

Cela la fit réagir, à contrecœur.

— Il est temps qu'on crève l'abcès. Je suis de retour pour de bon, et je n'ai pas envie que nous nous sentions mal à l'aise l'un avec l'autre. D'accord, je t'ai évitée, et c'est entièrement de ma faute. Mais j'ai décidé d'arrêter. Cole est l'un de mes meilleurs amis, et je sais que Felicity et toi êtes proches. Je ne veux plus que la situation soit gênante pour tout le monde.

Grace hocha la tête, mais ne commenta pas.

— Je pensais chacune des paroles que je t'ai dites ce matin-là, il y a dix ans. C'est vrai, nous étions jeunes, mais j'avais véritablement l'intention de te faire emménager dans la base où je serais stationné.

Il n'avait pas vraiment prévu de commencer la conversation ainsi, cependant, dès l'instant où il avait envisagé de la confronter pour découvrir ce qui s'était passé, il avait su qu'il devrait aborder ce sujet en particulier en premier.

Elle écarquilla les yeux. On aurait dit qu'il l'avait frappée. Il fit la grimace.

— Je... Je ne suis pas certaine de vouloir faire ça, murmura-t-elle, en se levant à moitié.

Logan lui posa une main sur la jambe, pour la couper dans son élan.

— S'il te plaît, Grace. Il le faut. Nous avons tous les deux des questions auxquelles nous attendons des réponses.

Il avait conscience de se montrer un peu lourd, mais il avait vraiment envie de lui parler. Elle se rassit et hocha la tête. Sans enthousiasme, certes, mais c'était déjà ça.

— J'étais le plus heureux du monde quand j'ai enfin pu quitter cet endroit, lui avoua-t-il. Cette ville ne contenait que de mauvais souvenirs pour moi, et j'avais bien plus besoin de m'en aller que de respirer. Oui, j'aurais pu simplement me prendre mon propre appartement, mais j'aurais quand même eu à croiser ma mère. Quand même dû voir mon père se faire tabasser par sa connasse de femme. Je ne voulais plus jamais en être témoin. Je ne voulais plus avoir à détourner le regard et faire comme toute ma vie : prétendre qu'il ne se passait rien. L'armée a été mon ticket de sortie.

Grace avait les yeux écarquillés et les joues rouges, comme si ses paroles l'affectaient émotionnellement. Elle serrait très fort ses mains, au point que ses jointures blanchissaient. Cependant, elle hocha la tête, indiquant qu'elle comprenait parfaitement.

— Tu étais mon havre de paix, Grace, lui dit-il en toute honnêteté. À tes côtés, j'avais l'impression d'être l'homme que je ne pouvais pas être en présence de ma mère. J'avais le sentiment que tu m'appréciais tel que j'étais. Ce soir-là, au match de football, quand je t'ai vue porter mon tee-shirt, ça m'a semblé juste. J'ai compris que je prenais plaisir à être en ta compagnie. Que j'aimais m'occuper de toi. Que j'adorais te protéger.

— J'aimais ça aussi.

Ce ne fut qu'un murmure, mais Logan poussa un soupir de soulagement. Il savait qu'il bousillait tout, et il se comportait sans doute comme un idiot. Toutefois, il n'aurait pas dû s'inquiéter. La Grace qu'il connaissait ne se moquerait jamais de lui ni de ses sentiments. Alors, il poursuivit.

— Donc, le jour de mon départ, j'étais tout à fait sérieux quand je t'ai dit que je voulais que tu t'installes avec moi une fois que je serais sur ma base. Je pensais que tu ressentais la même chose, mais puisque tu n'as pas répondu à mes lettres, j'ai compris que tu avais changé d'avis, ou trouvé un autre homme.

Logan haussa les épaules, dans une tentative de nonchalance. Ses mots étaient cependant bien faibles pour exprimer l'enfer qu'il avait traversé à cette époque-là.

— Attends, quoi ?

— C'est bon, tout va bien, s'empressa-t-il de la rassurer. Comme je te l'ai dit, nous étions jeunes. Je ne t'ai jamais vraiment avoué mes sentiments, à part ce matin-là, à l'arrêt de bus. C'est de ma faute. Au bout d'un certain temps, n'ayant aucune nouvelle de ta part, sauf tes lettres qui m'étaient systématiquement renvoyées, j'ai compris que j'avais été égoïste de te demander d'être la copine d'un soldat. Je déménageais tous les deux ans. Tu aurais dû démissionner de ton travail à chaque changement de base pour moi. Sans oublier les déploiements et les longues heures de solitude. Je pensais aussi que tu avais quitté cette ville pour réaliser tes rêves, et sans doute trouvé un homme avec lequel les partager.

Il s'interrompit quand elle posa la main sur son bras et y enfonça les ongles. Il ignorait si elle avait conscience de son geste, toutefois, ce furent ses mots qui le stupéfièrent.

— Tu ne m'as pas écrit.

Il la regarda, perdu.

— Si, insista-t-il. Toutes les semaines pendant mon entraînement de base, puis de temps à autre après ça. Pendant presque une année complète.

— Non, tu ne m'as pas écrit, réfuta-t-elle.

Logan commença à s'énerver.

— Grace. Je t'ai *envoyé des lettres*. Je le sais bien, puisque c'est moi qui les ai rédigées. À la main, je précise. Pas à l'ordinateur. C'est moi qui attendais chaque jour une réponse de ta part, un signe de vie. Mais tu me les as toutes renvoyées, sauf la dernière. Sans jamais les ouvrir. Sur les dernières, tu as même noté « Je sors avec quelqu'un, laisse-moi tranquille » au dos.

Grace ne parla pas ; elle s'écroula à genoux et se mit en hyperventilation.

— Grace ! Merde. Qu'est-ce qui ne va pas ? Qu'est-ce qui t'arrive ? Tu dois respirer lentement, sinon, tu vas tomber dans les pommes. Allez, Futée, inspire.

Ce surnom, qu'il lui avait donné pendant leur adolescence, jaillit inconsciemment.

— Tu me fais peur, Grace. Inspire profondément. Bien. Encore une fois. Continue. Oui, c'est bien.

Quand son souffle se fut enfin calmé et fut presque revenu à la normale, Grace pivota vers lui et le fixa du regard. Elle ne se rassit pas, restant simplement à genoux.

— Je n'ai reçu aucune lettre.

Il entendit à peine son murmure. Il ne la croyait pas.

— C'est bon, Grace. J'ai tourné la page. C'était il y a longtemps.

— *Je n'ai reçu aucune lettre*, articula-t-elle lentement.

Puis, elle ferma les yeux et posa son front sur ses genoux. Sa voix s'en trouva étouffée, néanmoins Logan entendit chaque mot, qui furent chacun comme un coup de poignard en plein cœur.

— J'ai attendu. Tous les jours, après mes cours à la fac, je rentrais en vitesse chez moi pour vérifier le courrier. Et tous les jours, il n'y avait rien de ta part. Au début, je me disais que tu étais occupé. J'imagine à quoi l'entraînement de base doit ressembler. Tu devais être très fatigué, et tu ne devais pas avoir le temps de m'écrire. Je comprenais. Au bout de huit semaines, j'étais certaine que tu pourrais enfin commencer à m'envoyer du courrier. Mais tous les jours, je découvrais qu'il n'y avait rien. Je t'ai écrit, cependant. J'ai dû rédiger une cinquantaine de lettres. Je voulais te les faire parvenir en un seul paquet dès que j'aurais ton adresse. Mais tu ne m'as jamais contactée. Alors, j'ai pensé que tout ce que tu m'avais dit ce matin-là à l'arrêt de bus, c'était simplement pour te montrer gentil.

Sa voix mourut sur ses lèvres, et elle ne releva jamais la tête.

Logan était figé par l'incrédulité. Il se mit debout sans prévenir et fit les cent pas. Pendant plusieurs minutes, aucun d'eux ne prononça un mot. Finalement, il s'immobilisa devant elle, les deux mains fourrées dans ses cheveux, à deux doigts de perdre son sang-froid.

— Grace, je t'ai écrit, je te le jure. J'ai déversé tout mon cœur dans ces lettres. Si j'ai survécu aux huit semaines de l'entraînement de base, c'est parce que je pensais que tu m'attendais. J'étais impatient de te revoir.

Quelque chose se rompit en Grace à ces mots. Elle se leva soudain et s'approcha à grandes enjambées du bureau de Cole sur lequel elle se pencha pour tout balayer d'un revers de la main. Papiers et bibelots s'envolèrent.

— Non ! Non, non, non, *non* !

Elle se tourna vers lui, les joues rouges, le souffle si haché que Logan voyait les mouvements de sa poitrine.

— Je ne les ai pas reçues, Logan. Aucun ! Pas un seul courrier. J'ai attendu. Tous les soirs, je m'endormais en pleurant et en tentant de me convaincre que le lendemain, enfin, j'aurais des nouvelles de toi. Que le lendemain, enfin, je pourrais t'envoyer les lettres que je t'ai écrites !

Sa colère disparut aussi vite qu'elle était apparue, et ses épaules s'affaissèrent. Elle poursuivit, d'une voix défaite.

— Ils les ont confisquées. Ils savaient. Évidemment qu'ils étaient au courant.

Logan ignorait de qui elle parlait. Il en avait une idée, mais cela n'avait pas d'importance en cet instant. La glace qui enserrait son cœur fondit comme neige au soleil. Pour la première fois depuis dix ans, il ressentait de l'espoir. Il s'approcha de Grace d'un pas déterminé. Sans un mot, il l'entoura de ses bras et l'enlaça.

— À chaque examen qui me posait problème, je songeais à ce que ma tutrice m'a enseigné : à me détendre et à laisser l'information venir à moi. Tu m'as toujours dit que j'étais intelligent, et je ne t'ai jamais crue. Pourtant, tu étais à mes côtés à chaque étape de ma vie, à chaque déploiement, à chaque examen. Je t'entendais m'encourager. Même quand j'étais en colère. Même quand je présumais que tu m'avais chassé de ta vie, je pensais sans arrêt à toi.

— Je n'ai pas reçu tes lettres, Logan, murmura-t-elle contre son cou.

— Oui, je crois que j'ai saisi, Futée. Je les ai toujours, si tu veux les lire.

Elle le regarda. Elle avait les yeux grands ouverts et baignés de larmes.

— Quoi ?

— Les lettres que je t'ai écrites. Je les ai gardées. Elles m'ont toutes été retournées, sauf une. Je n'avais pas envie que tu la lises, celle-ci, de toute façon. Cependant, j'ai conservé les autres. Je dois être masochiste.

Grace se mordilla la lèvre.

— Je suis désolée, Logan. Je suis tellement désolée. Je croyais que tu plaisantais, ce jour-là. Je croyais que tu étais parti sans un regard en arrière, comme si je ne comptais pas pour toi.

— Tu comptes pour moi.

Il avait employé le présent, car cela lui semblait juste. Il ne connaissait plus vraiment Grace Mason. Pourtant, s'il devait se fier à l'étincelle en lui, il savait que prétendre qu'elle ne l'attirait plus serait se mentir à lui-même.

— Tu comptes toujours pour moi, Grace.

— Quelle heure est-il ?

La question était incongrue dans une telle conversation, néanmoins il regarda sa montre.

— 22 h 30.

— Je dois y aller.

— Reste. Je veux découvrir ce que tu es devenue depuis le temps. J'aimerais en apprendre plus sur ton travail. Parler des gens qu'on connaissait au lycée. Je ne veux pas te laisser partir tout de suite.

Grace baissa la tête et se blottit à nouveau contre le cou de Logan. Il sentait son souffle chaud contre sa peau, ses mains sur ses flancs. Il resserra ses bras autour de sa taille.

— Je ne peux pas. Je dois y aller.

— Tu es une adulte, Grace. Tu peux rester au-delà de minuit. Tout va bien.

Ses paroles brisèrent le charme; elle se redressa et s'écarta de lui. Consternée, elle constata le bazar dans le bureau de Cole.

— Tu veux bien m'excuser auprès de Cole ? Je ne sais pas ce qui m'a pris.

— Bien sûr, mais Grace...

— Je vais rester un peu, mais pas très longtemps.

Logan soupira de soulagement. Elle lui avait manqué. Son sourire et ce sentiment qu'il ressentait en sa présence lui avaient manqué. Celui qui lui donnait envie de se dresser entre elle et tout ce qui pouvait la faire souffrir.

— Viens, dit-il en lui tendant la main. Allons-y, et restons un peu à la fête. Ça te va ?

— D'accord.

Ce fut dit d'une voix incertaine, cependant, elle serra fort ses doigts autour des siens, comme s'il était sa bouée de sauvetage. Ils sortirent du bureau de Cole main dans la main, comme à leur arrivée. Même s'ils n'avaient pas vraiment réglé grand-chose, Logan se sentait bien. Il n'était pas ravi d'avoir découvert qu'elle n'avait jamais reçu ses lettres toutes ces années en arrière, néanmoins, il avait l'impression de se voir offrir une seconde chance.

Ils revinrent dans la salle de sport et tressaillirent au volume de la musique. Elle leur parut extrêmement forte après le silence du bureau.

— Tu veux un autre verre ? demanda-t-il à Grace.

— Est-ce que je peux avoir de l'eau ?

— Bien sûr. Je te l'apporte tout de suite.

Il lâcha sa main à contrecœur, alla aux glacières, y prit une bouteille d'eau fraîche et retourna très vite retrouver Grace. Elle était toujours appuyée légèrement contre le mur, mais ses yeux partaient en tous sens, comme si elle cherchait quelqu'un.

— Qui est-ce que tu regardes ? questionna-t-il en s'approchant derrière elle.

Elle haussa les épaules.

— Rien en particulier.

— Si tu attends quelqu'un, je peux...

— Non ! répliqua-t-elle. Je... Je me demandais juste qui était présent, c'est tout.

Soulagé qu'elle ne se cherche pas un autre homme, Logan lui ouvrit la boisson et la lui tendit.

— Une bouteille d'eau pour la dame.

Elle lui sourit, et ce fut comme si le sol se dérobait sous les pieds de Logan. Il avait le sentiment que le temps n'était pas passé. Il dévisageait la femme en face de lui avec les yeux d'un adulte et non plus avec ceux d'un garçon à l'aube de la maturité. Et il aimait ce qu'il voyait. Grace possédait la même silhouette tout en courbes qu'à l'époque du lycée. Son débardeur ne masquait en rien sa poitrine voluptueuse. Ses hanches arrondies étaient soulignées par son jean, et il se souvenait du vernis à ongles rose sur ses orteils. Elle était un peu plus petite que lui. Il se remémora cet instant dans le bureau où il l'avait prise dans ses bras et constaté qu'ils se correspondaient bien, et il sourit.

Elle lui renvoya son regard, la bouteille à mi-chemin de sa bouche. Tant pis pour l'admiration discrète. Tout à coup, il se souvint d'avoir aperçu quelque chose sur la nuque de Grace alors qu'il s'approchait d'elle. Il se pencha et observa à nouveau la zone. Il écarta d'une main douce la queue de cheval et fit pivoter délicatement la jeune femme pour que les lampes éclairent complètement le haut de son dos.

Il passa le pouce sur le tatouage luisant, et Grace frémit. Il recommença et obtint la même réaction. Le dessin en lui-même n'avait rien sortant de l'ordinaire... deux oiseaux en plein vol. Cependant, le seul fait qu'il ait été réalisé dans une encre spéciale qui ne le révélait qu'à la lumière noire fascinait Logan.

Ce tatouage était comme Grace. Il était là, sous les yeux de tous, visible pour tous ceux qui prendraient la peine d'y regarder de plus près, sauf que la plupart des gens s'y abstenaient. Logan se sentit malade. Alors même qu'il connaissait Grace à son départ, qu'il la savait douce et honnête, il avait pensé le pire d'elle.

Logan se pencha, sans arrêter sa caresse sur la nuque, car il aimait la réaction involontaire que provoquait son attouchement.

— Je l'adore, Futée. Il te va bien. Des oiseaux ?

Comme il peinait à l'entendre au-dessus de la musique, il s'approcha d'un pas, lui passa un bras autour de la taille et la fit reculer jusqu'à pouvoir sentir sa chaleur tout contre son torse. Il suffirait qu'il retire sa main de la nuque et se colle à peine plus à la jeune femme pour qu'elle perçoive ce qu'il ressentait vraiment en sa présence. Il ne bougea pas.

— J'aime les oiseaux. Ils sont libres.

Libres. Il avait saisi. Après leur récente conversation de

la soirée et après avoir appris ce que les parents de Grace avaient fait, il avait saisi.

— Et pourquoi cette encre spéciale ?

Il pensait en avoir une petite idée, mais il ne souhaitait plus jamais faire de suppositions quand il s'agissait de Grace.

— Je... Je ne voulais pas que quelqu'un le découvre. Il est juste à moi.

Il savait pertinemment qui elle désirait laisser dans l'ignorance. Il abandonna le sujet.

— Il est magnifique, Futée. Je l'aime beaucoup. J'adorerais avoir cette encre sur ma peau. Tu peux me dire qui t'a fait le tatouage ?

— Merci. Euh, Felicity pourra te dire où nous sommes allées. C'est quelque part à Denver, je ne sais pas exactement où.

Il caressa une dernière fois les deux oiseaux, puis baissa la main à contrecœur et la posa sur sa hanche. Il aurait voulu lécher le dessin. Lui suçoter la nuque pour vénérer le courage dont elle avait fait preuve en se faisant encrer la peau, mais il se retint, car il était trop tôt. Il devait y aller lentement. Grace venait tout juste de découvrir qu'elle n'était pas le connard pour lequel elle le prenait depuis dix ans. Néanmoins, rien ne l'empêchait de lui indiquer ses intentions.

S'adossant au mur, Logan fit pivoter Grace et l'attira contre lui. Ils étaient face à face, à présent, et il était impossible que la jeune femme ne sente pas son érection. Il récupéra la bouteille d'eau que tenait Grace, se pencha pour la poser par terre à côté d'eux, puis il se redressa et croisa les mains au niveau des reins de Grace, pour la plaquer à nouveau contre lui. Il fit de son mieux pour ignorer son excitation afin de savourer le plaisir qu'il ressentait à l'avoir dans ses bras. Il voulait s'excuser de son comportement depuis son retour à Castle Rock.

— Je suis désolé d'avoir mis si longtemps à trouver le courage de te parler.

Elle secoua la tête.

— Non. J'aurais dû…

— Non, ne rejette pas la faute sur toi. Je t'évitais volontairement, Grace. J'étais blessé, parce que je croyais que tu t'étais jouée de moi à mon départ.

Elle nia à nouveau d'un geste et commenta tristement :

— Je déteste le fait que tu aies ressenti ça.

— Je sais. Mais je n'aurais pas dû laisser traîner ça aussi longtemps.

Elle se mordilla la lèvre.

— Moi aussi, j'ai laissé traîner. J'aurais dû dire quelque chose la première fois que je t'ai vu en ville.

— C'est pourtant ce qui s'est produit. On souhaitait s'éviter tous les deux. Maintenant, c'est du passé. Allons de l'avant. Ce soir marque le début de notre nouvelle relation améliorée. Je veux apprendre à connaître la Grace Mason qui se tient devant moi aujourd'hui. Pas celle de mes souvenirs de lycée.

— Pourquoi ?

— Pourquoi ? répéta-t-il, confus. Pourquoi est-ce que je veux te connaître ?

— Hum, hum. Je suis juste moi, répliqua-t-elle, en haussant maladroitement les épaules dans son étreinte. Je ne suis personne de spécial. Je suis secrétaire au cabinet d'architecture de mes parents, c'est tout.

Logan pouffa.

— C'est peut-être la Grace que le monde voit, mais je sais que tu es bien plus que ça. J'ai eu quelques aperçus de l'autre Grace, et elle m'intrigue carrément.

— Logan, je ne pense pas...

— Ne pense pas, Futée, rétorqua-t-il gentiment. Même si notre seul et unique baiser date de ce matin-là à l'arrêt de bus, j'y ai songé, beaucoup, ces dernières années. J'aimais suffisamment la personne que tu étais alors pour vouloir m'installer avec elle. Rien de ce que j'ai vu depuis mon retour en ville ne m'a fait changer d'avis. Voilà pourquoi j'ai mis tant de temps à trouver le courage de te parler. Tu étais une fille tellement parfaite dans ma tête que j'avais peur de briser cette illusion en mille morceaux si j'évoquais le sujet. Mais, Grace, elle ne s'est pas brisée du tout. Tu as changé, mais moi aussi. Et je veux réapprendre à te connaître. Découvrir celle que tu es aujourd'hui. Voir si la femme que tu es de nos jours m'attire autant que la jeune fille de l'époque. Et laisse-moi te dire que... jusqu'ici... tu dépasses de loin mes attentes, dans le bon sens du terme.

Elle le dévisagea, les yeux écarquillés. Ouvrit la bouche, sur le point de parler, puis la referma.

— Tu veux bien sortir avec moi ? Aurais-tu envie de faire connaissance avec l'homme que je suis aujourd'hui, toi aussi ?

Elle acquiesça immédiatement.

— Oui. J'aimerais vraiment te redécouvrir.

Logan sourit.

— Bien. Ça te dit de manger un morceau avec moi ?

— Maintenant ? À cette heure-là ?

— Oui, maintenant. Rien de tel que l'instant présent pour renouer.

Grace regarda autour d'elle, comme si elle se souvenait tout à coup d'où ils se trouvaient, puis elle s'écarta, instaurant une distance de trente bons centimètres entre eux. L'envie dans ses yeux contredisait les paroles qu'elle prononça.

— Je ne peux pas. Je suis désolée, Logan, mais je dois y aller. Je suis contente qu'on ait mis les choses au point. Je veux réapprendre à te connaître, mais j'ignore si ça va marcher. Je sais que j'ai dit que je le souhaitais, mais j'ai juste...

Il lui prit la main et l'attira à nouveau contre lui.

— Qu'est-ce qui te fait si peur, Futée ?

— Je n'ai peur de rien, rétorqua-t-elle.

Ses yeux écarquillés trahissaient son mensonge alors même qu'elle essayait d'avoir l'air forte.

— Grace...

— Je dois y aller.

Elle se débattit, et Logan la lâcha. Il n'avait jamais forcé une femme à faire quoi que ce soit par le passé, et n'allait pas commencer maintenant. Surtout pas avec elle.

— D'accord. Calme-toi, Grace. Laisse-moi te ramener chez toi.

— Non, répliqua-t-elle immédiatement. Seule Felicity peut s'en charger. Mes affaires sont dans sa voiture.

— Je peux aller les récupérer. Tu ne me fais pas confiance ?

— Non. Si. Ce n'est pas le problème, balbutia-t-elle, en reculant vers la porte. Il faut juste... Il faut que je parte.

Il était clair qu'elle était au bord de la panique. Il détestait ça. La dernière chose qu'il voulait, c'était qu'elle ait peur de lui. Il leva les mains en signe de capitulation et lui laissa l'espace dont elle avait besoin.

— D'accord, très bien. Aucun souci. Je vais t'aider à dénicher Felicity.

— C'est bon, je peux la trouver toute seule.

Parvenue aux portes de la salle de sport, elle le dévisagea. Il n'arrivait pas à définir son regard.

— Merci, Logan. Je suis contente que nous ayons pu parler. On se reverra un de ces jours. Prends soin de toi.

— Toi aussi, Futée.

Elle se tourna alors et partit sans plus attendre. Elle prit la fuite, plus exactement.

— Et je prendrai soin de toi, promit Logan à voix basse en la suivant à un rythme plus tranquille.

Quelque chose n'allait pas. Vraiment pas. Et il n'allait pas laisser tomber tant qu'il n'aurait pas le fin mot de cette histoire. Pas après dix années passées à apprendre à mener des enquêtes. Découvrir que Grace n'avait jamais eu aucune de ses lettres entre les mains et qu'elle avait eu le même désir désespéré d'avoir de ses nouvelles changeait tout.

Absolument tout.

9

Grace était recroquevillée sur le siège avant de la Chrysler PT Cruiser de Felicity, les bras serrés autour de sa taille. Elle s'était changée, remettant son pantalon noir et son chemisier Louis Vuitton qu'elle avait en début de soirée. À ses pieds se trouvaient les chaussures à talons bas que sa mère insistait pour qu'elle porte. Elle avait revêtu son armure, pourtant, elle se sentait plus vulnérable que jamais.

— Dis-moi ce qui ne va pas, Grace, je t'en prie, la supplia Felicity. Tu m'inquiètes.

— Il m'a envoyé des lettres, répondit-elle à son amie d'une voix monotone.

— Quoi ? Qui t'a envoyé quoi ?

— Logan. Il m'a dit qu'il m'avait écrit après son départ. Je n'ai jamais reçu aucun de ses courriers.

Elle n'avait jamais parlé de ces missives à Felicity. Ni à personne. La blessure que Logan lui avait infligée était trop profonde pour évoquer le sujet avec qui que ce soit. Même sa meilleure amie. Pourtant, ce soir, il avait réussi à percer cette blessure purulente... à la rendre moins douloureuse.

Au point qu'elle pouvait raconter à Felicity ce qui s'était passé.

— Il t'a écrit une lettre ?

— Des dizaines, apparemment.

— Et tes connards de parents te les ont cachées, c'est ça ? s'emballa Felicity.

— Ils les ont retournées à l'envoyeur, sans les ouvrir.

— Bordel de merde. Quels enfoirés ! Franchement. Qui fait ce genre de choses ? Tu dois les faire sortir de ta vie une bonne fois pour toutes, Grace. Vraiment. Ce n'est pas bien.

— Je n'avais que dix-huit ans. Je suis certaine qu'ils pensaient faire ce qu'il y avait de mieux pour moi.

— Non. Ne fais pas ça. Ils t'ont contrôlée toute ta vie. Tu as vingt-huit ans maintenant. Tu es une adulte. Tu n'as plus besoin de leur approbation.

— Ce sont mes parents.

— Oui, c'est vrai. Mais tout ce qu'ils ont fait toute ta vie, c'est te faire sentir comme une merde. Un père et une mère, c'est censé aimer ses enfants inconditionnellement. Les tiens agitent leur approbation sous ton nez comme une carotte.

Elle se trémoussa sur son siège et accorda toute son attention à Felicity.

— Tu as raison. J'ai vingt-huit ans, et rien qui ne m'appartienne vraiment. C'est ma mère qui m'a acheté chaque vêtement que je possède. Ce sont mes parents qui me paient mon salaire, qui me permet de régler mon loyer et mes courses. De financer ma voiture. Mais ils ont besoin de moi. Ils vieillissent, et qui les aidera si je ne suis pas là pour le faire ?

Felicity éclata d'un rire sans joie.

— Grace. Ils ne sont pas si vieux que ça. Ils te manipulent.

— Je veux qu'ils m'aiment. J'ai toujours été une déception à leurs yeux.

— Oh, Grace. Tu n'es pas une déception. Tu es une femme incroyable, intelligente, à laquelle le monde tend les bras. Tu n'as qu'à te lancer.

— J'ai peur que, si je ne les aide pas quand ils le demandent ou si je m'en vais, ils me forcent à rester.

— Ne sois pas parano, Grace. Arrête ça. Tes parents n'ont pas ce genre de pouvoir. Il te suffit de t'affirmer et de leur dire « non ».

— Crois-moi, ce n'est pas aussi facile. J'ai appris cette leçon à la dure.

Le visage de Felicity trahit son inquiétude. Grace s'empressa de changer de sujet.

— J'ai eu l'impression ce soir que Logan voulait sortir avec moi.

— C'est génial ! s'enthousiasma Felicity, avant de reprendre son sérieux. Pourquoi est-ce que tu n'as pas l'air heureuse ?

— Je le suis. Je l'ai aimé quasiment toute ma vie. Mais mes parents ne l'apprécient pas. J'ai peur qu'ils fassent quelque chose pour ruiner sa nouvelle entreprise.

Felicity éclata de rire.

— Logan Anderson ? Tu te fiches de moi. Il peut très bien prendre soin de lui tout seul.

— Je ne veux pas courir le risque. Cacher ses lettres à cette époque-là n'est rien comparé à ce qu'ils peuvent faire aujourd'hui.

— Pas s'il en a conscience et se prépare à les affronter.

— Je t'aime, Felicity, lança tout à coup Grace très sérieusement, sans tenir compte de la remarque de son amie. Je ne sais pas ce que j'aurais fait ces dernières années si tu n'avais pas été là pour moi.

— Ne fais pas ça.
— Pas quoi ?
— Ne fais pas comme si c'était un au revoir. Ce n'est pas parce que nous venons d'avoir à nouveau la preuve que tes parents sont des cons que tu ne dois plus jamais me revoir.

Grace soupira.

— C'est juste que... c'est dur.

— La vie est dure, rétorqua Felicity, assez sévèrement. Vraiment dure, parfois. Je le sais aussi bien que toi. Tu es au courant de ce qui m'est arrivé, Grace. Mais il faut surmonter les périodes difficiles. S'énerver. Tu n'as jamais désiré de tels parents. Jamais désiré te trouver dans cette situation. Mais si tu laisses Margaret et Walter te gâcher la vie, choisir tes amis et tes compagnons, tu ne t'en sortiras *jamais*. Bats-toi, Grace. Bats-toi pour ce que toi, tu veux vraiment, pour une fois. Je pense que tes parents seront toujours d'éternels insatisfaits, mais c'est leur problème, pas le tien. Laisse-moi te donner un coup de main. Et Cole. Et aussi Logan. J'ai l'impression qu'il ferait tout ce que tu lui demanderais, et même plus encore. Son retour en ville est peut-être un signe. Son entreprise aide les gens dans la même situation que toi.

— Je ne suis pas comme ses clients, protesta immédiatement Grace.

— Pas exactement, mais pas loin.

Grace secoua la tête. Cependant, elle sourit, reconnaissant sa défaite.

— Tu as raison, dans un sens. Apprendre que Logan m'avait vraiment écrit, ça m'a ébranlée. Ça m'a fait mal. Je ne sais pas si ça aurait marché entre nous à cette époque-là, mais nous avons été privés de la chance d'essayer. Je l'aime. Enfin, j'aimais le garçon qu'il était, et de ce que j'ai vu et entendu depuis son retour, j'aime beaucoup l'homme qu'il est devenu. Je veux découvrir si ce que nous partagions autrefois était réel. Si ça peut fonctionner aujourd'hui. Je crois qu'il est temps.

— Temps pour quoi ?

— Pour que je tienne tête à mes parents.

— Carrément, oui ! commenta Felicity avec un immense sourire aux lèvres.

— Je ne sais pas si je peux y arriver, par contre. Tu pourras m'aider ?

— Évidemment, répondit son amie sans hésiter.

— Je sais que je devrais être plus forte, mais je suis vraiment faible avec eux.

— Non, tu ne l'es pas. Tu es l'une des femmes les plus fortes que je connaisse.

Comme Grace niait de la tête, Felicity insista.

— Si, tu l'es. Tu as une force intérieure que peu de gens possèdent dans ta situation.

— Mais je fais tout ce qu'ils me demandent de faire.

— En général, oui. Mais ça ne t'a pas brisée. C'est cette force-là que je vois en toi.

— Je me sens brisée, pourtant.

— Mais tu ne l'es pas, persista Felicity. Et tu n'es plus obligée de faire ça seule. Je suis là. Cole aussi. Et je parie que Logan et ses frères aussi. Sers-toi de ta force intérieure pour tendre la main vers nous.

— Je ne sais pas ce qu'ils vont me faire.

— Tu as peur d'eux ?

— Oui. Pourtant, ils ne vont pas me blesser. Enfin, rien que je ne puisse gérer. Ils ne m'ont jamais frappée. Ils ne m'ont jamais vraiment maltraitée, juste disciplinée.

— Il y a maltraitance et maltraitance, répliqua Felicity d'un ton sec.

Grace balaya l'inquiétude de son amie d'un geste de la main.

— Tu as raison, cela dit, indiqua-t-elle d'une voix qui se voulait ferme, mais qui trembla un peu. Il est temps que je m'affirme. Je les ai laissés me malmener bien trop longtemps. Je ne t'ai pas tout révélé, mais c'est du passé. Je comprends enfin que je dois être prudente avec eux, mais que je n'ai pas besoin de leur approbation pour tout. Ça ira. Nous devons parler de certaines choses. Je vais discuter calmement avec eux et leur dire qu'il est temps que je trouve le travail que je veux vraiment. Je continuerai à les aider au cabinet jusqu'à l'obtention de mon diplôme de marketing. Ça leur laissera largement la possibilité d'engager un remplaçant.

— Je suis fière de toi.

Felicity se pencha vers elle pour l'enlacer. Elles reprirent une conversation plus légère et se garèrent devant chez Grace quelques minutes plus tard.

— Je suis fière de moi aussi, dit Grace. Merci.

— Je t'en prie. File, maintenant. Je t'envoie un message demain. On mange ensemble ?

— Il ne vaut mieux pas. Je suis censée faire de la lèche à un client. On va procéder étape par étape.

Felicity rit.

— D'accord. Mais écris-moi pour me dire comment tu vas. Et je veux que tu me racontes toute votre conversation après.

— Ça marche. Merci de m'avoir convaincue de sortir. J'ai passé une bonne soirée.

— Je t'en prie. Et je ne vais même pas jubiler du fait que c'est grâce à moi que Logan et toi êtes à nouveau ensemble.

Grace leva les yeux au ciel et descendit de la voiture. Elle fit un dernier signe de la main à son amie avant que la voiture ne tourne au coin d'une rue, et se dirigea vers la maison de son enfance. Elle aurait aimé rentrer dans son petit appartement. Retrouver son canapé et ses films stupides. La grande demeure de ses parents ne ravivait que peu de bons souvenirs, cependant, l'idée qu'elle pourrait bientôt en sortir, commencer une nouvelle vie où elle ferait ce qu'elle désirait, pour changer, mit un peu plus de gaieté dans ses pas.

Elle souhaitait être le type de femme qui convienne à Logan. Elle savait, sans l'ombre d'un doute, qu'une femme faible incapable de se battre pour l'homme qu'elle voulait n'était pas le genre de Logan.

Elle ignorait totalement si leurs rapports reviendraient à ce qu'ils étaient dix ans plus tôt, mais savoir qu'il ne l'avait pas oubliée en quittant la ville apaisait les blessures à vif qui lui rongeaient l'âme depuis tout ce temps. Des plaies dans lesquelles sa mère remuait régulièrement le couteau pour les faire saigner.

Grace avait bien remarqué l'érection que Logan essayait pourtant de lui cacher pendant leur conversation contre le mur de la salle de sport. Visiblement, elle lui avait plu. Il avait aimé le tatouage aussi, et semblé apprécier ses courbes amples, contrairement à ses parents, qui les détestaient.

Le désir qu'elle ressentait pour Logan Anderson était profondément ancré dans ses os et coulait dans ses veines à gros bouillons. Elle le voulait plus que tout. Elle voulait qu'il lui appartienne et voulait lui appartenir à son tour.

Pour cela, elle allait devoir se dresser devant son père et sa mère une bonne fois pour toutes.

10

— Qu'est-ce qui t'arrive aujourd'hui ? lui demanda Nathan.

Ils se trouvaient à *Ace Sécurité* à faire le point sur leurs activités des jours écoulés. Comme ils étaient dispersés dans tout l'État une grande partie de la semaine, chacun occupé à une tâche diverse, ils avaient pris l'habitude de se retrouver au bureau le dimanche pour échanger leurs notes, discuter des cas à accepter ou à refuser, et entendre le bilan bancaire de Nathan.

Blake et Nathan s'étaient chargés de la conversation tandis que Logan ruminait.

— Rien.

— Mais bien sûr. Qu'est-ce qui se passe ? C'est une affaire qui te travaille ? demanda Blake.

— Non, les rassura Logan. Ce n'est rien de la sorte.

— C'est Grace Mason, alors ?

Logan lança un regard acéré à son frère bien trop observateur.

— Que sais-tu à son sujet ?

Blake rit et leva les paumes en signe d'apaisement.

— Ouh là. Du calme. Pas grand-chose, pour être

honnête. Juste que vous vous êtes absentés un long moment hier soir, que vous vous êtes câlinés contre le mur de la salle, et qu'elle est partie peu après.

Logan se passa la main dans les cheveux et soupira.

— Oui. Je ne sais pas trop où j'en suis. Vous vous souvenez, je vous avais dit qu'elle m'avait effacé de sa vie quand j'ai rejoint l'armée ?

Il poursuivit sans attendre qu'ils confirment.

— Sauf qu'en fait, elle n'a jamais reçu aucune de mes lettres. Elle croyait que c'était *moi* qui l'avais dédaignée.

— C'est quoi cette histoire ? souffla Blake.

— Ouah, ça craint, commenta Nathan.

— Le pire dans tout ça, c'est que ce sont ses parents qui lui ont caché mes courriers et me les ont renvoyés.

— Je ne suis jamais sorti avec une nana qui avait de l'argent, affirma résolument Blake. Sérieux. Elles ont toutes un truc qui cloche. Soit elles sont trop imbues d'elles-mêmes et ne s'intéressent qu'au shopping soit leurs vieux sont des cinglés.

— Tu connais beaucoup de filles riches ? demanda Nathan, faussement perdu. Je ne pensais pas que tu en avais rencontré autant à l'armée ou pendant tes études.

— Va te faire, rétorqua Blake sans grande conviction. Je sais de quoi je parle. Crois-moi, si tu en croises une un jour, fuis !

— Je ne sais pas ce qu'il en est de Grace et son besoin de faire du shopping, mais je suis d'accord avec toi concernant les parents tarés, confirma sèchement Logan.

— Qu'est-ce qu'on peut faire ?

Il sourit à Nathan. C'était peut-être le plus jeune, de quelques minutes seulement certes, mais il était toujours le premier à se mouiller pour eux, ainsi que pour n'importe quelle personne donnée perdante au départ.

— Aucune idée pour l'instant. Je prends les choses un jour à la fois. Je lui ai dit que j'avais envie de sortir avec elle, de réapprendre à la connaître, et je suis à peu près sûr qu'elle est sur la même longueur d'onde. Mais il y a vraiment quelque chose de pas net dans sa relation avec ses parents. Je n'ai pas voulu la brusquer l'autre soir, mais découvrir qu'elle ressentait la même chose pour moi à l'époque et qu'elle n'était toujours pas en couple me donne l'espoir que nous pourrions prendre un nouveau départ. Refaire connaissance et voir ce qu'il advient.

— Tu l'aimes vraiment, commenta Blake, quelque peu surpris.

— Oui, confirma Logan.

— Si elle compte autant pour toi, alors elle compte autant pour nous. Fais-nous signe dès que tu as besoin de quoi que ce soit.

Logan soupira de soulagement. Ses sentiments pour Grace se mélangeaient dans son esprit, néanmoins, son attirance pour elle était indéniable. Quand il était parti, il était certain de ressentir de l'amour pour elle. Manifestement, ces sentiments étaient toujours enfouis en lui, même dix ans plus tard. Il lui avait suffi d'un regard sur elle pour qu'ils remontent à la surface.

— Ça marche. On a fini ici ? J'espérais parler à Felicity. C'est elle qui a raccompagné Grace hier soir, et je voudrais être sûr qu'elle allait bien quand Felicity l'a ramenée.

— Vas-y, on s'occupe de tout, lui promit Blake. On avait presque terminé, de toute façon. Tu es toujours dispo pour ce boulot d'escorte demain à Colorado Springs ?

— Tu parles de cette femme qui sort de sa planque pour venir témoigner au tribunal contre son connard d'ex ?

— Oui.

— Je ne le manquerai pour rien au monde, le rassura-t-il.

Les trois frères se sourirent. Ils adoraient montrer aux tyrans que la victime qu'ils avaient harcelée pendant des années n'était plus seule. Qu'elle avait le soutien de personnes plus costaudes et plus vicieuses qu'eux. Peu importait qu'il s'agisse d'un homme ou d'une femme ; ce sentiment était tout aussi puissant.

— Appelle-moi demain à ton retour, alors, dit Blake en se levant pour donner un petit coup de poing dans le dos de son frère.

Celui-ci lui retourna le geste, puis adressa un signe du menton à Nathan.

— À plus.

— Bye.

— Salut.

Logan quitta les locaux de leur société et regarda le *Cabinet d'Architecture Mason*, de l'autre côté de la place, au centre de la ville. Si cela avait été un lundi plutôt qu'un dimanche, il aurait pu s'y rendre pour inviter Grace à déjeuner avec lui, afin de pouvoir parler encore. Cependant, il savait qu'il devait lui laisser un peu de temps pour réfléchir à tout ça. Son propre esprit tournait à plein régime depuis qu'il avait découvert que les parents de Grace les avaient volontairement séparés, alors il avait conscience que ce serait son cas à elle aussi. Il allait parler à Felicity d'abord et voir ce qu'elle avait à lui raconter, puis approcherait Grace de nouveau. Il voulait disposer du plus d'informations possible avant de faire le prochain pas, pour éviter de gâcher les choses entre eux avant même le début de leur histoire.

Il entra chez *Rock Hard Gym* et découvrit l'endroit aussi bondé que les autres jours. Il avisa Felicity derrière le bureau d'accueil et soupira de soulagement.

— Salut. Tu as une minute ?

— Je me disais bien que tu te pointerais, tôt ou tard. Laisse-moi juste demander à Josh de me remplacer, dit-elle, mentionnant le lycéen qui travaillait ici depuis quelques semaines.

Elle alla au fond du local chercher l'adolescent dégingandé. Elle fit signe à Logan de la suivre dans son bureau. Dès qu'elle referma la porte, il attaqua avec impatience.

— Elle est bien rentrée chez elle ?

Comprenant de qui il parlait, Felicity hocha la tête.

— Oui. Je n'ai pas encore eu de ses nouvelles ce matin, mais je ne suis pas surprise. Tu sais qu'elle a un téléphone secret, hein ?

— Quoi ? Non. Pourquoi a-t-elle besoin d'un portable secret ?

Felicity haussa les épaules et s'installa dans sa chaise de bureau.

— Ses parents lui paient le téléphone dont elle se sert pour son travail, et ils espionnent chaque numéro qu'elle compose. Ils retracent chaque appel, et Grace est même convaincue qu'ils peuvent lire tous les SMS et les e-mails qu'elle envoie. Elle s'est créé une autre adresse e-mail pour que nous puissions communiquer. J'ai aussi des vêtements à sa taille chez moi et dans ma voiture afin qu'elle puisse enfiler une tenue plus confortable et plus appropriée quand on sort. Bon sang, je crois que j'ai autant d'habits pour elle chez moi que pour moi.

Logan avait l'impression que sa tête allait exploser. À son retour en ville, il s'était laissé duper par l'apparence de Grace... et il avait honte de lui. Il l'avait perçue comme snob, froide et trop bien pour lui adresser la parole. Plus il en apprenait sur elle, cependant, puis il remettait en question tout ce qu'il avait cru.

— Elle a son propre appartement, n'est-ce pas ? Alors pourquoi passe-t-elle encore autant de temps chez ses parents ?

Felicity lui lança un regard prudent.

— Je n'étais pas là pendant votre enfance, mais Cole m'a raconté.

Il n'aimait pas vraiment découvrir que son ami avait parlé de lui, néanmoins, il fit signe à Felicity de poursuivre.

— Tes frères et toi en avez bavé. Ce que je vais dire peut paraître désagréable, mais écoute-moi jusqu'au bout. Ta mère te frappait, n'est-ce pas ?

— Oui.

— Elle te jetait des choses à la figure, laissait des bleus sur ton corps.

— Où veux-tu en venir ? demanda-t-il, les dents serrées.

— Tu vas voir. Avais-tu peur de ta mère ?

Il grinça des dents. Il avait l'impression d'être face à un psy et détestait ça.

— Bien sûr.

— Non, réfuta Felicity en secouant la tête. Enfin, je sais que tu la haïssais lorsqu'elle te frappait, mais quand tu n'étais pas avec elle… est-ce que tu craignais ce qu'elle pouvait te faire ?

Logan médita sa réponse un long moment avant de la fournir.

— Pas vraiment. J'étais soulagé dès que j'étais loin d'elle. J'avais quand même peur de ce qui arriverait quand je rentrerais chez moi, mais je me sentais en sécurité à l'école. Elle ne pouvait pas m'atteindre. J'aimais ça. C'était un moyen de m'évader de mon quotidien.

— Et tu as quitté la ville dès que tu as pu, pour t'éloigner d'elle.

Ce n'était pas une question, mais Logan fit comme si.

— Oui. Nous nous sommes barrés tous les trois.

Felicity hocha la tête.

— Et dès que tu es parti, le contrôle qu'elle exerçait sur toi a disparu. Mais que se serait-il passé si tu n'avais pas pu t'éloigner d'elle ? Si tu avais craint de tomber sur elle à chaque carrefour ? Si tu n'avais pas eu d'endroit où tu te sentais en sécurité ?

— Les parents de Grace ne la frappent pas, commenta Logan, qui voyait très bien où Felicity voulait en venir.

— Tu as raison. Ils ne la battent pas. Néanmoins, ils la surveillent. Ils ont des espions dans toute la ville. Grace travaille à leur cabinet. Elle a son propre appartement, mais ils lui font du chantage à coup de mensonges sur leur santé et le fait qu'ils « vieillissent » pour l'obliger à passer l'essentiel de ses week-ends chez eux et la contrôler un peu plus. Ils paient ses factures. Sa mère l'accompagne toujours pour faire du shopping et lui dit qu'elle n'est pas capable de trouver des vêtements qui la mettent en valeur. Grace ne peut absolument rien faire sans qu'ils l'apprennent. Le fait même que je parvienne à la convaincre de se glisser en douce de chez elle pour venir à une fête, comme hier soir, est un miracle. Le fait même qu'elle les défie pour déjeuner avec moi, alors qu'on sait l'une comme l'autre que ses parents ne peuvent pas me sentir, est un miracle. Le fait même qu'elle ait postulé à des cours pour obtenir le diplôme de ses rêves, afin de pouvoir enfin faire quelque chose qu'elle a toujours désiré plutôt que d'être la secrétaire/esclave de ses parents, est un miracle.

— Felicity...

— Je n'ai pas terminé, le réprimanda-t-elle, s'avançant sur son siège pour le fusiller d'un regard intense.

— Désolé. Continue.

— Grace m'a parlé des lettres, hier soir. C'était la

première fois qu'elle évoquait le sujet avec moi. Elle ne les a pas reçues, Logan. Elle ne mentirait jamais là-dessus. Si tu lui as vraiment écrit, eh bien, elle n'a jamais rien lu.

— Je lui ai écrit, confirma-t-il d'une voix monocorde.

— Je te crois. Comme je le lui ai dit hier soir : il y a maltraitance et maltraitance. Ne te méprends pas : Grace est l'une des femmes les plus fortes que je connaisse, même si on peut ne pas avoir cette impression au premier abord. On pourrait s'imaginer qu'elle est douce, docile et une vraie chiffe molle, pourtant elle a toujours une volonté de fer. Si elle se faisait frapper, toute la ville la prendrait en sympathie, et ses parents le savent. Ils sont sournois. Ils lui ont tellement fait peur pour qu'elle ne les défie pas qu'elle n'ose se rebeller que de temps en temps, et seulement par petites touches sûres, comme avec le tatouage sur sa nuque. Elle désire plus que tout leur amour et leur approbation, mais ils la lui refusent et l'agitent sous son nez comme une putain de carotte. Pourtant, hier soir, elle a pris une décision. Au début, j'ai cru qu'elle allait renoncer. Elle en était à ça, Logan.

Felicity leva la main, et montra son pouce et son index séparés d'un cheveu.

— J'ai vraiment cru qu'elle me disait au revoir pour toujours. Qu'elle allait se faire du mal, faire quelque chose de stupide. Mais non. Elle a justement pris la décision de ne pas abandonner. Enfin, c'est ce que je pense. Elle est déterminée à se libérer d'eux une bonne fois pour toutes. À faire ce qu'elle veut de sa vie, qu'ils approuvent ou non. C'est cette force-là chez Grace que la plupart des gens ne voient jamais. C'est à toi qu'on doit ce soudain désir d'indépendance. Je me suis tuée à le lui répéter, mais elle ne m'a jamais écoutée. Elle n'avait jamais eu envie de se défaire de ce que Margaret et Walter Mason pensaient d'elle… jusqu'à présent. Jusqu'à ce que tu lui dises que tu lui avais écrit, et toutes ces autres choses que tu lui as sûrement racontées à la soirée, lorsque vous êtes revenus du bureau.

Logan serra les mâchoires. Il aurait dû reconnaître les signes. Il avait observé suffisamment de femmes maltraitées pour les déceler. Il s'était comporté comme un idiot. Ses propres expériences l'avaient empêché de voir la situation désespérée de Grace.

— Qu'est-ce que je peux faire ?

— Ne la laisse pas tomber, répondit instantanément Felicity. Elle a dit qu'elle parlerait à ses parents. Je ne sais vraiment pas ce que ça va donner. Il n'est pas impossible qu'elle prenne peur et change d'avis. Il lui faudra sans doute un moment avant de briser enfin ses chaînes. Ils l'ont manipulée toute sa vie, alors ils vont certainement essayer de continuer, quoi qu'elle dise. Je pense que Grace a une trouille bleue de ses parents, même si elle nierait et affirmerait qu'ils n'agissent ainsi que pour faire d'elle une femme meilleure. Plusieurs fois, elle a laissé entendre qu'ils avaient été au-delà des humiliations avec elle, mais elle refuse d'en parler. Malheureusement, contrairement à toi, elle ne possède aucun endroit où elle se sente en sécurité et où elle puisse rester loin d'eux. Ils se pointent sans arrêt à l'improviste à son appartement. Elle n'est jamais libre, ils la surveillent sans cesse.

— Merde, jura Logan.

— Oui.

— Je vais faire en sorte qu'elle ait un endroit sûr où aller si ses parents réagissent mal à sa volonté de vivre sa propre vie, proclama Logan.

Felicity émit un rire sans joie.

— Je lui ai dit la même chose. Ça peut paraître difficile à

croire, mais elle a tout autant peur de ce que son père et sa mère pourraient faire aux autres qu'à elle.

— Comment ça ?

— Regarde ce que sa mère vous a fait à tous les deux, avec les lettres, répliqua Felicity. C'est du pipi de chat comparé à certaines rumeurs que j'ai entendues sur eux. Ils sont doués pour atteindre les gens. Je ne sais pas combien ils en ont contraint à se plier à leurs désirs dans cette ville, mais je peux t'assurer que Grace n'est pas la seule personne qu'ils manipulent. En outre, ils ont de l'argent. Grace craignait qu'ils ne fassent couler la salle de sport s'ils décidaient de faire pression.

— Ça, c'est n'importe quoi. On n'est pas en 1822. Castle Rock est une petite localité, oui, mais Margaret et Walter ne peuvent pas contrôler tout le monde à Denver ou Colorado Springs. C'est de la folie.

— Donne-lui un peu de temps, Logan. Pour ce que ça vaut, je suis de ton côté. Je pense que la seule personne en mesure de la convaincre de se libérer de leur emprise, c'est toi.

— Merci. Je ne suis pas certain de mériter ton soutien, mais je l'apprécie quand même. J'aurais dû faire plus à cette époque-là, et même à mon retour en ville. Je n'aurais pas dû laisser les choses en l'état.

— Peut-être, peut-être pas. Mais le passé, c'est le passé. On ne peut pas revenir en arrière.

— C'est vrai. Mais je peux faire aujourd'hui ce que j'aurais dû faire autrefois.

— Oui. Tu peux.

— Merci, Felicity. J'apprécie.

— Je t'en prie. Mais si tu lui fais du mal...

— Ça n'arrivera pas.

Ces quatre mots contenaient toute sa conviction.

Apprendre ce que Grace avait traversé, ce qu'elle traversait encore, lui donnait d'autant plus envie de la protéger. Il voulait être l'endroit où elle se sentait en sécurité. Il avait besoin d'incarner ce rôle pour elle.

Felicity le dévisagea un long moment, puis se leva.

— Bien. Peut-être qu'à nous deux on parviendra à la convaincre que ses parents ne pourront plus lui faire de mal une fois qu'elle se sera libérée de leur emprise. Je sais qu'elle cherche leur amour, mais je ne pense pas qu'elle l'obtiendra un jour.

— Mes frères veulent aider aussi.

— C'est bien ce qu'il me semblait.

— Tu peux me tenir au courant quand tu auras de ses nouvelles ?

— Oui.

Il tendit la main à Felicity, et lorsqu'elle la lui serra, il en profita pour la prendre dans ses bras.

— Je sais que nous ne nous connaissons pas très bien, mais je m'en fiche. Les amis de Grace sont mes amis. Merci.

Felicity éclata de rire et lui rendit son étreinte.

— Pareil. Maintenant, file. J'ai une entreprise à faire tourner.

Elle le repoussa gentiment et lui indiqua la porte.

— J'ai un boulot à Colorado Springs demain, donc je ne serai pas dans le coin, mais si tu as besoin de quoi que ce soit, Nathan et Blake seront là.

— Compris. Prends soin de toi.

— C'est une mission facile, la rassura-t-il tandis qu'ils sortaient du bureau.

Il lui fit un signe de la main en quittant le bâtiment, méditant tout ce qu'elle lui avait appris. Avait-il manqué tous les indices à l'époque du lycée trahissant ce qui se passait vraiment chez Grace ? C'était possible. Il était tellement préoccupé par les coups de sa propre mère que jamais il n'avait imaginé que la vie de Grace puisse ne pas être idyllique.

Bon sang, pas une seule fois, en dix ans, il n'avait songé qu'il y avait peut-être une explication au fait qu'elle lui ait retourné toutes ses lettres. Il avait simplement présumé qu'elle ne voulait plus lui parler.

Il avait encore beaucoup de choses à apprendre, et beaucoup de torts à réparer. Grace Mason ignorait dans quelle mesure sa vie allait changer, à présent.

11

— Mère. Père. Est-ce que je peux vous parler ?

Margaret soupira comme si vouloir une discussion dès le matin était un péché mortel. Elle posa son couteau et sa fourchette et se tourna vers sa fille.

— Cela ne peut-il pas attendre ce soir ? Tu sais que je ne gère pas très bien le stress avec l'estomac vide.

Grace ravala la boule qu'elle avait dans la gorge et insista.

— Je suis désolée, mère, mais j'aimerais vous parler avant que vous ne soyez trop occupés.

— Dis ce que tu as à dire, alors, rétorqua Walter d'une voix pleine de dédain, manifestement agacé que son habitude matinale consistant à lire le journal pendant le petit déjeuner et à ignorer sa femme et sa fille soit interrompue.

Songeant que mieux valait en terminer rapidement, comme quand on enlevait un pansement, Grace se lança.

— Je vais bientôt entamer mon second cycle à l'université. Des cours de marketing. Je n'ai jamais voulu étudier la gestion. J'ai toujours aimé la publicité et la psychologie inhérente. Il est temps aussi que je sois moins dans vos pattes. Je serai toujours là si vous avez besoin de moi, mais je ne vais plus rester tous les week-ends ici.

Pas un muscle ne tressaillit sur le visage de sa mère. Le silence régna dans la salle à manger quelques instants, puis, d'une voix monotone, elle demanda :

— C'est tout ?

— Euh... oui.

— Non.

Incrédule, Grace fixa sa mère qui avait repris sa fourchette et la dégustation de ses œufs brouillés comme si de rien n'était.

Elle essaya à nouveau.

— Je sais que c'est une surprise pour vous, et j'en suis désolée. Mais j'ai vingt-huit ans et mon propre appartement. Vous avez besoin de votre intimité autant que moi de la mienne. Je serai toujours proche, mais c'est mieux pour tout le monde.

— Grace, ta mère a dit non. Nous avons besoin de ton aide ici. Nous ne sommes plus aussi jeunes qu'avant, et tu devrais nous montrer un peu de respect. Cette conversation est terminée.

Elle s'empourpra, penaude de se faire ainsi réprimander. Elle savait que la discussion ne se déroulerait pas bien, mais cela devenait ridicule. Elle tenta d'insuffler un peu plus de fermeté dans sa voix.

— Vous allez très bien tous les deux. Vous avez un tas de serviteurs ici qui peuvent vous aider. Je viendrai vous voir de temps en temps, mais je ne passerai plus tout mon temps ici.

Margaret poussa un soupir. Un gros et long soupir, comme si Grace était une enfant faisant un caprice, et que sa mère en avait assez. Elle posa très délicatement sa fourchette, s'essuya les lèvres avec sa serviette en lin au niveau des commissures. Puis elle la plia, la remit sur la table et se leva.

— Walter.

Elle ne dit rien de plus, cependant, cela suffit à son mari pour comprendre le message. Il quitta la pièce.

— Mère, je sais que c'est une surprise, mais...

— Viens avec moi, Grace.

— Pouvons-nous en parler un peu plus ?

Grace sentait croître sa nervosité. Elle n'aimait pas l'étincelle dans le regard de Margaret. Même si celle-ci n'avait pas élevé la voix, Grace avait bien conscience qu'elle était énervée. Elle n'avait vu cette expression sur le visage de sa mère qu'en de rares occasions, mais cela ne s'était pas bien passé pour elle chaque fois.

— Non. Viens, maintenant.

À contrecœur, Grace se leva et, quand Margaret la prit par le bras et la tira vers sa chambre, elle poussa un cri de surprise. Elle savait qu'elle aurait pu se dégager facilement, car la poigne de sa mère n'était pas très forte, mais elle rechignait à la défier de manière aussi flagrante après sa déclaration effrontée.

Elle suivit docilement sa mère, dans l'espoir qu'elle pourrait la convaincre que déménager et rompre ses chaînes serait ce qu'il y avait de mieux pour tout le monde.

Elle ne cessait de penser qu'elle pourrait bientôt manger ce qu'elle désirait, portait les vêtements de son choix, exercer le métier de ses rêves et fréquenter qui elle souhaitait, aussi avide d'obtenir tout cela qu'un lion affamé le serait d'un bon steak bien juteux. Tout à coup, elle voulait plus que tout son indépendance. Plus, même, que la reconnaissance et l'approbation de ses parents.

Margaret la traîna ainsi jusqu'à la chambre de son enfance et pointa le lit du doigt.

— Assieds-toi.

— Mère, pouvons-nous...

— Toute ta vie, tu n'as été qu'une déception, déclara Margaret d'un ton monocorde, les bras croisés comme si elle s'adressait à une enfant plutôt qu'à une femme adulte. Dès l'instant où tu es sortie de mon ventre, tu as été une ratée. Tu aurais dû être un garçon. Je n'ai épousé Walter que dans le désir d'avoir un garçon. Après toi, je n'ai plus pu tomber enceinte, car tu as ruiné mon utérus.

Sidérée, Grace fixa sa mère. Elle savait que ses parents auraient voulu avoir un garçon, ils le lui avaient bien fait comprendre, mais le venin dans la voix de sa mère était nouveau.

— Nous avons essayé de bien t'élever. Quitte à ne pouvoir avoir de fils, nous pouvions au moins te façonner afin que tu deviennes une femme sur laquelle nous pourrions compter. Mais tu as toujours refusé de coopérer. Quand nous te donnions des cubes pour t'amuser, tu préférais te tourner vers les livres. Nous t'avons offert des Legos, une boîte à outils Meccano, et même un logiciel extrêmement cher permettant de t'entraîner de manière ludique à construire des bâtiments et des villes. Et toi, qu'est-ce que tu as fait ? Tu as dédaigné tout ceci pour jouer à la poupée, à la maîtresse et regarder des films puérils sur l'ordinateur que nous t'avions acheté.

Margaret ne bougeait pas. Elle ne paraissait même pas vraiment affectée, pourtant, Grace savait qu'elle bouillonnait. Sa mère se tenait devant elle, les bras croisés, à cracher ses paroles comme si elles étaient des choses répugnantes qui terniraient son âme par le seul fait d'avoir franchi ses lèvres.

— Alors, puisqu'il n'était plus question de faire de toi une architecte, nous avons convenu que tu ne serais bonne qu'à être secrétaire dans notre cabinet, prendre soin de nous puis nous donner un petit-fils, que nous pourrions ensuite façonner pour qu'il soit conforme à nos attentes.

Grace poussa un petit cri de surprise et regarda sa mère, horrifiée. De quoi parlait-elle ? Un petit-fils ?

Walter pénétra dans la pièce, les bras chargés d'un objet que Grace ne parvenait pas à voir. Bon sang, que se passait-il ?

Margaret poursuivit.

— Plus le temps passe, plus tu te montres capricieuse. Il faut que cela cesse. Tu te choisis les mauvais amis, tu te faufiles de la maison alors que nous avons besoin de toi ici, tu t'inscris à des cours de marketing dans notre dos... Ah, tu pensais que nous l'ignorions ? Ma pauvre Grace, quelle naïve tu fais, d'avoir cru pouvoir nous cacher quelque chose, répliqua Margaret en claquant de la langue d'un air désapprobateur. Donne-moi ta main.

— Mère, pouvons-nous...

— Donne. Moi. Ta. Main.

Grace la tendit immédiatement. Sa mère lui faisait extrêmement peur. Elle ignorait comment celle-ci avait découvert qu'elle avait postulé pour des cours supplémentaires, mais cela ne faisait que renforcer sa conviction que Margaret Mason avait des espions partout. Elle savait qu'elle était une déception aux yeux de sa mère, cependant, elle n'avait pas conscience de l'ampleur de la haine de celle-ci à son égard.

Son père lui prit le poignet et referma quelque chose autour. C'était une sorte de menotte, doublée de laine d'agneau et douce contre sa peau. Il la resserra au point que Grace eut l'impression que le sang pouvait à peine circuler dans ses mains. Sidérée, elle le regarda faire de même à l'autre poignet.

— Je ne voulais pas en arriver là, tu sais, poursuivit sa

mère, comme s'il était tout à fait naturel que son mari attache leur fille. Je pouvais tolérer le fait que tu fasses le mur de temps en temps. Nous nous attendions à ces petites mutineries de ta part. Néanmoins, c'est terminé à présent. Écoute-moi bien, Grace. Tu nous appartiens. Tu vas faire ce que nous désirons, quand nous le désirons et avec qui nous le désirons.

— Et qu'est-ce que vous voulez ? répliqua-t-elle avec hardiesse.

Elle était toujours effrayée, cependant, constater l'absence totale d'humanité dans le regard de sa mère avait brisé efficacement les derniers liens affectifs auxquels elle s'accrochait depuis trop longtemps. Elle n'obtiendrait jamais l'approbation de Margaret. Jamais. Quoi qu'elle fasse. Cette certitude lui avait donné le courage de s'exprimer. Enfin.

— Tu vas séduire Bradford Grant. La seule chose que tu as à faire, c'est de tomber enceinte. Tu vas lui mentir en prétendant que tu prends la pilule. Ses parents et lui ne pourront refuser le mariage une fois que tu porteras son enfant. Bien sûr, tu devras alors quitter ton travail et passer tes journées ici avec nous, où nous pourrons prendre soin de toi, nous assurer que tu te ménages. Quand tu auras mis notre petit-fils au monde, nous te déclarerons inapte à l'élever, et nous aurons enfin le fils dont nous rêvions. Puisque tu refuses d'être une fille aimante et d'aider tes parents dans leurs vieux jours, tu n'es plus bonne à rien, à part comme poulinière.

Bouche bée, Grace fixait sa mère. Celle-ci était givrée, timbrée, folle...

Percevant un étirement au niveau de son poignet, elle regarda son père. Trop distraite par les paroles insensées de sa mère, elle ne s'était pas rendu compte que Walter avait attaché une chaîne à la tête du lit. Ce qu'elle avait senti, c'était l'instant où il reliait son poignet à la chaîne.

Elle tira fort sur sa main et cria de douleur. Horrifiée, elle se tourna vers sa mère.

— Quoi ? Tu vas me garder enchaînée à ce lit jusqu'à ce que j'accepte ?

— Non. Je vais te garder enchaînée à ce lit jusqu'à ce que tu comprennes que je peux faire ce que je veux. Tu n'as un appartement que parce que je te le permets. C'est moi aussi qui t'autorise à manger avec ton amie tatouée. Si tu me défies maintenant, les choses ne feront qu'empirer pour toi... et ces gens que tu considères comme tes amis.

Son père lui prit l'autre main et la relia à son tour à une longue chaîne accrochée de l'autre côté du lit. Grace disposait d'une grande liberté de mouvement. Elle pouvait se lever, marcher et s'allonger sur le lit, mais elle ne pouvait atteindre ni la porte ni la fenêtre ni la salle de bains. Elle se demanda depuis combien de temps ils planifiaient cette captivité.

Margaret se pencha à deux doigts de son visage.

— Ne te méprends pas. Je vais gagner. Tu as toujours eu ce côté rebelle. Voilà pourquoi je n'ai jamais pu t'aimer. Si tu avais été un peu plus... juste un peu plus... tu aurais pu être une femme que j'aurais souhaité fréquenter, une femme que j'aurais aimée. Mais ce matin a été la goutte d'eau qui a fait déborder le vase. Désormais, tu mangeras ce que je te dirai de manger. Tu diras ce que je veux que tu dises. Tu feras ce que je te dirai de faire. Un point c'est tout.

— Et si je refuse ? lança Grace.

Margaret se redressa et éclata d'un rire qui la glaça jusqu'au sang.

— Alors, je ruinerai Felicity et sa petite salle de sport.

— Tu ne peux pas faire ça, cria Grace, désespérée.

— Idiote. Tu as toujours été une telle idiote. Tu sais quoi ? Je sais aussi que tu t'es remise à baver sur cet Anderson. Quelle chance tu as eue que ses traîne-misère de frères et lui décident de revenir dans cette ville, n'est-ce pas ? Tu veux le prendre entre tes cuisses depuis le lycée. Heureusement que tu n'es pas tombée enceinte de *sa* progéniture quand tu étais adolescente. Tu aurais été contrainte d'avorter. Je veux un fils, oui, mais pas un qui soit entaché de l'ADN de cette famille répugnante. Je te préférerais enceinte de n'importe qui plutôt qu'eux. Tu as ouvert la bouche pour lui lors de cette fête scandaleuse hier soir, lorsque vous avez eu votre petite conversation privée ?

Grace en resta bouche bée. Comment sa mère pouvait-elle en savoir autant sur les événements de la veille ? À présent, elle était vraiment énervée à son tour. Raconter tout un tas d'inepties sur elle, c'était une chose, mais insulter Logan et Felicity en était une autre. Elle prit le taureau par les cornes.

— Pourquoi m'as-tu caché ses lettres ?

— Tu me le demandes sérieusement ? Tu n'as pas entendu ce que je viens de te dire ? répliqua Margaret pleine de mépris, sans se soucier un instant de nier le vol du courrier. Il n'était pas assez bien pour notre famille. Et j'avais raison. Sa mère a tué son père. C'est dire à quel point ils peuvent tomber bas. Ce sont des va-nu-pieds jusqu'à la moelle. En outre, il était hors de question que je te permette de t'éloigner de moi, *ma fille*. Je savais que Logan s'était entiché de toi à cette époque-là et que tu partageais ses sentiments. Il était impensable que je laisse une telle chose se produire. C'était inenvisageable. J'avais besoin de toi ici. À mes côtés. Afin que tu fasses ce que je te demandais. Et cela a fonctionné à la perfection. J'ai gardé le dernier courrier que ce garçon t'a envoyé, si tu veux le voir. Celui-ci, je l'ai conservé sans le renvoyer. Il a écrit « dernière chance » au dos, et c'est là que j'ai compris que ce serait enfin la dernière lettre qu'il t'adresserait. Je dois bien admettre que je ne m'attendais pas à ce qu'il tienne aussi longtemps. Je me suis dit que tu découvrirais ce que j'avais fait pour te protéger et t'empêcher de devenir une clocharde à ses côtés, et que tu voudrais alors savoir ce qu'il ressentait vraiment après que tu lui avais renvoyé toutes ses lettres.

Grace tenta de calmer sa respiration. Comment pouvait-elle être de la même famille que ce monstre ? Pourquoi avait-elle essayé toute sa vie d'obtenir son approbation ? Son amour ? C'était sans espoir, comme cela l'avait toujours été. Margaret l'avait détestée dès l'instant où elle avait appris que son bébé n'aurait pas de pénis. Grace se tourna vers Walter, cherchant un peu de soutien de son côté.

— Père ?

— Tout ce qui t'arrive est entièrement de ta faute. Si seulement tu avais été une meilleure fille, tout ceci aurait pu t'être évité, répliqua l'intéressé, sans lui accorder le moindre regard.

Malgré tout ce qu'il lui avait infligé à l'instant, ses paroles parvinrent quand même à la blesser. Elle n'obtiendrait aucune aide de ce côté-là.

— Je n'ai même pas besoin de te la montrer, poursuivit sa mère d'une voix toujours atone. Je me souviens de chaque mot. Le message était bref et direct. Veux-tu entendre ce qu'il disait ?

Non. Elle ne le souhaitait vraiment, vraiment pas. Elle adressa à peine un regard à la femme qui l'avait mise au monde sans jamais l'aimer, refusant de trahir à quel point elle était meurtrie.

— *« Chère Grace »* récita sa mère, comme si elle lisait le courrier reçu tant d'années plus tôt. *« Tu as gagné. J'ai compris. Ce sera ma dernière lettre. Tu as tout gâché. Je t'aurais offert le monde sur un plateau. Je t'aurais traitée comme une princesse. Si tu ne voulais pas t'abaisser à quelqu'un comme moi, il te suffisait de me le dire. Ça nous aurait évité de perdre un temps précieux et de faire tous ces efforts. Tu sais quoi ? Va te faire voir. Tu n'es qu'une garce froide. J'espère ne plus jamais te rencontrer.* »

Margaret lui adressa un sourire machiavélique.

— Il te déteste. J'ignore les inepties qu'il t'a dites hier soir, mais ce ne sont visiblement que des mensonges pour parvenir à ses fins avec toi. Pour te faire baisser ta garde, te pousser à lui faire confiance, afin de pouvoir ensuite te laisser tomber comme tu l'as laissé tomber lui. C'est une question de revanche, ma fille. Purement et simplement. Il n'en a plus rien à faire de toi, après que tu lui as renvoyé tous ses courriers.

Grace serra les dents et empêcha très fort ses larmes de couler. Elle ne croyait pas un mot de ce que sa mère lui affirmait. Plus maintenant. Vingt minutes plus tôt, si Margaret lui avait montré la lettre au petit déjeuner, elle l'aurait crue. Elle aurait pensé que Logan essayait seulement de se venger d'elle. Cependant, enchaînée à son lit comme elle l'était et après avoir entendu les projets de ses parents concernant sa vie ? Non, elle n'en croyait rien.

Logan avait très certainement écrit cette lettre. Grace ne lui en voulait pas. Pas après que tous les courriers qu'il lui avait adressés lui aient été renvoyés sans avoir été ouverts. Néanmoins, il était impensable que ses paroles de la veille n'aient été motivées que par une volonté de vengeance puérile. Il était impossible que la passion émanant de ses yeux et de son corps ait été un mensonge. Improbable qu'il n'ait pu s'empêcher de caresser son tatouage s'il la détestait vraiment. Grace était peut-être naïve et bête de s'être crue capable de se libérer du joug de ses parents, cependant, elle

Au Secours de Grace

savait jusqu'à la moelle de ses os que Logan était un homme bien. Qu'il n'avait pas parlé par simple vengeance.

Elle garda le silence, refusant de donner à sa mère la satisfaction de penser qu'elle l'avait atteinte.

Cela fonctionna. Margaret Mason s'énerva.

— J'informerai tout le monde au cabinet demain que tu n'es malheureusement pas dans ton assiette et que tu seras absente. Et peut-être le jour suivant également. Voire toute la semaine, cracha Margaret, les bras croisés. Garde bien ça à l'esprit, Grace. Je te garderai enchaînée à ce lit aussi longtemps que nécessaire pour que tu réalises enfin que tu nous appartiens et que tu dois faire ce qu'on désire. Le libre arbitre n'existe pas dans cette maison. Il n'a jamais existé et n'existera jamais.

— Si tu pisses sur tes draps, tu devras dormir dans ton urine, commenta Walter sans manifester la moindre émotion.

Grace le regarda et remarqua le seau qu'il tenait à la main.

— Fais comme si tu étais revenue aux années mille huit cent et que c'est un pot de chambre, ajouta-t-il avec un rire sans joie en lâchant l'objet en question par terre.

Le son creux qu'émit le récipient en touchant le sol la fit tressaillir.

Margaret recula puis lissa des plis inexistants sur son chemisier.

— Bonne journée, chère file. J'espère que tu n'auras pas trop faim. Considère que c'est un nouveau régime. Nous reviendrons te voir plus tard.

Sur ces mots, elle sortit de la pièce, son mari sur les talons.

Grace tira fort sur ses poignets et sursauta en entendant le bruit métallique des chaînes. Incrédule, elle pouffa. Cela ressemblait à des liens de *bondage*. Tout plutôt qu'afficher physiquement sur la chair de sa fille les blessures qu'elle lui infligeait *verbalement* depuis des années. Les menottes étaient douces à l'intérieur, mais totalement impossibles à retirer.

Grace était coincée. Prisonnière.

Ses parents étaient des tyrans.

Elle savait qu'ils n'étaient pas les plus gentils du quartier, cependant, elle n'aurait jamais imaginé qu'ils iraient aussi loin.

Vaincue, elle s'allongea sur le dos. Elle pouvait les défier. Et elle le ferait. Mais elle finirait bien par céder un jour. Elle n'avait pas le choix, sauf à vouloir passer le reste de son existence enchaînée à son lit.

Épouser Bradford ne serait pas si mal. Néanmoins, elle ne laisserait jamais son fils à Margaret et Walter. Jamais.

12

— Elle ne t'a pas contactée ? demanda Logan, incrédule, à Felicity le lendemain de son travail à Colorado Springs.

La mission s'était déroulée sans heurts, le connard qui avait traîné son ex au tribunal pour des mesquineries ne lui avait pas dit un mot avant ou après l'audience, ce qui était déjà le but de la présence de Logan en premier lieu. Il n'était pas dupe ; sa cliente devrait quand même affronter son ex à un moment ou à un autre, mais il lui avait assuré qu'elle ne devait pas hésiter à joindre *Ace Sécurité* si elle avait besoin de quoi que ce soit.

Il était rentré tard la veille, et malgré son désir impérieux de vérifier auprès de Felicity comment se portait Grace, il s'était retenu, à cause de l'heure avancée. En conséquence, il avait dormi très mal, s'était retourné dans son lit sans arrêt, inquiet, et il s'était rendu à la salle de sport un peu plus tôt que son horaire habituel.

Felicity était arrivée après sa douche. Logan attendait avec impatience dans le hall d'accueil, à tuer le temps avec Cole. Son ami savait dans les grandes lignes ce qui se passait, mais n'avait pas eu de nouvelles de Grace non plus.

— Non, confirma Felicity, soucieuse. Je lui ai envoyé des messages et des e-mails, mais elle n'a pas répondu. J'ai même pris sur moi hier et je me suis rendue au cabinet, mais il y avait une intérimaire à sa place. Elle m'a dit que Grace était souffrante et qu'elle ignorait quand elle reviendrait.

— Merde, jura Logan. Elle a des ennuis.

— Tu n'en sais rien, répliqua Felicity, qui ne semblait pas convaincue pour autant. Elle était vraiment stressée l'autre soir. C'est peut-être ce qui la rend malade. Découvrir que tu ne l'avais pas laissée tomber, prendre la décision de se libérer de ses parents... ce n'est pas rien.

— Ou alors, ils lui ont fait quelque chose, rétorqua Logan, les dents serrées, en proie à la frustration.

— Ouh la, attends, intervint Cole en levant les mains en signe d'apaisement. Tu crois vraiment que les Mason, qui ont vécu ici toute leur vie, qui possèdent l'une des entreprises les plus prospères de la ville, ont éliminé leur fille parce qu'elle leur a dit qu'elle souhaitait avoir un autre diplôme et ne plus dormir chez eux ?

Cela semblait ridicule, cependant, les poils se dressaient sur la nuque de Logan, qui pensait les parents de Grace capables de tout, après qu'il avait découvert qu'ils avaient saboté sa relation avec leur fille. Il se passa une main dans les cheveux, agité.

— Je ne voulais pas forcément dire qu'ils l'avaient tuée, mais ils sont du genre à tout contrôler. Tu l'as dit toi-même, Felicity. Jusqu'où iraient-ils alors ?

— Ils sont un peu sévères, mais je ne les imagine pas faire une folie, affirma Felicity. Et si tu lui rendais visite ? Je suis certaine qu'elle est simplement malade.

Logan médita cette suggestion. Il n'était pas sûr de réussir à rester poli face aux parents de Grace après ce qu'ils leur avaient fait par le passé, mais si cela lui permettait de constater en personne que Grace se portait bien, il pouvait le faire.

— D'accord, je vais y aller.

— Tu ne peux pas agir à la Logan, foncer là-bas et exiger de lui parler, le prévint Felicity.

— Agir à la Logan ? Qu'est-ce que tu veux dire ?

— Tu dois jouer leur jeu. Si tu te pointes comme l'ancien soldat que tu étais, ils feront la sourde oreille. Crois-moi, je connais bien les gens dans leur genre. Rentre te changer. Enfile un pantalon habillé et une chemise. Sonne de manière civilisée plutôt que de frapper à la porte comme un taré. Salue-les poliment, demande-leur si Grace est chez eux. Dis-leur que tu as appris qu'elle était malade et que tu t'inquiètes pour elle. Sors même des conneries sur le temps. Fais tout ce qu'il faudra. Joue leur jeu. Sinon, tu ne pourras jamais la voir.

Logan serra les dents. Il savait que Felicity avait raison, mais ça l'agaçait au plus haut point de devoir le faire.

— Et appelle-moi juste après.

Logan leva les yeux au ciel. Parfois, Felicity se comportait comme une femme d'affaires dure à cuire qui ne se laissait emmerder par personne, et d'autres fois, comme une adolescente de quinze ans.

— Tu as besoin de renforts ? demanda Cole.

— Oui, mais je ne suis pas certain que ça aiderait Grace, répondit-il en toute honnêteté. Mais j'apprécie.

— Tu vas en parler à tes frères ?

— Bien sûr. Mais je dois d'abord découvrir ce que je vais devoir affronter. Je ne veux pas mettre quelque chose en marche s'il ne se passe rien de suspect.

Cole hocha la tête.

— Étudier la configuration du terrain. Partir en reconnaissance.

— Exactement. Je te tiens au courant dès que j'en sais plus.

— J'attends ton appel, confirma Cole, dans un grognement.

— *On* attend ton appel, rectifia Felicity en soufflant.

Logan acquiesça d'un air absent, tandis que différents scénarios défilaient dans son esprit quant à sa visite chez les Mason. Il retourna à sa moto. Il aurait aimé pouvoir ignorer les conseils de Felicity, mais il savait qu'il ne devait pas. Elle avait raison. Il devait se changer, se faire beau, avoir l'air respectable... même s'il ne s'agissait que d'une façade. Il n'avait jamais été respectable, et ce ne seraient pas quelques jolis vêtements qui changeraient la situation, mais il le ferait. Pour Grace.

* * *

Une heure plus tard, Logan sonna chez les Mason. Il avait renoncé à sa moto, lui préférant son pick-up. Ce n'était sans doute pas le genre de voiture qui obtiendrait l'approbation des Mason, néanmoins, c'était toujours mieux que sa bécane. Il résista à son besoin de s'agiter, ce qui trahirait son malaise. Il portait un costume gris, acheté sur l'insistance de Nathan quand ils avaient monté leur entreprise, et il se sentait gauche. Il s'était abstenu de nouer une cravate, mais avait tout de même enfilé une chemise boutonnée et des chaussures élégantes appartenant à son frère.

Une caméra de surveillance était dirigée sur lui. Il l'avait remarquée dès qu'il avait gravi les marches du porche. Droit comme un *i*, les mains croisées devant lui, il attendit de voir si la porte s'ouvrirait. Il avait des doutes.

Enfin, après une éternité qui n'avait probablement duré que trente secondes, le battant fut entrebâillé, et Logan se trouva nez à nez avec un majordome. L'homme devait approcher les soixante-dix ans, et son froncement de sourcils associé à ses rides habituelles lui conférait un air vicieux.

— Oui ? Que puis-je faire pour vous ?

— Je m'appelle Logan Anderson. Je suis un ami de Grace. J'ai appris qu'elle était malade. Je suis venu prendre de ses nouvelles. Voir si je peux faire quoi que ce soit pour elle.

— Mlle Grace n'est pas dans son assiette, mais je suis certain que ses parents lui apportent toute l'aide dont elle a besoin.

L'homme s'apprêtait à fermer la porte, mais Logan fut le plus rapide. Il mit le pied dans l'embrasure.

— S'il vous plaît. Beaucoup de gens s'inquiètent pour elle. Je sais que tout le monde se sentirait mieux si je pouvais la voir un instant. Je ne souhaite pas les déranger, ni elle ni ses parents, et je ne veux certainement pas aggraver son mal, mais je ne serais pas un bon ambassadeur pour ses amis si je ne lui adressais pas mes vœux de prompt rétablissement en personne.

Il espérait que le vieil homme percevrait la légère menace dans ses propos.

Il la saisit.

Il recula et fit signe à Logan d'entrer.

— Suivez-moi, je vous prie. Je vais informer Mme Mason que vous êtes venu prendre des nouvelles de Mlle Grace. Si elle pense qu'il est dans l'intérêt de sa fille de sortir du lit pour vous rencontrer, elles seront là très vite.

Si les mots étaient polis, le ton fit tiquer Logan. Le majordome était agacé d'avoir dû laisser entrer Logan. Cela dit, il n'en avait rien à cirer. Il comptait voir Grace et lui parler, d'une manière ou d'une autre. Ce n'était pas un vieil homme qui allait l'en empêcher.

Il le suivit dans un couloir bordé de portraits accrochés aux murs représentant des hommes à l'air sévère, jusqu'à une pièce sombre qui semblait servir rarement. Un antique canapé d'allure inconfortable se trouvait d'un côté du salon, au fond. Le sol était fait d'un plancher foncé, et les rideaux près de la grande baie vitrée étaient d'un rouge sombre. Deux fauteuils, une bibliothèque remplie de livres et une petite table complétaient l'aménagement.

— Mettez-vous à votre aise, je vous prie. Cela peut prendre un moment. Si Mlle Grace se sent assez en forme pour sortir de sa chambre, elle voudra se rendre présentable avant de se montrer devant vous.

L'homme inclina la tête, puis quitta les lieux et referma derrière lui.

Logan étudia son environnement jusqu'à trouver ce qu'il cherchait. Dans un coin du plafond haut était installée une caméra de surveillance. Se sachant observé, il déambula nonchalamment dans la pièce. Il étudia les titres des livres – des ouvrages généraux, pour la plupart –, regarda par la fenêtre le jardin coupé au cordeau, et fit les cent pas.

Grace et lui avaient été amis durant trois ans, à l'époque du lycée, mais jamais Logan n'était venu dans cette maison. Ils se retrouvaient à la bibliothèque du bahut, pour leur tutorat, ou se voyaient lors des différents événements sportifs organisés. Il avait cru à ce moment-là tout connaître de Grace, mais il s'était lourdement trompé. Il savait qu'elle vivait dans une grande demeure dans la banlieue de Castle Rock et qu'elle avait de l'argent, cependant, il ignorait à quel point sa famille était riche. Il était prêt à parier tout ce qu'il possédait qu'il y avait des femmes de chambre, une cuisinière et peut-être même des chauffeurs privés logés quelque part sur le domaine.

Il regrettait de ne pas avoir cherché à en apprendre davantage sur la jeune fille autrefois. Il avait été égoïste, focalisé sur lui-même, s'abreuvant de la compassion et de l'attention que Grace lui accordait sans se soucier d'en découvrir plus sur elle en retour. Jamais elle ne lui avait avoué être malheureuse. Logan réalisa tout à coup que ce n'était pas son style. Elle passait son temps à essayer de *le* faire sourire, de s'assurer qu'*il* allait bien. C'était une des choses qu'il aimait chez elle. À l'époque, et encore maintenant.

Il faisait son possible pour avoir l'air calme en apparence tandis qu'il attendait que Grace arrive, mais, au fond de lui, l'agitation bouillonnait dans ses veines. Il ne parvenait pas à l'imaginer vivant ici. Elle était si impertinente, si modeste. Adolescente, jamais elle n'avait semblé accorder grande importance à l'argent de ses parents. Oui, elle portait toujours des vêtements de marque et possédait une jolie BMW à cette époque-là, pourtant jamais elle ne se comportait comme si elle valait mieux que lui ou que n'importe qui d'autre à l'école.

Sans jamais le juger, elle l'avait écouté à maintes reprises raconter les horreurs que sa mère leur faisait subir et combien il détestait rentrer chez lui. Elle lui avait témoigné sa sympathie quand il lui avait dit que, parfois, sa mère achetait de l'alcool avec l'argent destiné à la nourriture. Grace l'avait même encouragé à s'engager après son diplôme, ne serait-ce que pour fuir cette vie-là.

Jamais Logan n'avait deviné qu'elle habitait dans un environnement aussi étouffant. Ou bien qu'elle désirait si désespérément l'amour de ses parents. Elle était bien trop... pleine de vie pour se terrer dans une tombe de cet acabit.

La porte craqua derrière lui, et il pivota sur ses talons.

Margaret Mason apparut derrière, les mains croisées devant elle avec modestie.

— Bonjour, Logan. Je suis enchantée de vous revoir après toutes ces années. Je suis navrée pour le décès de vos parents.

Sa voix était polie, son ton modulé, mais dépourvu de la moindre émotion. Ils n'exprimaient aucune sympathie. Aucune sincérité. Il était évident qu'elle se souciait comme d'une guigne de la mort de ses parents.

— Merci, madame Mason. Ça a été une période compliquée, en effet.

— Tes frères et toi êtes revenus pour de bon ici, alors ?

— Oui, madame.

Il ne développa' pas.

— Hum. Grace descendra dans un instant. Comme vous le savez, elle ne se sentait pas bien. Elle doit revêtir une tenue plus appropriée à l'accueil d'un visiteur. Elle était en train de dormir, voyez-vous.

— Je comprends. Je vous suis reconnaissant de lui permettre de venir me rencontrer.

Logan détestait ses propres paroles, mais il n'avait pas le choix. Il était clair comme de l'eau de roche que cette femme régnait sur la maisonnée. Si elle n'avait pas souhaité que Grace lui parle, alors celle-ci ne l'aurait pas fait. C'était aussi simple que cela. Il n'oubliait pas qu'elle avait caché ses lettres, cependant, il contint son désir de lui crier dessus pour cela. Pour la première fois, il prit conscience de ce que Grace devait ressentir. Elle voulait probablement défier sa mère, elle aussi, néanmoins, elle savait le pouvoir que celle-ci détenait sur elle. Ce fut une révélation pour lui et, tout à coup, il fut reconnaissant à sa génitrice de s'en être tenue à de la maltraitance physique et de s'être abstenue de toute manipulation et de tout chantage émotionnel avec ses frères et lui. D'une certaine manière, ce qu'il avait traversé était plus facile à gérer que ce que Grace avait vécu et vivait encore.

— Je vous proposerais bien quelques rafraîchissements, mais Grace se sent mal, et je crains que l'odeur du thé et des biscuits ne lui donnent la nausée. Vous comprenez mon souci, j'en suis sûre.

Logan serra les dents.

— Bien sûr. Je ne la retiendrai pas longtemps. Ses amis et moi sommes juste inquiets pour son bien-être.

Margaret gloussa.

— J'ignore ce que vous pensez, jeune homme, de la situation actuelle de Grace, mais son père et moi ne la gardons pas prisonnière. Elle se sent mal, voilà tout. Par chance, elle était chez nous quand ça lui est arrivé, et non seule dans son appartement.

— C'est bon à entendre. Je suis impatient de pouvoir lui parler.

Dix minutes s'écoulèrent, qui parurent durer dix heures à Logan, qui tentait d'entretenir une conversation sans intérêt avec Margaret Mason. La porte fut entrouverte, et Grace entra dans la pièce.

Sa première pensée fut qu'elle ne semblait en effet pas aller bien. Elle avait le visage pâle et des cernes sombres sous les yeux. Ses cheveux étaient rassemblés dans leur habituel chignon. Logan préférait la queue de cheval moins protocolaire qu'elle arborait la dernière fois qu'il l'avait vue. Elle avait revêtu un pantalon noir, ses talons de tous les jours et un chemisier en soie verte.

Il la dévisagea d'un œil critique. Tout paraissait parfaitement normal chez elle. Elle était apprêtée à la perfection, comme d'habitude. Élégante. Mis à part ses cernes, elle n'avait aucune marque sur le visage. La peau autour de son cou était dépourvue de la moindre imperfection. Il était bien sûr possible de cacher des meurtrissures sous ses habits, néanmoins, elle marcha normalement dans sa direction, sans boitiller, indiquant que ses jambes et ses hanches allaient bien. Dans l'ensemble, elle ressemblait à une jeune femme qui ne se sentait pas bien depuis quelques jours... comme sa mère l'avait dit.

Elle s'avança jusqu'à lui et le regarda avec de grands yeux.

— Bonjour, Logan. C'est gentil à toi d'être venu me voir.

Ses mots étaient polis et froids. Il avait l'impression d'avoir sous les yeux une marionnette de Grace plutôt que la jeune femme pleine de vie de la soirée à la salle de sport.

— Salut, Grace. Comment te sens-tu ?

— J'ai connu mieux.

— Assieds-toi, la pria-t-il en lui prenant les mains.

Elles étaient glacées. Il fronça les sourcils et la guida jusqu'au canapé, qui constituait le seul endroit de la pièce où il pouvait s'installer à ses côtés.

Margaret Mason se déplaça jusqu'à l'un des fauteuils près du canapé, afin de pouvoir les écouter.

— Pourriez-vous nous laisser un moment ? demanda Logan poliment, alors qu'il aurait plutôt souhaité lui ordonner de leur accorder un peu d'espace.

— Oh, faites comme si je n'étais pas là. J'aimerais juste m'assurer que Grace ne présumera pas trop de ses forces. Vous savez comment elle est... Elle essaie toujours de se dépasser. Je ne veux pas qu'elle fasse une rechute.

Une nouvelle fois, ses mots étaient polis et trahissaient son inquiétude, néanmoins, ils contenaient un sous-entendu qu'il ne comprit pas. Il aurait préféré s'entretenir avec Grace sans sa mère à proximité, mais à moins de saisir

Mme Mason à bras-le-corps et l'éjecter de la pièce – un acte qui ne l'aiderait très certainement pas à parler à Grace –, il devait la jouer fine. Cela l'énerva. Il détestait se faire manipuler par l'autre femme.

Logan s'assit à son tour sur le canapé, le corps tourné vers Grace. Il avait volontairement installé cette dernière le dos à sa mère, si bien que Margaret ne pouvait distinguer facilement que son visage à lui et non celui de sa fille.

— C'était la grippe ?

Grace haussa les épaules pour indiquer qu'elle n'en était pas sûre.

— Je ne sais pas trop. Sans doute un virus quelconque.

— Tu as consulté un médecin ?

— Bien sûr. Mère a appelé le nôtre. Il m'a examinée et a dit que tout devrait aller mieux d'ici une semaine environ.

— Hum. Felicity est venue te voir à ton bureau et a été surprise d'apprendre que tu étais malade.

Logan observa Grace de près, étudiant son langage corporel. Ses mains reposaient sur ses genoux, serrées l'une contre l'autre. Elle ne se trémoussait pas. Elle ne bougeait pas du tout. Elle semblait parfaitement calme, pondérée... sauf ses mains. Elle les serrait si fort que ses jointures en étaient blanches. Et son pouls battait si violemment dans son cou que Logan pouvait le voir. Tout autant de signes apparents que quelque chose n'allait pas. Aussi efficaces à ses yeux que des bannières clignotantes. Elle lui hurlait en silence de l'aider, mais il en était incapable. Pas alors qu'il ignorait ce qui clochait.

— Sa visite me fait plaisir. Tu voudras bien la remercier ? lui demanda Grace sans que l'expression de son visage ne varie.

— Est-ce qu'on peut faire quoi que ce soit pour toi ?

— Non, je te remercie. Mes parents prennent soin de moi, comme toujours. Comment vont tes frères ?

Il ignorait pourquoi elle lui posait cette question, néanmoins, il savait que plus il passerait de temps avec elle, plus il pourrait récolter d'indices sur la situation présente. Son instinct lui disait qu'elle n'avait rien à voir avec ce qui était affiché.

— Ils vont bien. J'avais un boulot à Colorado Springs hier, et Nathan m'a rendu fou à m'envoyer des textos sans arrêt. Ce type est toujours collé à son portable. Sans ses gadgets, il serait perdu.

— J'espère que tout est en ordre.

— En ordre ? Oh, tu parles de ce travail ?

Elle confirma de la tête, et il la rassura.

— Oui. Notre cliente avait surtout besoin d'être accompagnée pour se rendre au tribunal. Son ex la maltraitait, et elle voulait lui montrer qu'elle n'était pas seule. C'est efficace dans la plupart des cas. Une fois que les tyrans se rendent compte que la personne qu'ils ont contrôlée pendant des années ne les craint plus, qu'ils voient que des gens se tiennent à ses côtés, prêts à se battre pour elle, ils ne la ramènent plus.

C'était incroyablement culotté de sa part de dire cela, cependant, il n'aurait pas pu s'en empêcher, même si sa vie en avait dépendu. Il voulait que Mme Mason sache qu'il était aux côtés de Grace.

— J'admire ce que vous faites, monsieur Anderson, intervint Margaret, sa désapprobation parfaitement audible dans son ton. Mais si cette jeune femme n'avait pas pris la mauvaise décision au départ, n'avait pas choisi de fréquenter le mauvais jeune homme, elle ne se trouverait pas dans sa situation actuelle, n'est-ce pas ?

Il s'arracha à la contemplation de Grace pour s'intéresser à sa mère. Elle avait du cran, il devait bien l'admettre.

— Peut-être, peut-être pas. Cet homme s'est peut-être comporté parfaitement bien avec elle au début de leur relation, puis a changé d'attitude une fois qu'il l'avait sous son emprise. Mais indépendamment de la manière dont ça a commencé et de qui en est responsable, il n'est jamais acceptable qu'un être humain tyrannise un autre être humain. Point.

Margaret ne répondit rien, à part un léger haussement de sourcil, et lui adressa un petit sourire faux. Logan se tourna à nouveau vers Grace et remarqua que pendant son bref échange avec sa mère, elle avait bougé. À peine. S'il ne l'avait pas examinée d'aussi près juste avant, il ne s'en serait même pas rendu compte.

Ses mains étaient toujours serrées sur ses genoux, mais elle avait remué pour relever un peu l'une de ses manches.

— Quels étaient tes symptômes ? Tu as réussi à manger quelque chose ?

Il ne s'intéressait pas vraiment à sa réponse, cependant, il fallait qu'elle continue de parler pour qu'il puisse l'observer.

Elle lui parla sur le même ton monotone, mais il ne l'écouta pas, cherchant plutôt à déterminer ce que Grace tentait de lui faire comprendre. Il y avait une petite rougeur sur le poignet qu'elle avait dévoilé, mais aucun bleu. Sur le dos de sa main se trouvait une marque ressemblant au frottement d'un tapis, et une autre était visible sous son poignet. C'était tout. Aucune empreinte de doigt, rien qui ne suggère qu'elle était détenue contre sa volonté.

—... j'apprécie.

— Excuse-moi, tu disais ? demanda-t-il, puisqu'il avait manqué l'essentiel de la conversation.

Elle lui adressa un sourire, un sourire mécanique, le genre qu'elle pourrait accorder à n'importe quel étranger croisé dans la rue.

— Je disais : merci d'être venu me voir. J'apprécie.

Mme Mason se leva, Grace l'imita, et Logan n'eut d'autre choix que de faire de même.

— Je vous remercie de vous soucier autant de notre fille au point de lui rendre visite, monsieur Anderson. Nous sommes heureux de savoir qu'elle a des amis attentionnés.

— Grace a beaucoup d'amis inquiets pour elle. Je suis content qu'elle n'ait rien de grave. Grace, ajouta-t-il à son intention, tu vas contacter Felicity, n'est-ce pas ? Je lui dirai que je t'ai vue aujourd'hui, mais tu devrais vraiment lui parler toi-même.

— Oui, je l'appellerai. Quand je me sentirai mieux.

Incapable de se retenir davantage, il prit Grace dans ses bras, espérant que cela ressemblerait à une étreinte amicale aux yeux de Margaret. Il aurait aimé lui murmurer dans le creux de l'oreille qu'elle n'était pas seule, qu'il découvrirait ce qui se passait, mais il ne pouvait le faire. Pas avec sa mère si près d'eux. Il se contenta d'appuyer légèrement une main au bas de son dos et l'autre sur sa nuque pour effleurer brièvement le tatouage invisible, imitant le geste qu'il avait eu lors de la soirée.

— Prends soin de toi, Futée. Je ne voudrais pas qu'il t'arrive quelque chose. Tu manquerais à beaucoup de monde, lui dit-il très sérieusement.

— Merci.

Ce fut davantage un murmure contre sa peau qu'une déclaration à voix haute, mais Logan le perçut très clairement.

Il recula et posa les mains sur ses épaules. Le pouls de Grace battait toujours la chamade, elle serra un bref instant les doigts autour de sa taille, puis elle les laissa retomber et s'écarta de lui.

— Soigne-toi vite, lança-t-il maladroitement.

— Bien sûr.

— Allez, viens, Grace. Il est temps que tu retournes te coucher, intervint Margaret sur un ton posé. Je ne veux pas que tu fasses une rechute. Ton père t'attend. Il va t'aider à monter l'escalier et te réinstaller dans ton lit.

Grace déglutit une fois, puis baissa le menton et se dirigea vers la porte. Elle ne lança qu'un seul regard en arrière, et les poils se dressèrent à nouveau sur la nuque de Logan. C'était le regard d'une femme qui espérait que tout se passerait pour le mieux, mais qui s'attendait plutôt au pire.

Il se souvint de ce truc idiot qu'il faisait au lycée et qui la faisait toujours rire. Alors, il la fixa droit dans les yeux et fit un léger mouvement du menton. Elle ne sourit pas, mais elle se mordit la lèvre, et ses yeux se remplirent de larmes. Elle répondit de la même manière, avant de se détourner et de quitter la pièce.

Après le départ de la jeune femme, il se tourna à contre-cœur vers Mme Mason. Il devait continuer cette comédie.

— Je vous remercie de m'avoir permis de la voir. Elle compte beaucoup pour ses amis et moi.

— Je vous en prie. Comme je vous l'ai dit, elle n'est pas retenue prisonnière. Je m'inquiète juste pour sa santé, c'est tout. Vous devriez peut-être appeler avant de venir, la prochaine fois. C'est éprouvant pour Grace de se changer pour être présentable, à l'heure actuelle.

— Je vous promets de le faire. Encore merci à vous. Ne vous embêtez pas, je connais le chemin.

— Voyons, James va vous raccompagner.

Il faillit lever les yeux au ciel. Évidemment que le majordome s'appelait James. Il hocha brièvement la tête et suivit Mme Mason qui sortait du petit salon. Le vieil homme les attendait. Logan remercia une dernière fois la mère de Grace, puis emboîta le pas à James.

Il aurait aimé démarrer en trombe comme s'il avait le diable aux trousses, arrachant au passage le revêtement de l'allée, mais il s'obligea à conduire posément. Dès qu'il eut tourné dans la rue qui débouchait au bout, il prit son portable et composa un numéro.

— Alors, ça a été ? demanda Nathan, sans se soucier des salutations.

— Elle a des ennuis.

— Ouah, qu'est-ce qui s'est passé ?

— Je te raconterai tout une fois arrivé au bureau. Appelle Cole. Et Felicity.

— Ça marche. Tu l'as vue ?

— Oui.

— Et ? Donne-moi quelque chose, frérot, lança Nathan, irrité.

— Je ne sais pas. Elle a dit tout ce qu'elle devait dire, mais elle était terrifiée.

— Par quoi ? Toi ?

— Non, pas exactement. *Pour* moi, peut-être. Mais par sa mère carrément. Je serai là dans quarante minutes à peu près. Il faut que je prenne une douche. Pour me débarrasser de la puanteur de cette maison et de cette femme.

— C'est si mauvais que ça ? demanda Nathan, sur un ton empli de compassion.

— Oui, confirma Logan.

— Pas de souci. Blake est déjà en route, et je vais contacter Cole et Felicity. Tu as besoin de quelqu'un d'autre ?

— Pas pour l'instant, non. Je n'ai rien de concret, juste

une intuition. Ce qui ne suffit pas pour une action officielle. Mais laisse-moi te dire une chose, frangin : elle sortira de cette maison, d'une manière ou d'une autre.

— On fera tout ce que tu veux.
— Merci. À tout à l'heure.
— Bye.

Logan raccrocha et médita sur sa récente visite.

* * *

Sans un mot, Grace suivit son père docilement jusqu'à sa chambre. Elle aurait aimé tout déballer à Logan, mais avec sa mère assise dans la pièce, elle savait qu'elle n'aurait pas pu. Ses parents étaient tout bonnement fous. Impossible de deviner ce qu'ils auraient fait à Logan si elle s'était exprimée. Ils l'auraient sans doute enfermé dans un donjon secret situé sous la maison.

Elle attendrait son heure. Elle avait eu pleinement le temps de réfléchir tandis qu'elle était restée enchaînée à son lit. Elle ne pouvait pas gagner contre ses parents. Pas à l'heure actuelle. Toutefois, elle en avait fini d'obéir aux ordres de ses parents. Fini.

Elle allait jouer les victimes impuissantes et, à la première occasion, elle s'enfuirait d'ici. De cette maison. De Castle Rock. Du Colorado. Elle prendrait un nouveau départ ailleurs. Elle serait serveuse, femme de ménage, femme de chambre... peu importe. Tant qu'elle pouvait s'éloigner de Margaret et Walter Mason, et que ses amis étaient en sécurité, elle se fichait du reste.

Elle ne dit rien tandis que Walter marmonnait tout bas, fustigeant les hommes trop curieux et se plaignant de douleurs à la poitrine. Elle revêtit le tee-shirt large et le pantalon de jogging que ses parents l'avaient autorisée à enfiler, sans faire grand cas de la présence de son père pendant qu'elle se changeait. Elle s'allongea sur le lit et le laissa refermer les menottes à ses poignets. Elles lui irritaient la peau légèrement, causant de subtiles marques. Grace ignorait totalement si Logan les avait vues ou s'il avait compris de quoi il s'agissait. C'était sa seule preuve physique de sa captivité. Le seul indice qu'elle avait pu lui donner.

Les chaînes cliquetèrent au-dessus de sa tête quand son père les scella à nouveau. Puis il partit sans un mot, laissant simplement sa fille prisonnière dans son lit. Grace aurait tué pour manger quelque chose, mais sa mère la limitait à cinq cents calories par jour. Elle avait ri et dit à sa fille de considérer ça comme un régime draconien.

Grace détestait ses parents.

Elle les haïssait.

Pendant tant d'années, elle avait tout fait pour qu'ils l'aiment. Pour qu'ils l'apprécient. Pour qu'ils soient fiers d'elle. Pourtant, pendant tout ce temps, cela avait été un combat perdu d'avance. Ils ne l'aimeraient jamais. Quand elle l'avait enfin admis, l'amour résiduel qu'elle ressentait pour les personnes qui l'avaient élevée était mort.

Grace comprenait plus que jamais le désir de Logan de quitter la ville sitôt son diplôme en poche.

Elle aurait dû fuir avec lui en ce temps-là. S'acheter un ticket et monter dans ce bus avec lui.

Toutes ces hypothèses étaient sans intérêt.

Cette fois-ci, en revanche, dès l'instant où elle en serait capable, elle partirait.

13

Logan était installé à une grande table ronde dans les locaux de son entreprise, en compagnie de ses frères, Felicity et Cole. Il avait passé en revue les moindres paroles de Grace et ignorait encore ce qu'elle avait tenté de lui dire. En surface, tout semblait aller bien, mais Logan était certain qu'il n'en était rien.

— Elle a dit que ses parents prenaient soin d'elle comme toujours ? s'écria Felicity, incrédule.

— Oui. Ce sont ses mots exacts, confirma-t-il.

— Ils ne s'occupent plus d'elle depuis qu'elle sait marcher, râla Felicity. Pas vraiment en tout cas. Je sais, ça ne fait que quelques années que je la connais, mais franchement. Ce sont les gens les plus froids que j'ai eu le malheur de rencontrer.

— Tu disais qu'il y a des caméras ? demanda Nathan.

— Oui. Je les ai remarquées en avançant dans l'allée, et il y en avait aussi à l'intérieur de la maison.

— Blake, tu peux les pirater ? poursuivit Nathan.

— Quoi ? Non. Je ne suis pas un hacker.

— Mais tu aimes les ordinateurs, fit valoir Logan.

— Oui. Ce n'est pas pour autant que je peux pénétrer dans n'importe quel système. Je sais analyser les vidéos qu'on me donne, je peux fouiner dans les affaires de n'importe qui, et si j'ai un disque dur entre les mains, je sais fouiller dedans, en retirer l'historique de navigation, découvrir les sites Internet visités et ce genre de choses, mais je ne suis pas un hacker.

— Merde, frangin. Tu étais dans l'armée. Tu n'as aucun contact ? se plaignit Logan.

— Toi aussi, tu y étais. Tu n'as pas de contacts, toi ? rétorqua Blake.

— Putain.

Logan se frotta les tempes.

— Je croyais que tous les geeks se fréquentaient. Dans les films, il y a toujours un type qui a l'air de connaître tout le monde et qui est capable d'obtenir toutes les informations possibles d'une simple pression sur un clavier.

Nathan renifla avec dérision.

— Ces gens-là n'existent pas dans la vraie vie. Juste dans les films, et peut-être les bouquins. Pas en vrai. Crois-moi, j'aimerais beaucoup connaître quelqu'un comme ça. Ce serait une aubaine pour notre boulot. Outre le fait que c'est illégal, il faudrait quelqu'un de vraiment doué, ou vraiment chanceux, pour hacker des caméras, des satellites et des bases de données du gouvernement au quotidien.

— Merde. On doit découvrir ce qui se passe dans cette maison, se plaignit Blake.

Felicity intervint.

— Grace m'a donné la procuration sur son compte, au cas où. Je pourrais voir si elle a retiré de l'argent.

— Bonne idée, la félicita Logan. Et son autre téléphone ? Tu peux la joindre dessus ?

— J'ai essayé. Elle n'a pas répondu. Je ne sais pas si ses parents l'ont trouvé, si elle ne peut pas le prendre à l'heure actuelle ou si elle cherche juste à faire profil bas.

La pièce sombra dans le silence quelques instants, puis Cole demanda :

— Donc, elle a une marque sur le dos de la main. Ça a une signification particulière, d'après toi ?

Logan haussa les sourcils pour indiquer son ignorance.

— C'est ce que je croyais au début, mais maintenant, je n'en ai aucune idée. Ça n'avait pas l'air de traces de menottes. J'en ai vu suffisamment dans ma vie pour les reconnaître. Ça ressemblait tout au plus à une marque de frottement contre un tapis.

— C'était où, rappelle-moi ? demanda Nathan, qui serrait les dents à la pensée que Grace ait pu être victime de maltraitance.

— Il y avait une petite marque rose ici et ici, indiqua Logan en levant la main pour tracer une ligne imaginaire au-dessus de son poignet, près du dos de la main, et dix centimètres en dessous.

— Trop grand pour des menottes, c'est sûr, confirma Cole.

— Mais ça peut quand même être des liens malgré tout, insista Nathan.

— Oui, acquiesça Felicity. S'ils voulaient être certains que ça ne laisse aucune ecchymose, ils ont très bien pu enrouler quelque chose autour de ses poignets pour qu'elle n'ait pas de bleu. Sinon, pourquoi aurait-elle relevé volontairement sa manche ?

Logan serra les dents pour essayer de se contrôler, mais il n'y parvint pas. Il se leva si vite que sa chaise tomba en arrière et heurta le sol avec un bruit sourd. Il frappa la table du plat de la main, puis il pivota vers le mur et le cogna à son tour. Il posa les deux paumes dessus et se pencha, le souffle court. Il était hors de lui.

Le silence régna un moment dans la pièce, et ce fut Felicity qui eut le courage de le briser.

— Pourquoi est-ce que ça t'affecte autant, Logan ?

Il fit brusquement volte-face et répondit dans un grognement, entre ses dents serrées.

— Quoi ?

Elle leva les mains en signe d'apaisement.

— Ne t'énerve pas. Ce que je veux dire, c'est que tu n'es revenu en ville que depuis quelques mois et que tu n'as vraiment parlé à Grace qu'une seule fois. D'accord, c'était une conversation plutôt intense, vous avez tous les deux découvert que ses parents vous ont entubés, mais c'est tout. Vous vous êtes fiancés l'autre soir sans nous le dire ou quoi ? Tu nous caches encore quelque chose, peut-être ? Ne te méprends pas, je suis heureuse que tu te soucies autant de Grace, car elle a besoin d'un dur à cuir dans ton genre qui se préoccupe sincèrement de ce qui lui arrive, mais franchement, je suis perdue.

Il aurait voulu l'incendier, mais il réalisa qu'elle avait raison. Il n'était pas certain lui-même de savoir pourquoi il se mettait dans cet état, juste que cela l'affectait beaucoup. Il répondit en faisant les cent pas, d'abord avec hésitation, puis de plus en plus vite à mesure que l'émotion se déversait de lui.

— Je l'aime vraiment. Beaucoup. Depuis toujours. Même si on ne s'est embrassés qu'une seule fois, juste avant mon départ de la ville, ça reste le plus beau baiser de ma vie. Et nos lèvres se sont à peine effleurées. Lorsque j'ai cru qu'elle m'avait rayé de son existence, ça m'a fait mal. Je suis devenu fou, je me suis tapé les premières femmes qui s'offraient à moi, je me suis bagarré juste pour le plaisir de le faire. Au bout d'un certain temps, j'ai essayé d'avoir des rendez-vous. J'ai rencontré deux femmes très gentilles qui auraient fait des femmes et des mères parfaites. Mais c'est tombé à l'eau. Je ne ressentais pas la moitié de l'étincelle que je ressens pour Grace.

» À mon retour en ville, je me suis tenu à l'écart d'elle. Je ne voulais pas que le fantasme que j'avais dans la tête sur la femme qu'elle était se ternisse. Même quand je croyais encore qu'elle m'avait volontairement blessé et induit en erreur, je n'arrivais pas à l'oublier.

Logan inspira profondément et regarda ses amis. Ils l'observaient, pas avec pitié, mais avec compassion et sympathie. Il poursuivit.

— Cinq minutes avec elle ont suffi à raviver tous les sentiments que j'éprouvais pour elle à mes dix-huit ans... en dix fois plus fort. Elle était comme dans mes souvenirs... et tellement plus. Donc oui, Felicity, je m'inquiète pour elle. Beaucoup. Peut-être qu'elle ne veut rien avoir à faire avec moi. Peut-être qu'elle voudrait juste que l'on soit amis. Mais je ne le crois pas.

— Moi non plus, confirma Felicity. Elle ne tenait plus en place, après votre soirée. Je ne l'avais jamais vue ainsi. Si ça ne tenait qu'à moi, je vous enfermerais tous les deux dans une pièce pendant une semaine.

— Je ne suis pas sûr que ça suffirait à calmer mon obsession pour elle, rétorqua sèchement Logan.

— J'espère que non. Je ferais ça juste pour que tu l'aies si profondément dans la peau, et elle pareil, que vous ne pourriez plus vous passer l'un de l'autre. Cependant, laisse-moi te dire une chose, Logan. Ne lui fais aucun mal. Si tu la fais souffrir, je te coupe les couilles.

— Je te le promets, répondit-il, sans tressaillir face à son choix de mots.

— Bien. Alors, quel est le plan ?

Les lèvres de Logan s'incurvèrent, tandis qu'il se tournait vers ses frères.

— Blake ? C'est toi le meilleur pour ça.

Pour sa part, il n'aimerait rien tant que de faire irruption dans la demeure sur la colline et filer à l'anglaise avec Grace, néanmoins, il savait qu'il devait la jouer fine. La dernière chose dont il avait besoin, c'était de finir en prison pour kidnapping et de voir *Ace Sécurité* fermer ses portes. Il devait agir avec prudence. S'il fallait, pour cela, laisser ses frères gérer, il le ferait.

— Nous allons surveiller la maison à tour de rôle, hors du champ des caméras. On prendra des photos pour essayer d'apercevoir Grace à travers les fenêtres. On va noter les allées et venues et essayer d'obtenir des informations de toutes les personnes qui quitteront les lieux. Livreurs, visiteurs, employés. Nous allons tenter d'en apprendre le maximum grâce à eux, puis nous pourrons déterminer notre prochain coup.

— Combien de temps ? demanda Logan. Si Grace est maltraitée, nous ne pouvons pas attendre. Parler à tout le monde prendra du temps.

— Je n'en sais trop rien. Moi non plus, je ne veux pas qu'elle reste plus longtemps dans cette maison, mais nous devons nous montrer intelligents.

— Très bien. Mais si on apprend qu'elle se fait maltraiter, on agit.

— Promis, Logan. Maintenant, planifions qui va faire quoi et quand, ajouta Blake en fouillant dans ses papiers posés devant lui.

Le groupe s'agglutina autour de la table pour discuter

des meilleurs points de vue sur la demeure des Mason et décider qui prendrait le premier tour de garde.

Ces quatre hommes et cette femme avaient officieusement fait le pacte de creuser au fond des choses pour découvrir ce qui se passait entre les murs de la maison de Grace. D'une façon ou d'une autre.

14

Grace, les yeux baissés, jouait avec l'ourlet de son chemisier, tandis que Margaret s'entretenait avec les parents de Bradford. La dernière fois qu'elle avait été autorisée à descendre remontait à trois jours, pour sa conversation avec Logan. Trois longues journées de silence émaillées de sermons et de menaces de sa mère et de son père.

Elle les avait écoutés discourir sur la ruine de l'entreprise de Logan et de ses frères si elle leur racontait ce qui lui arrivait. La salle de sport de Felicity et Cole serait incendiée si Grace osait leur parler de ses longues journées de privation d'eau et de nourriture.

Cet après-midi-là, Margaret l'avait informée que Bradford et ses parents venaient dîner, donc qu'ils pourraient planter la première graine d'une relation entre Bradford et Grace.

Grace appréciait sincèrement les parents du jeune homme. Elle ne les avait croisés qu'à quelques reprises, néanmoins, ils semblaient avoir davantage les pieds sur terre que Walter et Margaret. Bradford avait aussi une sœur, que Grace n'avait jamais rencontrée, mais, lors des rares occasions où Bradford parlait d'elle, elle paraissait être le genre de personne dont Grace aimerait faire la connaissance. Alexis avait certes quelques années de moins qu'elle, cependant Bradford l'avait décrite comme extrêmement mature pour son âge. Bien que les Grant aient de l'argent, ils ne l'avaient pas laissé leur ronger l'âme, contrairement à Margaret et Walter.

Pour s'assurer sa coopération pendant le dîner, Walter avait dit très précisément à Grace ce qui arriverait à Betty et Brian Grant si elle ne se taisait pas. Il avait affirmé connaître quelqu'un pouvant sans peine couper les câbles de frein de leur voiture, ce qui causerait la mort certaine du couple quand il emprunterait les routes de montagne pour rentrer chez eux, à l'ouest de Denver.

Grace avait eu beaucoup de temps pour réfléchir, dans cette chambre, et elle s'était rendu compte que, au cours de l'année écoulée, ses parents s'étaient montrés beaucoup plus durs dans leurs paroles et leurs actes. Les croyait-elle capables de meurtre ? Non. Mais leurs intimidations, ajoutées au fait qu'ils la détenaient contre sa volonté, lui avaient fait comprendre que quelque chose les avait mis sur le fil du rasoir et qu'ils étaient dérangés.

Elle avait donc docilement hoché la tête face à la menace de ses parents.

Puis planifié son évasion.

* * *

Logan jura un long moment dans sa tête en voyant le SUV Mercedes se garer devant la demeure. Il avait insisté pour s'occuper des veilles de nuit, laissant Nathan et Blake se charger des journées. Pour une raison qu'il ne saurait définir, il avait le sentiment que Grace était plus vulnérable la nuit, et bien qu'il ignore ce qui se tramait dans la maison, il avait l'impression d'être plus près d'elle quand il la surveillait de nuit.

De ce qu'il avait pu constater, il ne s'était rien passé de fâcheux ces derniers soirs. Il épiait la demeure et ses occupants à travers les fenêtres grâce à ses jumelles et au long objectif de son appareil photo. Malheureusement, il ne distinguait pas grand-chose depuis les différents points d'observation autour de la propriété. Il avait vu Walter et Margaret prendre le dîner dans la grande salle à manger impersonnelle, remarqué plusieurs aides ménagères qui déambulaient, le regard baissé, mais aucune trace de Grace.

Où qu'il se rende autour de la bâtisse, jamais il ne l'apercevait. Pas une seule fois. Les rideaux de la chambre que Felicity avait désignée comme celle de Grace étaient constamment tirés. Une lueur filtrait en dessous, qui disparaissait chaque soir, si bien que Logan soupçonnait Grace de s'y trouver, mais il n'en avait jamais eu la confirmation, n'avait jamais distingué ne serait-ce que son ombre se déplaçant dans la pièce.

Il porta les jumelles à ses yeux et regarda Betty et Brian Grant sortir de leur voiture de luxe, suivi de Bradford et Alexis, leurs deux enfants. Felicity avait raconté à Logan et ses frères que la mère de Grace voulait que sa fille épouse Bradford. Logan prit mentalement note de demander à Blake de faire des recherches sur toute la famille Grant. S'ils avaient le moindre lien avec ce qui était infligé à Grace à l'heure actuelle, ils allaient payer. Elle n'était pas un pion sur un échiquier, même si ses parents avaient agi comme tels par le passé.

Brian Grant sonna, et le majordome vint lui ouvrir. Le vieil homme n'avait toujours pas l'air joyeux, néanmoins il recula pour laisser entrer le groupe dans la demeure sans se faire prier. Pour la millième fois, Logan aurait aimé qu'ils disposent d'un hacker prêt à les aider. Il donnerait tout, absolument tout, pour pouvoir écouter ce qui se passait dans cette maison à cet instant précis.

Il se cacha davantage dans la capuche de son sweat noir et changea de position. Certain que la propriété recelait des détecteurs de mouvement, il veilla à rester loin de leur portée et à se déplacer suffisamment lentement pour ne pas attirer l'attention si par hasard quelqu'un visionnait plus tard les caméras de surveillance. Arrivé à son poste d'observation habituel quand il souhaitait épier la salle à manger, Logan s'installa.

Pour la première fois en trois jours, il vit Grace. À première vue, elle semblait aller bien. Ses cheveux étaient relevés dans leur traditionnel chignon. Elle avait revêtu un chemisier à manches longues gris et un petit foulard autour du cou. Son pantalon noir la moulait dès qu'elle se déplaçait. Elle sourit poliment aux invités, leur serra la main puis s'assit.

Par chance pour Logan, elle était face à la grande fenêtre, si bien qu'il pouvait la distinguer parfaitement depuis son poste d'observation. Ses parents l'encadraient, Bradford était installé en face d'elle entre ses propres parents, et Alexis en bout de table.

Vu comme ça, l'attribution des sièges lui parut étrange, mais que savait-il de ce qui était approprié pour un dîner formel ?

Plus Logan fixait le groupe, plus son inquiétude pour Grace grandissait. Elle parlait rarement et mangeait peu. Parfois, il la surprenait à se mordre la lèvre et devinait qu'elle serrait les dents, au mouvement de sa mâchoire.

Il ne savait pas lire sur les lèvres, néanmoins, certains indices non verbaux en disaient long. Margaret Mason oscillait entre plaisir, désapprobation, et même triomphe, si Logan ne se trompait pas. Quel que soit le tour pris par la conversation, il semblerait qu'il allait dans le sens qu'elle voulait.

Le dîner dura deux heures et parut guindé. À la fin, Grace avait l'air d'avoir atteint son point de rupture. Margaret avait refusé d'un geste de la main que le serviteur pose un dessert devant sa fille, puis avait fait une remarque et éclaté de rire. Grace n'avait rien répondu, se contentant de fixer ses genoux.

À la fin du repas, tout le monde se leva et quitta la salle à manger. Ils devaient sans doute se rendre dans le salon étouffant où il avait été reçu lors de sa visite à Grace. Furtivement, il se déplaça sur la pelouse, soulagé qu'aucun rideau ne soit fermé. Il observa le groupe à travers ses jumelles, envahi d'un sentiment d'urgence contre lequel il luttait en serrant les dents.

Tout le monde s'assit et devisa pendant une demi-heure supplémentaire, faisant étalage du même maniérisme qu'au dîner. Cette fois-ci, toutefois, Logan avait une meilleure vue sur Betty et Brian Grant. Ils échangèrent beaucoup de regards inquiets, et ils agitaient les mains.

Il ignorait la teneur de la conversation, néanmoins, elle ne paraissait pas bien se passer. Enfin, la discussion eut l'air terminée, et James apparut dans l'embrasure. Il escorta les Grant jusqu'à la sortie et, cette fois-ci, ils ne souriaient pas. Alexis semblait perplexe et inquiète. Bradford, incrédule, et les Grant vraiment énervés.

Tandis qu'ils repartaient, Logan songea qu'il devait demander à Blake de contacter Alexis. Il n'était pas sûr de pouvoir faire confiance à Bradford ou à ses parents. Il ignorait où ils s'inscrivaient dans les plans de Margaret, mais la sœur avait tout de l'électron libre. Blake pourrait aller la voir, prendre la température, essayer de découvrir ce qu'elle savait. Elle ne s'ouvrirait peut-être pas à lui, mais cela valait le coup de tenter.

En cet instant, cependant, c'était surtout pour Grace que Logan s'inquiétait. Ses parents et elle étaient toujours dans le salon, à avoir une conversation intense. Enfin, Margaret et Walter s'exprimaient. Grace, elle, était assise, la tête basse, et ne parlait pas du tout.

Leurs paroles ne semblaient pas toucher la jeune femme, mais, en se souvenant de ce que Felicity lui avait raconté, Logan comprenait finalement que ce que disait la mère de Grace faisait sans doute encore plus mal que les poings de la sienne ne l'avaient fait.

Prouvant ses suppositions, Margaret saisit sèchement sa fille par le menton pour lui relever la tête. Dans ses jumelles, Logan la vit blanchir sous la pression des doigts de Margaret. Sa rage faillit lui faire commettre une folie ; il parvint heureusement à la tempérer au dernier moment et à la maîtriser.

La dernière fois qu'il s'était senti dans un tel état d'énervement, c'était à l'armée, quand un terroriste avait poussé d'une voiture une petite fille, près d'un point de contrôle. Âgée de cinq ans, la fillette portait un sac à dos d'adulte et titubait sous son poids.

Tous les soldats savaient ce qui allait se passer, mais aucun d'eux ne pouvait mettre fin à l'inévitable. L'enfant ne parlait pas anglais, ne comprenait pas les soldats qui lui hurlaient de s'arrêter. De ne pas faire un pas de plus. Cependant, elle semblait avoir parfaitement saisi ce que son père lui ferait si elle lui désobéissait. Elle avait continué à avancer.

Ce n'était pas Logan qui avait tiré ce jour-là, toutefois, il se souvenait de la rage ressentie à l'égard de l'homme qui avait fait un lavage de cerveau à la petite fille, si terrifiée par lui qu'elle en était devenue une bombe humaine.

Felicity avait raison. Margaret ne maltraitait peut-être pas physiquement Grace, mais elle la lacérait par ses paroles. L'avait sans doute fait toute sa vie. Cacher les lettres de Logan n'avait été qu'une goutte dans le grand vase d'abus qu'avait affrontés Grace toute son enfance. C'était un miracle qu'elle soit devenue la femme forte qu'elle était. La plupart des gens auraient été vaincus.

Bien que Grace ait l'air mal à l'aise et que son visage trahisse sa peur, Logan y reconnut aussi sa détermination. En cet instant précis, assis dans l'ombre devant chez elle, à regarder sa force tranquille, il se fit le serment qu'elle ne resterait pas vingt-quatre heures de plus sous le joug de ses parents.

Tandis que Margaret continuait à sermonner sa fille, Walter Mason s'approcha de la fenêtre et observa son jardin un long moment. Même s'il se savait bien caché, Logan retint son souffle et se raidit. D'une rapide torsion du poignet, Walter tira sur une corde à sa droite et d'épais rideaux noirs retombèrent du haut de la fenêtre, lui masquant Grace et la suite des événements.

Logan jura tout bas et abaissa ses jumelles, puis il quitta son poste d'observation, reculant vers le couvert des arbres. Ils avaient fait bien assez de reconnaissance. Il était temps d'agir. Il devait retrouver ses frères et faire sortir Grace de cette satanée maison une bonne fois pour toutes.

* * *

Les événements des dernières heures tourbillonnaient dans l'esprit de Grace. Margaret avait mis son plan à exécution, et Grace avait été horrifiée par son comportement. Au premier regard, Brian et Betty Grant semblaient du genre à plier sous la pression de Margaret Mason. Heureusement, ce n'était pas vrai.

Ils s'étaient montrés tout aussi surpris par les projets de sa mère que Bradford l'avait été. Ils avaient poliment protesté et déclaré qu'ils n'interféreraient pas avec la vie amoureuse de leurs enfants, ce qui n'avait toutefois pas empêché Margaret d'insister et de jeter Grace dans la fosse aux lions comme toujours. Elle avait affirmé aux Grant que sa fille avait le béguin pour Bradford depuis toujours et qu'elle était plus qu'impatiente de le connaître plus intimement. La soirée n'avait fait qu'empirer ensuite, chacun se sentant mal à l'aise et anxieux. Les Grant étaient partis peu après.

C'était cependant le regard confus et énervé d'Alexis qui avait fait le plus mal à Grace. La sœur pensait que Grace était impliquée dans les projets de ses parents, et semblait la détester pour ça. Les actions de ses parents avaient fait disparaître tout espoir qu'Alexis et elle puissent être amies un jour.

Grace serra les dents tandis que Margaret vociférait contre elle après le départ des Grant. Elle ignora ses accusations et menaces, et se retrancha dans son esprit, réfléchissant à la manière de fuir la folie de ses parents. Son père n'avait pas dit grand-chose, mais il n'avait pas contredit sa femme une seule fois.

Elle revint au présent quand sa mère la prit par le menton pour la forcer à lever la tête, l'incendiant si vertement que ses postillons atterrirent sur le visage de Grace. Elle ne fit rien pour les essuyer, se contentant de fixer Margaret.

Enfin, celle-ci cracha :

— Je n'ai pas besoin de ta coopération, de toute façon.

J'obtiendrai ce que je veux, d'une manière ou d'une autre. Je l'obtiens toujours.

Puis elle repoussa violemment la tête de sa fille d'un air dégoûté.

— Ramène-la dans sa chambre, Walter. Encore quelques jours sans manger et elle changera d'avis, j'en suis sûre.

Walter la prit par le bras et la releva brusquement. Grace trébucha derrière son père qui empruntait le long couloir jusqu'à sa chambre. Une nouvelle fois, elle renfila son jogging et son tee-shirt et ne prononça pas un mot quand Walter lui remit ses chaînes. Étonnamment, celui-ci non plus ne dit rien, et très vite, Grace fut seule dans sa prison.

Elle devait juste attendre. Margaret finirait par se lasser de son jeu, tôt ou tard, et Grace serait prête à agir. Cinq minutes lui suffiraient pour prendre la fuite.

Cinq petites minutes.

C'était tout.

Dès que l'occasion se présenterait, elle s'en saisirait.

15

Blake et Logan étaient accroupis derrière une rangée d'arbustes, près de la propriété Mason. Après la fin de la surveillance de Logan la veille, ils avaient préparé et planifié leur coup pendant des heures. Ils avaient un plan, pas tout à fait légal, mais Logan n'en avait rien à cirer. Il en avait vu assez pour savoir que quelque chose n'allait vraiment pas dans cette demeure, et il n'allait pas attendre plus longtemps avant d'en faire sortir Grace.

Le plan consistait donc à la kidnapper.

Ce n'était pas vraiment la meilleure des idées, néanmoins, c'était le moyen le plus efficace pour la faire quitter cette maison. Leur projet comportait de nombreuses inconnues, qu'ils avaient essayé d'anticiper au maximum. Les caméras, les Mason eux-mêmes, l'état émotionnel de Grace, les serviteurs dont ils ne pouvaient prévoir la localisation exacte...

L'heure était venue.

Nathan sonna chez Walter et Margaret pour les distraire, et Logan fit un signe à Blake. Ils s'approchèrent de concert de la fenêtre de Grace. Les rideaux occultaient tout, comme durant la semaine écoulée, mais il y avait de la lumière dans la chambre. Ils avaient vaporisé de la peinture sur les caméras sur le côté de la maison pour gagner un peu de temps et compliquer leur identification. Tous deux étaient entièrement vêtus de noir, jusqu'à leurs gants. Blake essaya d'ouvrir la fenêtre. Verrouillée. Ils s'y attendaient. Logan sortit un coupe-verre de sa poche et, dans un geste aussi efficace que silencieux, il perça un trou dans la vitre, assez grand pour y passer sa main et pouvoir ouvrir la fenêtre. Il retint son souffle tandis que Blake soulevait la fenêtre, et se détendit en n'entendant aucune alarme se déclencher. Grâce aux doigts de Blake qui lui servirent de levier, Logan rampa dans la chambre.

L'objectif de leur mission dormait dans son lit. Logan prit quelques instants pour l'admirer. Elle était allongée sur le flanc, les deux mains sous l'oreiller. Elle avait l'air paisible, ce qui était agréable à observer après la détresse dont il avait été témoin la veille.

Grâce à la lampe de chevet allumée, Logan étudia Grace du regard, cherchant des signes de maltraitance. Ses joues étaient rouges et son souffle continu. Elle portait un tee-shirt qui ne révélait aucune meurtrissure sur ses bras. Les draps, repoussés au niveau de la taille, dévoilaient son torse qui se soulevait et s'abaissait à un rythme régulier.

Il soupira de soulagement ; d'après ce qu'il voyait, elle n'était pas blessée. Silencieux comme un chat, il traversa la chambre, la tête baissée, alla poser une main sur l'épaule de Grace qu'il fit rouler sur le dos avant de plaquer l'autre sur sa bouche pour étouffer son cri de surprise éventuel.

Elle s'éveilla brusquement en sursaut et le fixa dans la faible lumière.

— C'est Logan. Tu es en sécurité.

Il veilla à s'exprimer à voix basse, afin que celle-ci ne puisse pas être enregistrée par les caméras de la pièce.

— Pas un bruit. Tu comprends ?

Elle hocha la tête.

— Je vais retirer ma main. S'il te plaît. Pas un mot. Je vais t'expliquer.

Elle acquiesça du menton, plus vite cette fois-ci.

Il écarta ses doigts, et il ouvrait la bouche pour lui dire ce qu'il fichait dans sa chambre, quand elle le coiffa au poteau.

— Sors-moi d'ici.

Il avait un million d'interrogations sur le bout de la langue, mais ces quatre mots répondirent à la plus urgente.

— On n'a pas beaucoup de temps. Ne prends que ce que tu veux vraiment garder.

Logan se tourna sur lui-même pour étudier la pièce.

— Tu peux m'enlever ça ?

Ne comprenant pas le sens de la question, il pivota vers Grace. Il se figea en voyant ce dont elle parlait.

Elle levait ses mains, jusqu'à présent cachées par l'oreiller, révélant les larges menottes à ses poignets et la chaîne reliée à chacun d'eux et à la tête de lit.

— Bande d'enfoirés, jura Logan, les yeux rivés sur le cadenas qui la maintenait prisonnière.

Ses parents l'avaient attachée comme un animal. Ils avaient enchaîné leur fille à son lit comme si elle était une malade mentale. Il s'en voulut d'avoir attendu aussi longtemps pour la libérer.

— Ils gardent la clé sur eux. J'ai essayé de glisser les mains hors des menottes, mais elles sont trop serrées. Je n'ai réussi qu'à me faire mal, souffla Grace.

Logan évalua rapidement la situation.

— Je n'ai rien pour les couper, s'excusa-t-il en s'approchant de la tête de lit pour examiner l'objet.

— Oh, je comprends. Tu dois revenir avec quelque chose ?

Il lui lança un regard acéré.

— Il est hors de question que je te laisse ici, Grace.

— Mais...

— Ces connards ne sont pas aussi malins qu'ils le croient. Lève-toi.

Il était plus énervé que jamais. Énervé contre les parents de la jeune femme. Énervé qu'elle le pense capable de l'abandonner là. Énervé de manière générale. Il l'aida à se mettre debout et fut encore plus furieux de la voir chanceler. Elle portait un survêtement gris, qu'elle retenait d'une main. Son tee-shirt blanc flottait autour de sa silhouette.

Il écarta Grace, se pencha et confirma ce qu'il suspectait. Il se tourna à nouveau vers elle et dit d'une voix pressée :

— Il va falloir faire vite. Je vais faire énormément de bruit, et après, on ne devra pas traîner. De quoi as-tu besoin avant qu'on y aille ?

Elle se trémoussa, se mordit la lèvre et refusa de croiser son regard.

— Quoi, Grace ? Dépêche-toi. On n'a pas beaucoup de temps.

Elle leva les yeux vers lui.

— Il y a une pile de lettres sous mon matelas. Je suis certaine que mes parents savent qu'elles sont là, mais ils me les ont laissées, pour une raison que j'ignore. Peut-être parce qu'ils se disaient que les avoir me ferait souffrir, ajouta-t-elle en haussant les épaules. Je ne les ai pas prises avec moi dans mon appartement, car j'essayais d'aller de l'avant.

Logan souleva immédiatement le matelas pour attraper les lettres, attachées par un ruban rose. Il les tendit à Grace.

— C'est ça ?

Il refusa de succomber à la douleur qu'il ressentit face à ces lettres envoyées par un inconnu et si importantes pour elle qu'elle les gardait sous son lit.

— Oui. Ce sont... hum...

Elle baissa les yeux.

— Je t'ai écrit. Tout le temps. Je ne savais pas où les adresser, mais je comptais te les faire parvenir dès que j'aurais eu de tes nouvelles. Même si tu ne me donnais aucun signe de vie, t'écrire était devenue une habitude. Je t'ai raconté tout ce qui se passait ici.

Elle le regarda sur ces mots, avec un air de malaise et de défi en même temps.

— Ce sont les lettres que tu m'as écrites ? À moi ? s'exclama Logan, ébahi.

— Oui.

— Bordel, souffla-t-il, attirant la jeune femme contre lui, écrasant les enveloppes au passage. Bordel, répéta-t-il, incapable de trouver autre chose à dire.

Finalement, conscient qu'ils devaient passer à l'action, il se racla la gorge et s'écarta.

— Autre chose ?

— Non. Tout ce qu'il y a là, ce sont mes parents qui l'ont acheté. Je ne veux rien d'eux.

— Tes papiers d'identité ? Ton portefeuille ?

Elle fit la grimace, puis haussa les épaules.

— Je pense que c'est ma mère qui les a.

Logan hocha la tête. Ça allait être compliqué, mais pas impossible. Blake pouvait les aider à remplacer la carte manquante.

— Tu as des baskets ?

Elle secoua la tête.

— Non. Ces lettres sont la seule chose que je veux prendre avec moi.

Son cœur gonfla dans sa poitrine. Un jour, il avait fait une mission de sauvetage pour libérer un groupe d'hommes retenus prisonniers au Moyen-Orient. Ils avaient eu le même regard que Grace. Tout ce qu'ils souhaitaient, c'était sortir du bâtiment où ils étaient détenus et partir loin d'ici. Voir ce même désespoir sur le visage de Grace à cet instant en disait long.

— OK, il est temps d'y aller. Rassemble les chaînes, mais ne les enroule pas autour de ton poignet, lui ordonna-t-il, puis il acquiesça quand elle s'exécuta. Je ne peux pas les briser, mais je peux détruire la tête de lit. Tu vois ces décorations en bois ? demanda-t-il en indiquant les petits chapiteaux sur l'objet en question. Je vais taper dessus, donc tu seras libre dès que je les aurais cassés. Il faudra prendre la chaîne avec nous, on s'en occupera plus tard. Comme je te l'ai dit, ça va faire pas mal de bruit, alors il faudra bouger dès que tu seras libérée. C'est bon pour toi ?

— Oui.

— Blake attend juste devant ta fenêtre. Te déplacer avec ces chaînes ne sera pas facile, mais je t'aiderai, et il fera en sorte lui aussi que tu ne tombes pas.

Il détailla sa posture, les bras chargés des chaînes et des lettres qu'elle serrait contre elle.

— Veux-tu que je les garde ? Je te promets d'en prendre soin.

Grace hésita, puis avala sa salive et rougit avant de lui tendre le tas d'enveloppes.

— Oui. Merci. Elles sont pour toi, de toute façon.

Il cala le précieux paquet dans la poche de son sweatshirt, sous l'air soulagé de Grace. Il grimpa sur le matelas, encore imprégné de la chaleur du corps de la jeune femme.

Ailleurs qu'ici, il aurait pris le temps de savourer le fait qu'il se trouvait dans son lit, mais en cet instant, il était trop furieux et inquiet de sortir de la maison.

— Tu es prête ?

— Plus que prête.

— Éloigne-toi le plus possible, en direction de la fenêtre, et tourne-toi. Je ne veux pas que tu sois blessée par un éclat de bois quand ils commenceront à voler dans tous les sens.

— Je m'en fiche, répliqua-t-elle en s'exécutant. Si ça me permet de sortir d'ici, je me fiche d'être blessée.

— Moi pas, rétorqua-t-il, en reportant son attention sur la tête de lit.

Il entendit Grace inspirer vivement, mais évita de s'y attarder.

— Je compte jusqu'à trois. Un. Deux. *Trois.*

Du pied, il frappa fort sur les deux chapiteaux situés près de l'une des chaînes. Ils se fendirent sans effort, avec un craquement bruyant. Il changea rapidement de position et s'attaqua aux deux autres chapiteaux qui maintenaient Grace prisonnière. Grâce à toute la rage qui s'était accumulée en lui, ils se cassèrent sans peine.

Il descendit du lit en vitesse, passa un bras autour de la taille de Grace pour l'entraîner vers la fenêtre, tandis qu'elle ramassait en hâte la chaîne détachée. Elles cliquetèrent quand la jeune femme se mit à bouger, et elle tressaillit.

— Je suis désolée. Merde, je fais trop de bruit. Je suis désolée.

— Tout va bien, Grace. Tu t'en sors très bien.

Logan l'aida à porter la chaîne tandis qu'ils s'approchaient du rebord. Il écarta le rideau et découvrit le visage inquiet de Blake.

— Bon sang, frangin. Tu fais assez de bruit pour réveiller

les morts. Je pense que notre timing vient de se réduire drastiquement.

Il vit l'instant où son frère comprit l'origine de tout ce raffut.

— Bordel de merde. Sérieux ? Ils l'ont attachée comme un chien ?

— Je préfère considérer qu'ils ont attaché un sanglier énervé, répliqua Grace, l'air très sérieuse.

Blake pouffa.

— Viens, trésor. Barrons-nous en vitesse.

Il tendit les bras pour aider Grace à franchir la fenêtre. Gênée, elle souleva d'une main les lourdes chaînes et donna l'autre à Blake. Avec son aide, et Logan derrière elle, elle se retrouva bientôt sur l'herbe. Logan fut à ses côtés quelques secondes plus tard.

— Merde, jura-t-il en avisant les pieds nus de la jeune femme. J'ai oublié.

— Ça va, allons-y, lui dit Grace, qui ne voulait visiblement pas s'attarder un instant de plus.

— Accroche-toi à moi, ordonna-t-il, avant de se pencher pour la soulever dans ses bras.

Elle couina, mais pas trop fort en se sentant attrapée.

Elle passa une main autour de sa nuque, en veillant à ne pas le frapper avec la chaîne toujours rattachée à son poignet.

Sans un mot, le trio se dirigea en vitesse et en silence entre les arbres pour rejoindre la voiture de Nathan, garée sur la propriété.

— Dépêchez-vous ! aboya le plus jeune des Anderson. Ils ont entendu le bruit que vous avez fait, et c'est parti en sucette. J'ai filé en douce et me suis empressé de revenir ici. On a perdu en beauté l'élément de surprise. Qu'est-ce qui vous a pris de…

Sa voix mourut sur ses lèvres quand il avisa Grace. Bougon, il poursuivit :

— Par pitié, dis-moi que tu aimes quand c'est coquin au lit.

— Euh, non, répliqua Grace, légèrement embarrassée.

— Merde. C'est bien ce que je craignais.

Blake grimpa à l'avant du vieux véhicule Ford, qui donnait chaque jour l'impression de pousser son dernier soupir, et Logan monta maladroitement à l'arrière avec Grace. Dès que les portières claquèrent, Nathan mit le contact et remonta la longue allée.

— Qu'est-ce qu'on dira aux flics demain matin quand ils viendront nous interroger ? s'inquiéta Nathan.

— Ils ne viendront pas, rétorqua calmement Grace.

— Qu'est-ce que tu en sais ? aboya Nathan. Deux hommes vêtus de noir sont venus te détacher de je ne sais où et t'ont kidnappée dans la maison. Tu peux me croire, Grace, tes parents étaient énervés.

— J'en suis certaine. Mais réfléchis à ce que tu as dit. Deux hommes m'ont détachée de mon lit et m'ont enlevée. Ils m'ont *détachée*. Mes parents ne voudront pas que cela se sache.

— Merde, souffla Nathan, qui semblait légèrement rassuré.

— Tu vas bien ? demanda Logan à Grace.

Elle n'avait pas l'air du tout dans son assiette. Elle s'exprimait d'une voix calme, mais il la sentait trembler et la voyait serrer les mains, comme lorsqu'il lui avait rendu visite quelques jours plus tôt.

— Ça va. Merci d'être venu...

— Arrête tes conneries, Grace.

— Logan, intervint Blake, qui lança un avertissement face au ton de son frère.

— Non. Elle ne va pas bien. Elle tremble comme une feuille et a des putains de menottes. Depuis quand n'as-tu rien mangé ?

Par réflexe, Grace regarda son poignet, oubliant qu'elle ne portait pas de montre.

— Euh, quelle heure est-il ?

— Putain. Peu importe. Je ne veux pas le savoir. Ça ne va faire que m'énerver encore plus, ce qui n'est pas rien.

— Tu veux que je m'arrête ? demanda Nathan.

— Non. Je lui préparerai à manger chez moi.

Grace lui posa une main sur le bras et le fixa du regard.

— Je vais bien, Logan. Vraiment. Je suis sûre que Felicity pourra me donner quelque chose à grignoter quand on arrivera chez elle.

— Tu ne vas pas chez elle, l'informa Logan, en mettant sa main sur celle de la jeune femme.

— Ah non ?

— Non.

Comme il ne développa pas, elle insista :

— Pourquoi ?

— Parce que je suis plus en mesure de te protéger de tes enfoirés de parents qu'elle.

Elle se mordit la lèvre et l'étudia un long moment. Le silence s'abattit sur la voiture. Enfin, elle avoua :

— Ils t'ont menacé. Je ne veux pas que tu souffres ou que n'importe lequel d'entre vous souffre à cause de moi.

La tristesse de la jeune femme était trop difficile à supporter pour lui. Il leva la main et la posa sur sa nuque.

— Nous pouvons prendre soin de nous, Grace. Pour l'instant, je vais te ramener chez moi. Tu y seras en sécurité. Je vais te donner à manger, et tu pourras prendre une douche et essayer de te détendre en sachant que tu n'auras plus jamais affaire à ces connards. Demain, toutes les personnes qui t'aiment vraiment viendront te voir, tu pourras leur raconter tout ce qui s'est passé, et nous déciderons de la suite à ce moment-là. D'accord ?

— Je tuerais pour des frites au fromage, lui dit-elle, les yeux dans les yeux.

Cela le fit sourire. Sans la quitter du regard, il lança à son frère.

— Arrête-toi au *Outback Steakhouse*, Nathan. Ils devraient être encore ouverts. Grace va avoir droit à une large portion de leurs frites au fromage, bacon et sauce ranch. À emporter.

Sans attendre de réponse de son frère, il se tourna vers Grace et lui dit d'un ton serein :

— Je n'ai plus dix-huit ans, Futée. Je suis un homme qui sait ce qu'il veut et qui ne laissera plus jamais personne l'empêcher de l'obtenir.

— Ils ne resteront pas sans rien faire, s'inquiéta Grace.

— Je m'en doute, oui, répliqua-t-il calmement en lui tapotant la jambe.

— Je ne sais pas comment on a pu en arriver là, ajouta-t-elle tristement en soulevant l'une des menottes. Je faisais tout pour les rendre heureux.

— Ils en sont parfaitement conscients et ont retourné ta bonté contre toi.

— J'ai vraiment peur, avoua-t-elle, les yeux luisants de larmes.

— Je sais. Et je déteste te savoir effrayée. Mais tout va s'arranger.

— J'ai de l'argent. Je peux payer...

— Non. Putain, non. Ce n'est pas une histoire d'argent. C'est pour nous, Grace. C'est pour ce lien que nous avons noué enfants, quand nous étions trop jeunes pour concrétiser quoi que ce soit.

— Je sais que les services d'*Ace Sécurité* ne sont pas donnés.

— C'est vrai, confirma Logan, qui lui plaça un doigt sous le menton pour qu'elle n'ait d'autre choix que de le regarder tandis qu'il réaffirmait sa position. Cette histoire ne concerne pas notre société, tu m'entends ? Elle nous concerne toi et moi.

— On n'accepterait pas ton argent, de toute façon, trésor, intervint Blake d'une voix enjouée.

— Oui. Comme si on allait te faire payer, rit Nathan, comme si cette idée était parfaitement ridicule.

— J'ai une question, Grace, lança Logan sur un ton péremptoire. Si les choses s'étaient déroulées comme on l'avait prévu à cette époque-là, m'aurais-tu envoyé les lettres qui se trouvent en ce moment dans ma poche ?

Elle confirma.

— Très bien. On ne peut pas changer le passé, mais nous pouvons faire en sorte, à partir de maintenant, de prendre nous-mêmes les décisions qui nous concernent et de ne plus laisser qui que ce soit les prendre à notre place. Et je ne veux plus entendre parler d'argent. D'accord ?

— D'accord.

Il lui releva le menton un peu plus haut et posa son autre main sur le cou de la jeune femme. Puis il se pencha et fit ce qu'il avait rêvé de faire depuis bien plus d'années qu'il ne voulait bien l'admettre. Il s'empara de sa bouche comme s'il l'avait fait des milliers de fois. Comme s'il pouvait en mourir s'il ne la goûtait pas à cet instant précis. Elle entrouvrit les lèvres, surprise, et il en profita pour s'introduire à l'intérieur.

Grace lui rendit immédiatement son baiser, inclinant la tête pour avoir un meilleur angle pour faire virevolter sa langue avec la sienne. Logan garda les yeux ouverts, car il souhaitait graver dans son esprit chaque seconde de son premier vrai baiser avec Grace Mason. Elle, pour sa part, avait fermé les paupières dès l'instant où leurs lèvres s'étaient effleurées. Grognant tout bas, Logan s'écarta à contrecœur. Il se lécha les lèvres pour y goûter Grace, et attendit qu'elle ouvre les paupières et le regarde.

Dès qu'elle le fit, il se pencha pour lui parler à l'oreille sur un ton fervent.

— Tes parents t'ont éloignée de moi pendant dix ans, mais c'est terminé, maintenant. Tu as compris ?

Elle se tourna vers lui, les yeux écarquillés, les pupilles dilatées.

— Oui, j'ai compris, murmura-t-elle en s'accrochant au tee-shirt de Logan, qui la sentait trembler contre lui. Et sache que je prévoyais de te trouver et de te dire exactement la même chose dès l'instant où ils m'auraient libérée.

Il lui adressa un tendre sourire.

— Bien. Je sais que ce n'est pas l'endroit idéal pour le faire, mais je ne pouvais pas attendre une seconde de plus pour goûter à tes lèvres.

Logan caressa du pouce la zone en question, y effaçant l'humidité laissée par sa bouche, avant de se pencher pour embrasser Grace à nouveau. Ce fut un baiser rapide, fort, plus pour rassurer et montrer son affection que pour affirmer sa passion.

Nathan et Blake n'exprimèrent aucune réaction, mais Logan se fichait qu'ils sachent ce que Grace et lui venaient de faire ou non. Il en avait sa claque de prétendre que Grace ne comptait pas pour lui.

Ils s'arrêtèrent au restaurant, où Nathan s'empressa d'aller acheter les frites, auxquelles Grace s'attaqua dès son retour en voiture. Son enthousiasme, proche du désespoir, énerva encore plus Logan. Pas contre Grace non, mais contre ses parents, qui n'avaient pas du tout pris soin de leur fille. Il aurait le fin mot de l'histoire le lendemain, mais pour l'instant, il se contenterait du plaisir de la savoir en sécurité. À ses côtés. Où elle serait un long moment, il l'espérait.

Lorsque Nathan se gara devant chez Logan, Grace dormait. Elle avait bien entamé les frites, cependant, elle s'était assoupie peu après. Sans doute parce qu'elle avait le ventre plein et le sentiment d'être en sécurité.

— Tu as besoin d'aide pour enlever ces chaînes ? demanda Blake à voix basse pour ne pas réveiller la jeune femme.

— Non, je m'en charge. J'ai des coupe-boulons dans ma voiture. Mais merci.

— À quelle heure veux-tu qu'on vienne demain ?

— Je devais aller à Denver demain. Tu sais, pour aider cette femme à récupérer ses affaires chez son ex sans que le type l'embête. Tu peux t'en charger pour moi ?

— Bien sûr, répondit Blake. J'y pensais déjà. Même pas besoin de demander.

— Alors, venez à 13 heures. Ça te laissera le temps de faire ce que tu as à faire, de revenir ici, et de passer prendre Cole et peut-être Felicity.

— Tu ne veux pas qu'on se retrouve au bureau ? intervint Nathan à voix basse.

— Non, je préférerais la garder chez moi dans l'immédiat. Pour être sûr qu'elle va bien.

— Je comprends, dit Blake. On viendra chez toi pour toutes les réunions, pour l'instant. Autre chose ?

— Tu veux bien appeler Felicity et lui dire que Grace est en sécurité ? Elle s'inquiétait vraiment pour elle.

— Je m'en charge.

Il marqua une pause, comme s'il rechignait à poser sa question.

— Tu es sûr de toi ?

Logan savait précisément où il voulait en venir.

— Tout à fait. Je ne sais pas ce qu'elle pense, pour sa part, mais mon instinct me dit de la garder près de moi. À dix-huit ans, j'étais persuadé que nous finirions ensemble. Visiblement, mes sentiments n'ont pas changé.

— Et si jamais ils ne sont pas réciproques ? intervint Nathan.

— Quand je lui ai demandé si elle souhaitait emporter quelque chose, la seule chose qu'elle voulait, c'étaient les lettres cachées sous son matelas. Celles qu'elle m'a écrites sans jamais pouvoir me les envoyer. Elle attendait que je lui communique mon adresse. Elle les a conservées toutes ces années.

— La vache, souffla Nathan, en comprenant que les lettres répondaient à sa question. Si tu as besoin de quoi que ce soit, dis-le-moi, je te l'obtiendrai. Tu sais qu'on donnerait notre vie pour elle. Si elle compte autant pour toi, alors elle compte autant pour nous.

— Merci.

Il avait conscience que c'était un mot bien trop faible pour exprimer ce qu'il souhaitait vraiment dire, mais c'était tout ce dont il disposait en cet instant.

— Vas-y. Enlève-lui ces trucs. Je vais appeler Felicity et lui assurer qu'on gère la situation. Je vais lui demander si elle peut aller à l'appartement de Grace pour lui rapporter quelques affaires. On se voit demain.

Logan fit un signe de tête à ses frères et sortit prudemment de la voiture. Grace se réveilla juste assez pour s'accrocher à lui quand il se releva.

— Mes lettres ? marmonna-t-elle, inquiète. Tu les as toujours ?

— Oui, Futée. Je les ai. Tu n'imagines pas combien ça

compte pour moi que tu m'aies écrit et que tu les aies conservées. J'ai une pile à peu près identique chez moi. On échange ?

— Tu les as conservées, alors qu'elles t'avaient été renvoyées ? s'exclama Grace, dont les bras se resserrèrent autour de son cou en réaction.

— Oui.

Il chercha ses yeux et y déversa toute son honnêteté.

— J'étais incapable de m'en débarrasser. Elles étaient mon seul lien avec toi.

Ils échangèrent un regard, chargé de compréhension, de désir, de frustration d'avoir été tenus à l'écart l'un de l'autre.

— J'aimerais beaucoup lire tes lettres, Logan, souffla Grace, avant de reposer la tête contre son torse.

— Je te les montrerai, alors, lui promit-il.

Tandis qu'il se dirigeait vers chez lui, il entendit la voiture de Nathan repartir. Ses pensées dérivèrent sur la femme qui se rendormait dans ses bras. Chaque parole qu'il avait prononcée devant ses frères venait du fond du cœur. Il ferait tout ce qu'il faudrait pour que Grace soit en sécurité et sache qu'elle lui appartienne.

Comme autrefois.

Plus rien ne la détournerait d'elle à présent.

Ni les craintes.

Ni les doutes.

Et certainement pas ses parents.

16

Grace s'éveilla en se sentant posée quelque part. Ouvrant les yeux, elle remarqua Logan au-dessus d'elle, après qu'il l'eut allongée sur un canapé.

— Hé, dit-elle, nerveuse.

— Hé. Tu es réveillée ?

— À peu près. On est chez toi ?

— Oui. Ce n'est pas le Ritz, mais tu y seras en sécurité, lui répondit Logan avec un petit sourire.

— J'en suis sûre. Tu es là, commenta-t-elle avec une franchise et une conviction qui se lurent également sur son visage.

— Je dois faire un tour à ma voiture en vitesse. J'ai un coupe-boulon dans ma boîte à outils rangée à l'arrière. Je pourrai t'enlever ces menottes en un rien de temps. Peux-tu rester seule quelques minutes ?

— Bien sûr que oui, répliqua-t-elle avec un petit rire. Plus vite tu y vas, plus vite tu me débarrasseras de ça.

Elle souleva les mains, ce qui fit cliqueter bruyamment les chaînes.

— As-tu besoin d'aller aux toilettes avant mon départ ? demanda Logan, qui semblait réticent à s'éloigner.

— Non, merci. Je préfère attendre d'être libérée.

— D'accord.

Il ne quitta pas sa position protectrice. Grace inclina la tête, inquiète.

— Logan ? Tu vas bien ?

— Oui. Tu es magnifique, Grace. Tu es devenue encore plus belle en dix ans, balbutia-t-il.

Elle rougit et se mordit la lèvre.

— Merci. Toi aussi.

Tendrement, il cala une de ses longues mèches derrière ses oreilles, puis il se pencha pour effleurer sa bouche d'un baiser léger comme un plume.

— Je reviens vite.

— OK.

Elle le regarda se redresser et s'en aller. Elle s'assit et porta une main à ses lèvres. La dernière heure avait été vraiment intense. Elle s'était couchée en élaborant son évasion et s'était réveillée face à Logan lui indiquant qu'il était venu la faire sortir de sa prison. Elle n'avait pas hésité. Elle n'en avait rien eu à faire de savoir que ses parents seraient furieux. Elle en avait fini avec eux. Terminé.

Le moment le plus fort de la soirée avait été le baiser qu'elle avait échangé avec Logan. Ils étaient simplement assis à se regarder et, d'un instant à l'autre, ils se dévoraient la bouche. Cela ne lui avait pas paru bizarre ou malaisé, contrairement aux rares fois où elle avait embrassé d'autres hommes. Au contraire, elle avait eu le sentiment d'être à sa place.

Elle avait l'impression de percevoir encore la langue de Logan dans sa bouche, dansant avec la sienne, caressant chaque terminaison nerveuse qu'elle ignorait posséder entre ses lèvres. Ce baiser avait été conforme à ses rêves, et les avait même surclassés.

Elle avait désiré Logan Anderson pendant très longtemps, et ce baiser qu'ils avaient échangé laissait entendre que l'intimité à laquelle elle avait tant fantasmé était à portée de main. Ce baiser avait attisé les flammes de la passion qu'elle sentait prête à naître depuis leur rencontre au lycée.

Cependant, ils étaient adultes à présent.

Et ils vivaient pratiquement ensemble, en quelque sorte.

Elle ne pourrait jamais lui cacher la force de son désir.

— Je l'ai !

Grace sursauta en entendant ce cri triomphal, à l'entrée de la pièce. Elle regarda Logan.

Son appartement n'avait rien de remarquable. La plupart des gens songeraient même sans doute que son propriétaire n'était pas très riche, mais Grace avait plutôt le sentiment que Logan se fichait des apparences. Il portait des vêtements confortables, pensait tout ce qu'il disait et était l'un des hommes les plus honnêtes qu'elle connaissait.

En revanche, une chose était sûre : il n'était pas très soigneux. Elle voyait la vaisselle sale entassée dans l'évier de la modeste cuisine. Une boîte de céréales posée sur le comptoir, ainsi qu'une miche de pain, un pot de beurre de cacahuète et deux sachets de chips. Sur la petite table de la cuisine s'empilaient des journaux et lettres non ouvertes, et un ordinateur portable trônait au milieu du chaos. Visiblement, il ne mangeait jamais là.

Elle était pour sa part allongée sur un canapé en daim, dégageant encore un peu l'odeur du neuf. Une table basse cabossée lui faisait face, remplie elle aussi de magazines, ainsi que de la télécommande de la télévision, accrochée en face. Un fauteuil inclinable se trouvait à côté du canapé et une bibliothèque sur le mur opposé, chargée de livres.

Ah, et les chaussures. Il y en avait partout. Grace en dénombra trois paires de baskets, une de bottes de combat éraflées, des chaussures de randonnées, et même des tongs balancées n'importe où dans la pièce. Elles semblaient être restées à l'endroit exact où Logan les avait enlevées.

Sans réfléchir, elle demanda :

— Tu n'as pas de placard ?

Elle aurait pu jurer voir Logan rougir. Penaud, il observa les lieux sous le prisme de Grace, puis il haussa les épaules.

— Désolé. Je suis un peu un sagouin.

— Je croyais que vous autres, les soldats, vous étiez des maniaques de l'ordre.

— On l'est, oui. À l'armée. Mais dès que j'en ai eu fini, j'ai décidé que personne n'avait à me dire comment ranger. C'est le bazar, mais c'est propre, je te le promets.

Alors qu'il commençait à récupérer une paire de baskets, Grace l'interrompit.

— Ça me va. Je suis sérieuse. J'aime bien, en fait. Ça a l'air… vivant. Si j'avais laissé quoi que ce soit traîner comme ça, j'aurais eu de gros ennuis. Même dans mon propre appartement, j'ai l'impression que je dois tout ramasser… juste au cas où ma mère se pointerait.

Le visage de Logan n'exprima aucune compassion, plutôt de la compréhension. Il sourit, puis souffla un rire.

— J'ai eu cette impression pendant très longtemps. Mais je m'en suis remis. Voilà pourquoi mon appartement ressemble à ça maintenant.

Ils se sourirent, puis Logan vint s'asseoir sur le canapé à ses côtés.

— Tu es prête ?

— Oh que oui !

Elle lui tendit les mains, paumes vers le haut. Il s'occupa très vite des cadenas maintenant les chaînes, puis il l'aida à retirer les menottes. Avisant les marques rouges qu'elles avaient laissées, il fronça les sourcils.

— Lorsque j'ai vu ton poignet l'autre jour, je n'étais pas certain de ce que tu cherchais à me dire.

Grace se frotta la zone en question, et soupira du soulagement de sentir l'air effleurer à nouveau sa peau.

— Oui, je me doute. Je ne pouvais pas vraiment crier haut et fort que ma mère est une psychopathe ni te supplier de m'emmener.

— Et pourquoi pas ?

À cette brève réplique, elle leva la tête et le dévisagea quelques instants. Pourquoi ne s'était-elle pas manifestée à ce moment-là ? Qu'aurait fait Margaret ? Oui, elle aurait été énervée, tout comme elle l'était certainement en cet instant. Cependant, si Grace avait dit à Logan de l'éloigner de cette maison, elle aurait pu empêcher ce dîner insensé avec les Grant. Peut-être cherchait-elle encore à faire plaisir à sa mère.

— J'aurais dû le faire, lui dit-elle avec colère.

Elle serra les dents et secoua la tête.

Il la prit dans ses bras et l'enlaça fort. Elle posa le nez contre le cou de Logan et respira son odeur. Il avait une fragrance virile et musquée suite à leurs péripéties de la soirée... et elle adorait ça.

Il s'écarta et lui releva le menton pour pouvoir la regarder en face.

— Tu veux en parler ?

Grace y réfléchit une demi-seconde, puis refusa.

— Pas maintenant. Demain matin, peut-être. Je suis épuisée. Je n'ai pas très bien dormi. Ça ne te dérange pas ?

— Bien sûr que non, Futée. On agira en fonction de tes besoins. Viens. Je vais te montrer où tu vas t'installer.

Il l'aida à se lever et garda une main sur le bas de son dos tandis qu'il lui faisait emprunter un couloir qui menait à une chambre d'amis de taille modeste. S'y trouvait un lit double muni d'un coffre au bout. Face à la porte, il y avait une petite bibliothèque et une commode. Aucun vêtement ne traînait partout, et le lit était fait. Cependant, plusieurs cartons étaient empilés contre le mur, et le placard débordait de bric-à-brac.

— Je ne sais pas encore où mettre tout ça. Ce n'est pas terrible, mais crois-moi, c'est bien plus rangé que ma chambre, plaisanta Logan.

Grace ne souhaitait vraiment pas rester seule, mais elle ne pouvait pas lui dire non plus qu'elle avait envie de dormir dans son lit. Ils ne se connaissaient pas très bien, malgré leur passé commun, ses sentiments actuels ou l'incroyable baiser qu'ils avaient échangé.

— C'est super. Merci.

Logan hocha la tête, puis il sembla hésiter quelques instants.

— Nous parlerons demain matin, mais je voulais quand même que tu saches que je suis désolé que les choses aient tourné de cette manière entre nous. Je n'aurais pas dû abandonner à cette époque-là.

Grace ouvrit la bouche, toutefois, il leva les mains pour l'interrompre.

— S'il te plaît, laisse-moi finir. J'ai besoin de te dire ça. Maintenant, la situation est différente. J'ai les yeux grands ouverts. Je te vois, Grace, et tu es en sécurité avec moi. Je sais qu'il va nous falloir du temps pour en arriver là où nous aurions pu aller bien plus tôt, mais je suis sincère quand je te dis que je veux y arriver.

Seigneur. Il lui faisait ressentir tellement de choses. De la colère, quand elle se rendit compte qu'elle était effectivement contrariée qu'il ait abandonné si facilement dix ans plus tôt. De la sécurité, aussi, qu'elle éprouvait à ses côtés. Elle avait la certitude qu'il la protégerait. De l'anticipation à l'idée de découvrir où les mènerait leur relation. Et du désir. Oh oui, maintenant qu'elle était plus âgée et plus sage, elle souhaitait plus que tout expérimenter tout ce qu'il y avait à faire au lit avec Logan Anderson. Il lui posa une main sur la nuque et l'attira contre son torse. Grace soupira et l'enlaça. Ce simple geste de la part de Logan lui apportait un sentiment de bien-être incomparable.

— Ça ne va pas être facile, la prévint-il. J'ignore ce que veulent tes parents, mais ils ont du pouvoir et de l'influence. Ça va être difficile de convaincre les gens qu'ils sont des monstres.

Grace inspira et se détendit dans l'étreinte de Logan. Elle savait qu'elle devrait s'inquiéter de son père et de sa mère, mais pour l'instant, elle s'en moquait. Elle avait chaud, le ventre plein pour la première fois depuis de nombreux jours, et elle était avec Logan. Le garçon – non, l'homme – avec lequel elle pensait se marier autrefois.

— Tu es toujours réveillée ?

— Hum.

Il pouffa doucement.

— Très bien, viens là, la Belle au bois dormant.

Il l'accompagna jusqu'à la salle de bains, en face de la chambre.

— Tu trouveras une brosse à dents propre sur le meuble, et je vais aller te chercher un tee-shirt, en guise de pyjama. Felicity t'apportera des vêtements demain, j'en suis sûr. En attendant, on fera avec ça.

Grace hocha la tête et le lâcha à contrecœur. Elle se

brossa les dents, puis se frotta les bras. Elle aurait aimé prendre une douche, mais elle avait plus que tout besoin de dormir. Elle enfila l'immense tee-shirt que Logan lui donna, et sourit en avisant le logo de l'armée dessus.

Lorsqu'elle sortit de la pièce, Logan l'attendait, adossé contre le mur.

— Tu te sens mieux ?

Elle haussa les épaules, pas vraiment sûre, et fatiguée.

— Je ne sais pas pourquoi je suis si épuisée. Je n'ai pas vraiment fait grand-chose ces derniers jours.

Logan lui passa un bras autour de la taille et la serra contre lui tandis qu'il la raccompagnait jusqu'à la chambre d'amis.

— C'est sans doute un cumul de beaucoup de choses. La montée d'adrénaline qui reflue, le sentiment d'être en sécurité aussi, et le fait d'avoir mangé. Tu te sentiras plus toi-même demain matin.

Dans la chambre, elle eut la surprise de découvrir que les draps avaient été ouverts. Logan se mettait manifestement en quatre pour qu'elle soit à l'aise. Elle s'allongea sur le lit, et il vint immédiatement la border, ce qui la fit sourire.

Il s'assit près de sa hanche et se pencha au-dessus d'elle, appuyé sur ses mains.

— J'ai posé tes lettres sur la table de nuit, lui indiqua-t-il, avec un geste du menton vers l'endroit en question.

Grace y vit ses précieux courriers, toujours entourés du ruban. Elle reporta son attention sur Logan.

— Tu veux les lire ?

— Oui.

Les yeux de Logan exprimaient sa sincérité et son impatience. Il était aussi avide de lire ses lettres qu'elle de découvrir ce qu'il lui avait écrit tant d'années en arrière.

Il ajouta, comme s'il avait lu dans ses pensées.

— Et je veux que tu lises les miennes. Cela dit, il faut que tu saches que... les dernières ne sont pas aussi gentilles que les premières. J'étais... contrarié.

Grace se trémoussa jusqu'à réussir à sortir un bras, et le posa sur celui de Logan.

— Pas de problème. Je comprends. Ma mère m'a dit qu'elle avait conservé la dernière, et elle s'est fait un plaisir de me la réciter de tête.

Logan fit la grimace. Elle s'empressa de le rassurer.

— Tout va bien. Sincèrement. Je comprends. J'étais contrariée aussi. Tu le verras quand tu liras les miennes.

— Je suis quand même désolé qu'elle t'en ait parlé.

Le regard de Logan s'adoucit quand il se posa sur elle.

— Il faut que tu saches que je t'ai vraiment écrit. Que je ne mentais pas en affirmant que je souhaitais que tu viennes vivre avec moi une fois ma première affectation connue.

— Je te crois.

— Pourtant, les sentiments que j'avais pour toi à l'époque ne sont pas morts, Futée. J'étais contrarié de ne pas avoir de tes nouvelles, oui, mais surtout parce que j'avais conscience que j'avais perdu quelque chose de précieux.

Il effleura son sourcil du bout des doigts, puis il lui caressa la joue du dos de la main.

— Nous avons beaucoup perdu, Grace. Mais nous avons aussi une seconde chance. Je ne laisserai plus jamais quelqu'un se mettre entre nous. Si nous décrétons finalement que nous n'allons pas ensemble, ce sera notre décision, et celle de personne d'autre.

Grace comprenait, et appréciait ses paroles à juste titre. Beaucoup, même.

— J'aime cette idée.

Logan se pencha, et son cœur battit plus vite. Il effleura

ses lèvres d'une caresse bien trop brève, avant de se redresser.

— Bonne nuit, Grace. À demain. Tu peux dormir aussi longtemps que tu en as besoin.

— Je serai réveillée tôt. Ma mère aime commencer sa journée de bonne heure. Elle m'a bien dressée.

— Elle n'est plus là. Tu peux dormir tard, affirma Logan très sérieusement.

Grace lui sourit.

— Je vais essayer, mais ne t'étonne pas de me voir debout à cinq heures et demie. Mon corps est habitué.

Logan feignit de grogner de désespoir, levant les yeux au ciel comme pour demander l'assistance d'une puissance supérieure.

— Une femme matinale. Misère. C'est bien la seule chose qui ne me manque pas de l'armée.

Il reporta son attention sur elle, se penchant pour l'embrasser, sur le front cette fois-ci.

— Merci d'être venu me chercher, Logan, souffla Grace.

— Je t'en prie, Futée. Dors bien.

— Toi aussi.

Logan poussa un soupir et se releva. Sans un regard, il sortit à grands pas de la chambre, éteignant la lumière derrière lui. Il referma la porte, mais pas complètement ; il la laissa entrouverte. Grace sourit en se tournant sur le côté. Elle ignorait comment il avait deviné qu'elle ne souhaitait pas être enfermée dans la pièce, alors qu'elle-même l'avait compris juste à l'instant. Elle savait qu'il lui suffirait d'appeler Logan pour qu'il la rejoigne en quelques secondes.

Elle se serait crue incapable de dormir, mais elle avait sous-estimé le besoin de son corps de retrouver toute sa vitalité. Elle sombra en quelques minutes.

Elle n'entendit pas Logan pousser la porte une heure plus tard.

Elle ignora qu'il resta de nombreuses minutes à la regarder dans son sommeil.

Elle ne l'entendit pas s'approcher du lit et ne sentit pas sa main lui caresser délicatement la tête.

Elle ne l'entendit pas poser quelque chose sur la table de chevet à ses côtés.

Elle n'entendit pas, surtout, le doux murmure qu'il lui adressa en se penchant vers elle.

— Je suis désolé, Grace. Lettres ou pas, j'aurais dû venir te chercher.

17

Grace se réveilla, l'esprit confus. Il faisait toujours noir à l'extérieur et elle ignorait où elle se trouvait. Elle s'assit rapidement, et tout lui revint. Absolument tout. Ses parents brisant ses derniers espoirs de pouvoir être la fille dont ils seraient fiers. Le lit auquel elle s'était retrouvée enchaînée. Logan, ses frères, la nourriture qu'ils lui avaient fournie, l'appartement de Logan.

Regardant le réveil, elle vit qu'il était 5 h 43. Elle haussa mentalement les épaules, peu surprise. Elle avait prévenu Logan ; malgré sa fatigue, les habitudes étaient difficiles à changer. Elle repoussa la couverture, mit les jambes sur le côté du lit et alluma la lampe de chevet. La lumière vive lui fit plisser les yeux, et elle ne comprit pas ce qui y était posé sur le petit meuble. Dès que sa vision s'ajusta, elle se figea.

Les lettres qu'elle avait adressées à Logan n'avaient pas bougé, cependant, elles étaient flanquées d'une nouvelle pile. Elle tendit une main tremblante pour s'en emparer.

Contrairement à celles de Grace tendrement retenues par un joli ruban, les siennes étaient grossièrement emballées d'un élastique en caoutchouc. Elle observa le premier.

Son adresse figurait sur l'enveloppe, et celle d'une base était mentionnée comme expéditeur. Ses yeux s'emplirent de larmes. Logan avait une écriture penchée, difficile à déchiffrer, comme s'il avait rédigé sa missive en coup de vent. Elle l'imaginait bien avoir essayé de se dépêcher de noter l'adresse pour ne pas se faire houspiller par un sergent instructeur.

C'étaient cependant les mots criards écrits en grosses lettres vers le bas qui la firent pleurer.

RETOUR À L'ENVOYEUR

Grace reconnut sans peine l'écriture de sa mère. Savoir que Margaret lui avait volontairement caché les lettres de Logan était une chose, mais en avoir la preuve dans les mains et sous les yeux en était une autre.

Elle pivota, cala les oreillers derrière elle et s'appuya contre la tête de lit.

Le cachet sur le premier courrier indiquait qu'il avait été posté à peine une semaine après le départ de Logan, dix ans plus tôt. Les doigts tremblant sous le coup de l'émotion, Grace sortit délicatement la lettre de la pile, sans retirer l'élastique. Elle la retourna et constata qu'elle était encore scellée. Grace ferma les yeux et se représenta Logan léchant le rabat pour la fermer et souriant en imaginant la jeune femme lire ses mots. Cette idée la fit souffrir. Énormément. Mais elle était aussi agréable. Logan lui avait écrit. Elle se répéta ces paroles, incapable de s'en empêcher.

Plus excitée que jamais, elle tourna l'enveloppe blanche et passa un doigt sous le rabat. Délicatement, elle ouvrit la lettre qu'elle aurait dû recevoir si longtemps auparavant. La missive était brève, directe, et tellement fidèle à Logan que cela la fit sourire.

Grace,

Merci d'être venu à l'arrêt de bus me voir. J'ai commencé l'entraînement de base hier, et mon sergent instructeur est à mon avis un cousin du diable :) J'ai beaucoup de choses à te raconter, mais je voulais tenir ma promesse de t'écrire dès mon arrivée, pour que tu puisses avoir mon adresse.

Je suis impatient d'avoir de tes nouvelles.
Je t'écrirai plus tard,
Logan

Grace se laissa finalement aller à ses larmes. De lourds sanglots, qui jaillirent du plus profond de son âme. Ce n'était pas une lettre fleur bleue, Logan n'y déclarait pas son amour pour elle, cependant, il avait tenu sa promesse. Le cœur de Grace se serra face à tout ce temps perdu.

Dix minutes plus tard, le visage marqué de ses larmes et un nez qui coulait, Grace remit prudemment la missive dans l'enveloppe et la posa de côté. Puis elle saisit la suivante, plus longue que la première.

Grace,

J'ai un peu plus de temps aujourd'hui pour t'écrire. Je sais que ma première lettre n'a pas encore eu le temps d'arriver jusqu'à toi, mais en repensant à tout ce qui s'est passé ces derniers jours, j'étais impatient de t'en parler, à toi, plus qu'à toute autre personne.

L'entraînement de base est très dur, mais j'adore... sauf toute cette maniaquerie. Je déteste devoir plier mes vêtements d'une certaine manière, faire mon lit tous les jours est stupide, puisqu'on est les seuls à le voir et qu'on s'y affale très fatigués chaque soir.

Notre emploi du temps est très monotone. On se lève, on va à l'entraînement, puis on mange. Ensuite, on s'entraîne encore plus, puis on a quelques cours. Puis, c'est le déjeuner, on se fait crier dessus, car on est trop lents, ou trop rapides, ou parce qu'on ne fait pas attention. (Nos sergents instructeurs nous hurlent dessus pour tout et n'importe quoi, quitte à inventer des prétextes.) Puis, on doit faire des activités visant à créer l'esprit d'équipe, et encore des cours (leçons de tir, de corps à corps, cours sur les valeurs de l'armée etc), puis on dîne, et encore un entraînement. Enfin, on doit nettoyer nos baraquements, même si les sols sont nickels.

Tout ça me paraît inutile, mais je comprends pourquoi ils nous le font faire. Ils doivent détruire l'image que l'on se fait de l'armée, puis nous remodeler à leur façon pour faire de nous une équipe. Je comprends, d'accord, mais c'est quand même ennuyeux. Je préférerais être à la bibliothèque avec toi, Futée, à t'écouter parler de présidents morts et d'autres trucs du genre. :)

Je voulais aussi que tu saches que j'étais sérieux quand je t'ai dit que j'avais envie de voir où pouvait mener notre relation. J'aurais dû te demander de sortir avec moi avant, mais je savais que je partais et que je n'étais pas assez bien pour toi. Et en plus, je n'étais pas sûr à 100 % que tu m'appréciais. Parfois, j'étais convaincu que tu partageais mes sentiments, et, le lendemain, tu te montrais distante. J'aurais dû être plus courageux et t'inviter plus tôt. Je suis désolé. Me retrouver loin de toi et être incapable de te parler tous les jours m'a fait vraiment prendre conscience comme tu comptes pour moi.

J'aime ton parfum, ton air toujours si sérieux, ta façon de m'écouter et d'essayer de prendre soin de moi quand j'arrivais au lycée avec un bleu causé par ma mère. Je fais de mon mieux pour devenir un homme meilleur. Le genre d'hommes avec lequel tu pourrais envisager de sortir. Rejoindre l'armée était ma manière de quitter Castle Rock, mais aussi une façon d'avoir une carrière bien à moi, car j'en aurai besoin si on a un jour la chance d'être ensemble.

On dirait un roman à l'eau de rose, je sais. Et je n'aurais sans doute pas eu le cran de te le dire en face, mais par écrit, c'est plus facile.

Bon, mes quinze minutes de temps libre sont écoulées, le sergent instructeur nous hurle « Rameutez vos fesses puantes dans dix minutes, bande de boucs » (Je ne mens pas, c'est une citation en direct ! lol) Je vais mettre ma lettre au courrier cet après-midi.

Je suis impatient d'avoir de tes nouvelles. Tu me manques.

Logan

Et les écrits continuèrent sur la même lancée. Grace en dévora chaque mot, sur chaque page de chaque courrier. Plus tard, l'impatience de Logan à l'idée de recevoir ses lettres se mua en perplexité face à son absence de réponse.

Grace,

Ça fait deux mois que je suis parti, et je m'inquiète pour toi. Je sais bien que tu me retournes mes lettres, mais je ne comprends pas pourquoi.

S'il te plaît, ne renvoie pas celle-ci. J'ai besoin de savoir que tu vas bien.

Si tu ne veux plus que je t'écrive, il te suffit de me le dire. J'arrêterai, même si ce sera une torture.

J'espère que tu ne me le demanderas pas. Je veux te voir. J'ai hâte d'avoir de tes nouvelles.

S'il te plaît.

Logan

Au Secours de Grace

. . .

Quelques semaines plus tard, les lettres perdirent en innocence et affection. Grace prit le dernier courrier dans sa main et retint son souffle. Elle avait un peu peur de le découvrir, mais elle savait aussi qu'elle en avait besoin. Elle ouvrit l'enveloppe, puis inspira profondément, pour se préparer. Cependant, ce ne furent pas les mots auxquels elle s'attendait.

Grace,
S'il te plaît. Je t'en prie, parle-moi. Pourquoi est-ce que tu nous fais ça ? Je croyais que notre histoire était belle. Je voulais vraiment que tu viennes vivre avec moi. Je sais bien que je me suis comporté comme un con par le passé, mais je t'aime. Seigneur, ça semble tellement pathétique de dire ça alors que nous n'avons même pas encore fait l'amour, mais je n'arrête pas de penser à toi et à ce que j'ai ressenti quand je t'avais dans mes bras. J'ai rêvé de nous, nous réveillant ensemble au petit matin, riant tous les deux. Je n'arrête pas de penser à toi, et je m'inquiète comme un fou. Est-ce que tu vas bien ? Es-tu malade ? C'est pour ça que tu ne m'écris pas ? Rien qu'une lettre. C'est tout ce que je te demande. Je ne sais pas ce que j'ai fait, mais quoi que ce soit, j'en suis désolé. S'il te plaît, réponds-moi, dis-moi que tu vas bien.
Avec tout mon amour,
Logan

Grace avait cru que cette lettre serait remplie d'accusations et de paroles de colère. Au contraire, elle trahissait tout le souci qu'il s'était fait pour elle, se déversant du papier pour lui aller droit au cœur. Bien que tous les courriers qu'il lui avait adressés lui aient été renvoyés sans jamais avoir été ouverts, il avait mis son âme à nu pour elle.

Elle observa le cachet de la poste. Onze mois. Il lui avait écrit pendant onze mois avant de renoncer.

Pour la première fois depuis longtemps, Grace songea à ses parents sans éprouver de la crainte ou de l'inquiétude quant à ce qu'ils pourraient penser d'elle. À présent, elle ressentait de la colère. De la fureur. Comment sa mère avait-elle osé se mêler de sa vie de cette manière ? Comment avait-elle osé pousser Logan à supplier et remettre en question les sentiments que Grace avait pour lui ? Il lui avait dit qu'il l'aimait, pourtant, Grace n'avait pas eu l'occasion de lui faire part de ses propres sentiments. Ni de le rassurer. Ni de faire quoi que ce soit, en fait.

Elle rassembla à nouveau les missives avec précaution. Elle avait beau être énervée, ces lettres étaient tout pour elle. Elle les reposa avec soin sur la table basse, récupéra celles qu'elle avait rédigées pour Logan, et sortit à grands pas de la pièce.

Le petit jour était assez lumineux pour qu'elle puisse voir où elle se dirigeait. Déterminée, elle s'approcha de la chambre de Logan, de l'autre côté du couloir. Elle ouvrit la porte sans se soucier d'envahir son intimité.

Les yeux rivés sur la bosse sous les draps, Grace s'avança et s'assit lourdement sur le lit.

À la seconde où ses fesses effleurèrent le matelas, Logan se mit en mouvement. Il l'attrapa par la taille et la fit pivoter jusqu'à ce qu'elle se retrouve allongée sur le dos à ses côtés. Elle s'agrippa au tas de lettres, qu'elle serrait contre elle. Logan se rua sur elle, la faisant haleter. Il lui posa une main sur la gorge et maintint, de l'autre, son deuxième bras au-dessus de sa tête.

Dès qu'il réalisa qui se trouvait sous lui, il allégea sa poigne, sans la lâcher complètement, et poussa un juron.

— Merde, Grace. Ne te glisse pas en douce comme ça. Ça va ? Est-ce que je t'ai fait mal ? Putain.

— Je vais bien, Logan. Désolée. Je n'ai pas réfléchi.

— S'il te plaît, ne me prends pas par surprise quand je dors. Jamais. J'aurais pu te faire du mal.

— C'est à cause de ton entraînement à l'armée ? demanda-t-elle, nerveuse.

Il se passa une main sur le visage, faisant crisser le chaume sur sa mâchoire.

— En partie. Et aussi parce que ma mère avait l'habitude de débarquer dans nos chambres au beau milieu de la nuit pour nous frapper sous n'importe quel prétexte fallacieux.

— Mince. Je suis désolée. Je ne recommencerai plus.

Elle lui caressa le bras, apaisante.

Logan pencha la tête et demanda :

— Qu'est-ce qui ne va pas ? Pourquoi es-tu venue ici ? Tu vas bien ?

Pendant un instant, c'était la peur qui avait dominé, face à la réaction instinctive de Logan, mais désormais, sa colère était revenue.

— Ma mère est une salope, déclara-t-elle, comme s'il l'ignorait encore. Vraiment. Je savais déjà qu'elle n'était pas la mère de l'année, mais cacher tes courriers, c'était horrible de sa part.

Les lèvres de Logan s'incurvèrent en un petit sourire tandis qu'il concluait l'évidence :

— Tu as lu mes lettres.

— Oui, je les ai lues. À cause de ma mère, tu as douté de toi. Elle t'a bouleversé. Putain, elle t'a même fait me *supplier*. Je sais qu'on ne se connaît pas vraiment, mais l'homme que je connaissais à cette époque-là ne suppliait jamais. Tiens, ajouta-t-elle en lui tendant la pile qu'elle serrait contre elle. Lis les miennes. Maintenant. Toutes.

Logan recouvrit de sa paume la main qui tenait les enveloppes, puis se pencha vers elle, un tendre sourire aux lèvres.

— Est-ce que j'ai le droit de me lever, prendre une douche et boire un café avant ?

— Non ! s'exclama-t-elle en secouant la tête. Il faut que tu les lises. Maintenant.

— Grace...

— Ce n'est pas juste que tu ne saches pas. Je t'ai écrit toutes les semaines. Toutes les *semaines*, Logan. Je...

— Grace...

Il prononça son prénom avec plus de force cette fois-ci, mais elle l'ignora encore.

— J'étais impatiente de quitter Castle Rock et de te rejoindre. J'étais carrément éprise de toi au lycée et j'étais hyper excitée que tu m'aies enfin remarquée. Ça...

Comme il n'arrivait pas à l'atteindre avec ses paroles, Logan se contenta de la faire taire avec sa bouche.

Grace se figea un instant, puis se fondit sous lui. Le baiser, qui fut d'abord brutal et destiné à l'empêcher de parler, changea très vite en une caresse douce et érotique. Leurs langues dansaient et luttaient.

Les enveloppes tombèrent sur le côté du lit sans qu'aucun d'eux ne s'en rende compte. Logan lui mordilla la lèvre, et elle suçota la sienne en retour. Quand il lui lécha le palais, elle haleta, gémit et le prit par la nuque pour s'agripper à lui pendant la vague de plaisir qui la submergea.

Logan recula à contrecœur, mais sans aller très loin.

Grace sentait son poids contre son corps, son érection

évidente qui palpitait entre ses jambes, ses mains qui parcouraient son visage.

— Tu es vraiment du matin, hein ?

Elle confirma. Elle ne savait plus trop si elle devait s'accrocher à sa colère ou être embarrassée.

— Ça me plaît. Tu peux me réveiller comme ça tous les matins, ne te gêne pas, lui dit-il en caressant son nez avec le sien.

— Comme ça comment ? En m'énervant puis en te foutant les jetons ?

— Non. Avec enthousiasme et passion. Je n'aime pas savoir que tu es en colère, même pour moi. Mais j'aime le fait que tu n'aies pas cherché à me le cacher. Plus de secrets entre nous, OK ? On a tous les deux été témoins directs des dégâts que les cachotteries peuvent causer.

— Je suis d'accord.

Elle hésita un instant, puis balbutia tout de go :

— Tu veux bien lire mes lettres ? Les tiennes m'ont brisé le cœur et rendue folle en même temps, lui avoua-t-elle, en toute honnêteté. Voir tes mots noir sur blanc n'a fait que révéler combien j'avais laissé mes parents me contrôler juste pour obtenir leur approbation.

Logan secouait la tête, ce qui n'empêcha pas Grace de poursuivre.

— Si, c'est vrai. Je les ai laissés me contrôler. J'aurais peut-être réussi à me libérer d'eux, comme toi de ta mère, si je ne m'étais pas souciée aussi longtemps de leur affection. Ou peut-être pas. Mais je n'ai pas eu cette opportunité. Elle arrive *maintenant*. J'ai envie de crever l'abcès entre nous, Logan. Je voulais tellement sortir avec toi à cette époque-là. Et quand j'ai fini par accepter que tu ne ressentais pas la même chose, ça m'a fait mal, au point que je me suis tournée vers ce dont j'avais l'habitude... à savoir, laisser mes parents prendre toutes les décisions à ma place. Faire tout ce qui était en mon pouvoir pour qu'ils me témoignent un semblant d'affection. Ces dernières années, j'ai commencé à me libérer par petites touches. Je veux mettre les compteurs à zéro entre nous, et pour ça, j'ai besoin de te dire ce que j'éprouvais à l'époque du lycée.

— Les compteurs ne seront jamais remis à zéro, répliqua Logan, qui s'empressa d'enchaîner, en la voyant froncer les sourcils sous l'effet du désarroi. Non, pas dans ce sens-là. Ils ne pourront jamais l'être, car nous avons déjà un passé. Nous étions amis, Grace. De bons amis. Et même si je voulais plus, j'avais trop la frousse de te demander de sortir avec moi. Je pensais qu'on avait tout notre temps, alors que j'aurais dû être plus avisé. Il n'y a rien de garanti dans la vie. Je le savais, mais j'ai ignoré cette vérité, comme l'ado stupide que j'étais.

Il l'embrassa sur le front, puis enchaîna.

— Nous avons un passé, Grace. Une relation vachement géniale. Tellement géniale que je t'ai dit que je t'aimais alors que nous avions à peine échangé un petit baiser.

Il poursuivit malgré la rougeur de Grace.

— Donc, non, les compteurs ne seront jamais remis à zéro.

— Ouah... Hum... D'accord, lui dit-elle, les yeux rivés sur lui, stupéfaite. Pas de compteurs à zéro. Ça me va.

— Bien. Maintenant, debout, Futée. On a du pain sur la planche aujourd'hui. Va prendre ta douche. Je vais préparer le petit déjeuner. Puis je lirai tes lettres. Et après, on parlera de cette semaine avec mes frères et on décidera de la suite. Cependant, Grace, quelle que soit cette suite, sache que je serai à tes côtés. Tu t'es libérée de l'emprise de tes parents, et je ne te laisserai pas y retourner.

— Je ne veux pas y retourner.

— Bien.

Il roula sur le dos, à côté d'elle, la tête appuyée sur une main.

— File, maintenant, avant que je perde le peu de contrôle qu'il me reste et découvre ce que tu portes sous ce tee-shirt.

Grace rougit, mais s'exécuta. À la porte, elle lui lança un petit regard.

— Est-ce que tu as du bacon ?

— Est-ce que je suis un mec ? répliqua-t-il.

Elle pouffa.

— J'aimerais bien avoir une grosse pile de bacon. Et des œufs brouillés. Et des tartines avec une tonne de beurre et de confiture.

— Alors, je te prépare ça. J'imagine que tu ne mangeais pas tout ça le matin ?

Elle fit la grimace.

— Non. En général, un morceau de pain sec, une omelette aux blancs d'œufs, épinards et fromage de chèvre, ou, parfois, un petit bol de flocons d'avoine sans rien.

Le visage de Logan se durcit un instant, puis s'adoucit.

— Vas-y, Grace. Traîne aussi longtemps que tu le souhaites sous la douche. Je vais te préparer un déjeuner de reine. Ta nouvelle vie commence ce matin.

— Génial, souffla-t-elle, en lui adressant un immense sourire avant de sortir.

Dans le couloir, elle lança :

— Et fais le bacon bien croustillant, merci !

Alors qu'elle refermait la porte de la salle de bains, elle entendit Logan éclater de rire.

18

Logan prépara tout un paquet de bacon et le fit griller conformément aux consignes de Grace. Croustillant, mais pas trop cuit. Il prit plaisir à la regarder déguster son repas. Elle mangea avec des gestes pleins de délicatesse – conséquence de son éducation, à n'en pas douter –, mais avec un enthousiasme qui réchauffa le cœur de Logan.

Ils s'étaient installés sur le canapé pour prendre le petit déjeuner, puisque la table de la cuisine disparaissait sous les papiers, cependant, cela ne sembla poser aucun problème à Grace. Elle sourit et rit tandis qu'elle dévorait son assiette, félicitant Logan pour cet aussi bon repas. Après tout ce qu'elle avait traversé, c'était un mystère qu'elle soit toujours aussi joyeuse et adorable. Plus Logan y pensait, plus il prenait conscience de sa chance. Les dix dernières années auraient pu changer fondamentalement la personnalité de Grace, mais, par un miracle quelconque, il n'en était rien.

Ils s'amusèrent de souvenirs d'autrefois, tandis que l'électricité couvait entre eux, plus forte et plus profonde qu'à l'époque. Dès que leurs regards se croisaient, Grace rougissait sans toutefois détourner le sien. Ils rebâtissaient leur relation à chaque contact visuel.

Lorsqu'ils eurent fini le petit déjeuner, Grace lança un coup d'œil insistant vers le tas d'enveloppes posé sur la table basse, puis l'informa Logan, l'air de rien :

— Je suis un peu fatiguée. Je vais faire un petit somme pendant que tu liras mes lettres, d'accord ?

— Tu n'es pas obligée de partir.

Elle haussa les épaules.

— Tu m'as donné un peu d'intimité pour découvrir les tiennes alors le moins que je puisse faire, c'est de faire la même chose. En plus, je me sens gênée. J'avais dix-huit ans quand je les ai écrites.

Logan se leva et alla l'étreindre. Il commençait à s'habituer à la tenir dans ses bras. Il adorait ça.

Quand il s'écarta, il la fixa un long moment dans les yeux. Elle paraissait inquiète et timide en même temps. Il la laissa tranquille, car il ne souhaitait pas la mettre plus mal à l'aise encore.

— Je viendrai te voir quand j'aurai fini, OK ?

— D'accord. Ça me va. Tu sais où me trouver, ajouta-t-elle avec un sourire impertinent avant de l'embrasser sur le menton.

Elle s'éloigna, et il la regarda faire, l'esprit confus, jusqu'à ce qu'elle ait disparu dans le couloir. Il était soulagé qu'elle soit en sécurité. Heureux de l'avoir à ses côtés. Et impatient de la connaître davantage.

Il retourna sur le canapé et récupéra le tas de courriers. Avec des gestes lents, il tira sur le ruban rose jusqu'à ce que le nœud se défasse. Contrairement à ses propres lettres, celles-ci ne comportaient aucun cachet de la poste lui permettant de savoir laquelle lire en premier. Il opta pour celle du dessus, se disant que Grace les aurait certainement rangées dans l'ordre.

Sur l'avant de l'enveloppe se trouvait le nom de Logan, et, à l'arrière, l'adresse de Grace soigneusement notée en haut à gauche. Lorsqu'il revit son écriture pour la première fois depuis le lycée, il se donna mentalement un coup sur la tête. Ses boucles féminines n'avaient rien à voir avec les lettres majuscules « RETOUR À L'ENVOYEUR » qui figuraient sur chacun des courriers qu'il avait récupérés.

Cette enveloppe n'étant pas fermée, il put en sortir la feuille pliée, délicatement, pour ne pas froisser ou risquer d'abîmer de n'importe quelle manière cette lettre. L'écriture de Grace remplissait la page et, avant même de lire les premiers mots, il sut qu'il allait en avoir le cœur brisé.

Logan,

Je suis impatiente de recevoir ta première lettre. J'imagine que tu dois faire un tas de choses intéressantes à l'entraînement de base. Je sais que c'est dur. Nous en avons discuté, tu m'as expliqué que tu te ferais hurler dessus à longueur de journée et que tu ne ferais que t'entraîner, mais je sais aussi que tu vas très bien t'en sortir. Tu es né pour être coriace, et je suis très fière de toi.

Logan inspira longuement et observa le plafond quelques instants pour reprendre le contrôle de ses émotions. Bon sang, il n'avait même pas fini la première missive que sa poitrine se comprimait déjà, et que des larmes lui nouaient la gorge.

Il reporta son attention sur la lettre, déglutit et poursuivit sa lecture. Elle lui racontait le début de ses cours d'été à Denver, son désir de se spécialiser en marketing, tandis que ses parents pensaient qu'il serait mieux pour elle qu'elle opte pour la gestion. Elle parlait du temps qu'il faisait et évoquait la vie de personnes qu'il avait oubliées depuis longtemps. Le dernier paragraphe fut comme un coup au ventre.

Tu as tellement de chance d'être parti d'ici. Je sais que ta mère était horrible avec tes frères et toi, et je suis si heureuse que tu sois parvenu à t'éloigner d'elle. Ma mère ne me frappe pas, mais elle se montre vraiment méchante parfois, et elle n'est jamais satisfaite de ce que je fais. Lorsque tu auras fini ton entraînement de base et le suivant, si tu veux toujours que je te rejoigne, j'adorerai le faire. Je peux poursuivre mes cours n'importe où. Je pourrai faire transférer mon dossier.

Logan, ça fait des années que je t'admire et que je te remarque. Tu dois le savoir. Nous ne sommes jamais sortis ensemble, mais j'aimerais que l'on essaie.

Prends soin de toi. Il me tarde de recevoir tes lettres.
Grace

Les lettres furent étrangement plus faciles à lire, après celle-ci. Elles n'étaient pas aussi chargées en émotion ni ne le suppliaient de la contacter. C'étaient davantage comme un journal intime. Grace y parlait de ses cours, de ses espoirs qu'il se porte bien. Elles devenaient de plus en plus courtes à mesure que le temps passait. Grace avait bien plus de volonté que lui ; elle lui avait écrit pendant une année et demie après son départ. Lui n'avait tenu qu'à peine moins d'un an.

La dernière lettre de Grace lui fit honte ; il aurait dû

dépasser sa fierté blessée et se comporter comme un homme.

Logan,

Voilà dix-huit mois que tu es parti, maintenant. Je pensais vraiment que tu étais sérieux quand tu me demandais de te rejoindre, mais je me suis manifestement montrée stupide. Ma mère me répète sans arrêt que je n'ai pas de plomb dans la cervelle. Elle a raison, j'imagine.

J'ai terminé ma première année de fac, et, quand j'ai vu mes notes finales, j'ai tout de suite songé à toi. Tu aurais été tellement amusé par tous les A que j'ai obtenus... sauf en Civilisations occidentales. Dommage, pour une futée. Lol. Évidemment, ma mère, elle, n'a pas été amusée du tout. Elle a surtout été très déçue de moi. Elle m'a consignée pendant deux semaines. Ce n'était pas si mal, en fait. Au moins, je n'étais pas obligée de manger avec mes parents et de voir leurs regards dégoûtés.

Où que tu sois, j'espère que tu es heureux et en sécurité. Les infos parlent sans cesse de soldats déployés, et, si tu dois un jour partir combattre à l'étranger, je te souhaite d'en revenir sain et sauf.

Un garçon de ma classe m'a demandé de sortir avec lui, la semaine dernière, et j'ai refusé. Mais depuis, je m'interroge... pourquoi ? Pourquoi ne pas avoir accepté ? Parce que je t'attends. Mon premier vrai rencard, je voulais l'avoir avec toi. Mais ce soir, mon père m'a dit quelque chose qui m'a enfin fait réaliser la vérité. Il m'a dit que je devais me reprendre, car tu ne reviendrais pas. Tu as quitté Castle Rock, et tu n'envisages pas d'y retourner un jour. Il m'a dit aussi que je te rappelais tous tes mauvais souvenirs de cet endroit, et que c'était pour cette raison que tu ne m'avais jamais écrit.

Alors, demain, je vais aller retrouver ce garçon et accepter son invitation. Je suis désolée que nous n'ayons jamais la chance de découvrir ce que ça aurait pu donner, nous deux.

J'espère que l'armée correspond à tes attentes et que tes frères se portent bien. Le Logan que je connaissais me manque, mais, d'un autre côté, peut-être n'a-t-il jamais vraiment existé.

Grace

Logan n'aurait su dire combien de temps s'était écoulé quand il remit enfin la dernière lettre dans l'enveloppe. Il refit la pile et noua le ruban autour du tas de courriers. Puis, il se leva, posa le tout sur le comptoir de la cuisine, et emprunta le couloir.

Sans un mot, il ouvrit la chambre d'amis. Grace était allongée sur le côté, dos à la porte. Logan s'approcha du petit lit et grimpa dessus. Il comprit que la jeune femme était réveillée, car elle se raidit à l'instant où elle le sentit derrière elle.

Sans tenir compte de son langage corporel, il se plaqua contre elle, lui passa un bras autour de la taille et la cala complètement contre lui. Il ne prononça pas un mot pendant plusieurs minutes, mais il soupira de soulagement lorsque Grace vint entrelacer ses doigts aux siens.

Quand il rompit enfin le silence, il déclara tout bas :

— J'aurais aimé être ton premier rendez-vous.

— Moi aussi.

— J'ai merdé.

— Tu ne savais pas.

— Ça n'a pas d'importance. J'ai vraiment merdé. J'aurais dû rentrer ici pour découvrir ce qui se tramait. Pourquoi tu me renvoyais tous mes courriers. Cependant, sache que, à partir de cet instant, ma mission dans la vie sera de rattraper le temps perdu.

Grace se tourna dans ses bras. Quand ils se retrouvèrent face à face, il remarqua les larmes dans ses yeux. D'une voix brisée, elle lui dit :

— Nous sommes différents tous les deux, à présent, Logan. Peut-être même qu'on ne s'apprécie plus.

— Je t'aime beaucoup, répliqua-t-il en attirant ses hanches contre les siennes pour qu'ils soient blottis l'un contre l'autre.

Il garda une main sur les fesses de la jeune femme pour la maintenir immobile, afin qu'elle sente combien sa proximité l'affectait.

— Tu veux juste coucher avec moi. C'est une réaction naturelle. C'est ce que ressentent les hommes en présence des femmes, rétorqua-t-elle, butée.

Logan nia de la tête.

— Laisse-moi deviner. C'est ce que t'a dit ta mère.

Elle écarquilla les yeux.

— Mon père.

— Ce sont des conneries, Grace. Oui, je te désire. Je veux m'enfoncer si loin dans ton corps que nous ne formerons plus qu'un. Mais pas simplement parce que tu es une femme. Un peu de respect, s'il te plaît. C'est parce que c'est *toi*. Tu es mon premier amour. La première personne à voir qui j'étais réellement. Je t'ai raconté au lycée des choses que même mes frères ignorent. Nous avons perdu beaucoup de temps à cause de ma stupidité et de tes parents, mais je ne veux plus gâcher le moindre instant à cause d'eux.

Il constata qu'elle rougissait. Toutefois, elle ne détourna pas les yeux. Sa timidité et sa force mêlées étaient très attirantes, et Logan fut plus que jamais déterminé à découvrir jusqu'où leur relation pouvait les mener.

— Ne te méprends pas, Grace Mason. Je te désire, mais comme tu vis chez moi, j'aimerais que nous y allions lentement. J'ai envie que nous réapprenions à nous connaître. Je ne veux pas d'un arrangement du style « amis avec avantages ». Je ne cherche pas à tirer le moindre profit de ta présence ici. Je veux que tu sois certaine à cent pour cent avant que nous n'empruntions ce chemin-là.

— Mais tu... veux me faire l'amour, n'est-ce pas ? demanda-t-elle en haussant les sourcils et en appuyant ses hanches un peu plus contre lui, comme pour l'aguicher.

Il lui rendit son sourire.

— Oh, oui. Je suis impatient, même.

Il lui caressa le dos, puis son sourire disparut.

— J'aime te toucher, dit-il, en lui effleurant les fesses en guise de preuve. J'ai envie de goûter à nouveau tes lèvres pulpeuses.

Elle se les lécha, en réaction, et il sourit.

— Je veux te toucher, et que tu me touches, toi aussi. Mais tant que nous ne saurons pas précisément où nous en sommes, nous devons décider comment vivre ensemble. Tu peux rester dans la chambre d'amis, et nous apprendrons à nous connaître jour après jour. Ou tu peux dormir dans mon lit tous les soirs, et je garderai mes mains – et toutes les autres parties de mon corps – pour moi jusqu'à ce que tu me dises le contraire. C'est toi qui décides le rythme de notre avancée. Tu n'es pas obligée de coucher avec moi pour être en sécurité ici, tu as bien compris ?

— Je pense que, peut-être, il serait mieux que je reste ici dans un premier temps, répondit-elle, mal à l'aise, en ramassant un fil imaginaire sur son tee-shirt.

Logan lâcha ses fesses pour prendre ses doigts tendrement.

— Aucun problème, Futée. Cette chambre sera la tienne aussi longtemps que tu en auras besoin.

— Je ne suis pas vierge, avoua-t-elle tout de go, en le fixant au niveau du front et non dans les yeux.

Il savait que cette conversation la mettait mal à l'aise, alors il admirait son courage de la poursuivre.

— Je ne suis pas vierge non plus, répliqua-t-il, très sérieusement.

Elle pouffa, ce qui lui réchauffa le cœur.

— Je m'en doutais, dit-elle, en croisant son regard pour la première fois.

— Mais je ne suis pas non plus un dragueur invétéré. Crois-le ou non, je n'ai couché qu'avec cinq femmes. Je sais que la plupart des couples ne discutent pas de ce genre de choses, mais j'ai le sentiment de te devoir cette vérité.

— Je... Je ne suis pas vraiment emballée de t'entendre parler d'autres femmes, admit Grace à contrecœur.

— Et je ne suis pas vraiment emballé non plus à l'idée de t'en parler, mais écoute-moi, d'accord ?

Elle prit une profonde inspiration, puis hocha la tête avec fermeté.

— La première, c'était au lycée. En première année. Je ne me souviens même plus de son nom.

— Ruth, lui révéla Grace instantanément.

Il fléchit les bras et sourit en constantant qu'elle avait tout de suite compris qui c'était.

— Je suppose. Bref, je vais être honnête : je n'arrivais pas à rassembler mon courage et à inviter ma tutrice à sortir avec moi, et je craignais aussi de te poser la question et que tu refuses, car nous ne jouions pas du tout dans la même cour. Dans mes humeurs adolescentes maussades, j'ai décidé que puisque tu ne voudrais pas être avec moi, autant que je sorte avec elle.

Une lueur blessée apparut dans le regard de Grace,

même si elle chercha à la cacher, et Logan se dépêcha de poursuivre, pour finir ses explications.

— Quand j'ai arrêté de t'écrire, je suis brièvement sorti avec trois femmes, à la suite. J'essayais de t'effacer de mon esprit. Crois-moi, ça n'a pas marché. La dernière femme avec laquelle j'ai couché, ça remonte à trois ans. Ça faisait deux ans que je n'étais sorti avec personne, et j'avais décidé que je devais au moins tenter d'avoir une relation, comme un adulte. Quand on est adulte, on fréquente quelqu'un, on se marie, on a des enfants. C'était vraiment une fille très bien, mais, au bout de quelque temps, j'ai pris conscience que je ne lui faisais pas assez confiance pour lui parler de mon passé. Alors, j'ai rompu avec elle. Aux dernières nouvelles, elle était mariée et enceinte. Ça fait trois ans, Grace. Coucher avec quelqu'un ne m'intéressait pas. Je m'occupe de mes propres besoins tout seul, si tu vois ce que je veux dire. Pourtant, me voilà aujourd'hui, le sexe raide et plus excité d'être allongé tout habillé contre toi que je ne l'ai été avec toutes les femmes avec lesquelles j'ai couché.

Grace se mordit la lèvre, puis demanda, incrédule :

— Trois ans ?

— Eh oui, Futée. Trois ans. Alors, ma réaction d'aujourd'hui n'est pas seulement parce que tu es une fille et moi un mec. C'est parce que tu es Grace. Ma petite Futée. La femme que je désire depuis mes dix-sept ans. Je ne vais pas faire foirer tout ça, du moins, je l'espère. Je veux que tu sois sûre que c'est de *toi* que j'ai envie, et pas parce que j'ai besoin d'éjaculer. Compris ?

— D'accord, mais je n'ai jamais...

Elle marqua une pause, comme saisie d'embarras, puis s'empressa de finir.

— Je n'ai jamais vraiment aimé ça.

— As-tu déjà joui ?

Il savait ce que le « ça » signifiait.

Elle s'empourpra, mais répondit.

— Non.

— Est-ce qu'ils ont essayé, au moins ? De te lécher là ? De te rendre humide ?

— Rien au niveau sexe oral. La seule chose qui intéressait mon premier, c'était de me fourrer son sexe et de prendre son pied, et ça m'allait, parce que ce n'était pas très agréable. Les autres ont dit que le sexe oral les mettait mal à l'aise, et à vrai dire, moi aussi. Et d'accord, j'ai eu droit à quelques préliminaires et à du lubrifiant, mais la Terre ne s'est pas vraiment retournée sur son axe, si tu vois ce que je veux dire.

— Alors, ce n'étaient pas totalement des connards. Est-ce qu'ils t'ont fait mal ? murmura Logan en la regardant dans les yeux.

— Non, répondit-elle d'une voix douce.

— Grace, je te promets, ici et maintenant, que quand nous en viendrons à faire l'amour, ça va te plaire.

Cela la fit sourire, d'un air légèrement aguicheur qui titilla encore un peu plus la libido de Logan.

— Ah oui ?

— Oh que oui.

— Je veux que tu aimes, toi aussi, insista-t-elle.

— Aucun doute de ce côté-là, Grace. Je t'assure.

— Je n'ai jamais fait de fellation à un homme.

Logan gémit alors que de nouvelles images envahissaient son esprit. Jusqu'à présent, il s'était imaginé Grace allongée sous lui, à le regarder émerveillée pendant qu'il s'enfoncerait en elle pour la première fois. Désormais, il se représentait la jeune femme à genoux entre ses jambes, la tête levée vers lui tandis qu'elle ouvrait la bouche pour le prendre entre ses lèvres. Elle n'avait aucune idée de ce que ses paroles peu innocentes provoquaient en lui.

— Au moins, je serai l'une de tes premières fois. Je vais t'apprendre. Te montrer ce que j'aime. Et, quand ce sera à mon tour, tu me diras ce qui t'est agréable.

— Tu veux vraiment faire ça avec moi ? demanda-t-elle, peu sûre d'elle, les sourcils froncés en une expression adorable.

— Oh, que oui, souffla Logan. Je veux vraiment faire ça avec toi.

Il lui déposa un baiser sur le bout du nez.

— Il faut qu'on se lève, maintenant. Je dois arrêter de parler de ça, sinon, je vais avoir envie d'agir, alors s'il te plaît, aie pitié de moi.

Il lui sourit pour qu'elle comprenne qu'il plaisantait... en grande partie, disons.

— Tu veux bien m'embrasser ?

Logan prit son visage en coupe, sa position favorite pour l'embrasser.

— Ça, je peux le faire. J'espère que tu commences à t'habituer à mes lèvres sur les tiennes, Grace, car j'ai le sentiment que je ne vais pas pouvoir me tenir à l'écart longtemps.

Il se pencha vers elle et lui délivra un long baiser, languide, plein de douceur. Pour lui montrer combien il chérissait le fait qu'elle fasse à nouveau partie de sa vie. Elle suivit le mouvement, sans chercher à transformer le baiser en étreinte passionnée, alors que cette envie frémissait sous la surface pour chacun d'eux, n'attendant qu'une étincelle pour s'embraser.

Elle lui mordilla et lui lécha les lèvres, imitant Logan. Enfin, il s'écarta et appuya son front contre le sien.

— Merci de m'avoir permis de lire tes lettres. Merci de

ne pas avoir renoncé à moi, même si je t'ai laissée tomber au bout de onze mois. Et merci de m'avoir confié tes secrets. Je sais que nous devons encore discuter de plein de choses, mais j'apprécie ta confiance.

— Merci à toi de m'avoir kidnappée, répliqua-t-elle immédiatement, en enfonçant le doigt dans son torse pour insister.

— J'aurais dû le faire il y a neuf ans.

— Peut-être, rétorqua-t-elle en haussant à demi les épaules, fataliste. Mais mieux vaut tard que jamais.

Il rit une nouvelle fois et s'assit, attirant Grace contre lui.

— Viens, on doit se préparer, on va bientôt avoir de la compagnie. Tu es sûre de vouloir faire ça aujourd'hui ?

— Oui. Il est temps. Temps que j'avoue tout sur mes parents et la façon dont ils m'ont traitée.

— Leur règne de la terreur prend fin maintenant, proclama Logan en l'aidant à se lever du lit.

— Je l'espère.

— Je t'assure. Allez, viens. On va regarder la télé et nous détendre en attendant que les autres arrivent. Tu es nerveuse ?

— Tu seras là aussi ? demanda-t-elle, une lueur d'espoir dans les yeux.

— Bien sûr que oui.

— Alors, non, je ne suis pas nerveuse, répliqua-t-elle en secouant légèrement la tête.

Logan ignorait d'où lui venait une telle chance, mais il n'allait pas la gâcher pour l'instant. Il ne connaissait pas l'essentiel de ce qu'elle avait subi... Dans quelques heures, il en saurait plus. Cependant, cela ne changerait rien. Il protégerait le cœur sensible de la jeune femme du reste du monde, à partir de cet instant.

19

Grace dévisagea ses amis tour à tour. Ils attendaient qu'elle commence. Blake paraissait à son aise, assis sur le fauteuil inclinable près du canapé. Il était adossé à son siège et avait posé un pied sur son genou opposé. Pourtant, quelque chose, dans sa posture trop détendue, trahissait son irritation. Il était contrarié. Grace appréciait toutefois qu'il tente de tempérer ses humeurs pour son bien à elle.

Cole, de son côté, ne faisait rien pour masquer sa colère. Il faisait les cent pas devant le canapé en signe d'énervement. Grace venait de leur apprendre qu'elle était restée enfermée dans sa chambre pendant toute la semaine précédente, et elle leur avait donné une vue d'ensemble de sa vie chez ses parents. Elle ne connaissait pas Cole très bien, pourtant, elle n'avait pas peur de lui... pas tout à fait. Felicity et lui étaient des amis proches, si bien qu'elle savait qu'il aboyait plus qu'il ne mordait. Malgré tout, elle était soulagée que ce soit contre son père et sa mère et non contre elle qu'il soit énervé.

Nathan, pour sa part, était l'électron libre du groupe. Elle l'avait toujours considéré comme le frère Anderson calme et posé, mais à l'observer plus attentivement maintenant, elle n'en était plus aussi persuadée. Il était appuyé contre un mur, un genou relevé, les bras croisés, les poings serrés. Quand ils étaient adolescents, elle l'avait souvent vu ignorer les railleries et les moqueries de leurs camarades, cependant, à l'instant où une fille devenait la cible des petites brutes, il se changeait en un tout autre homme et n'hésitait jamais à prendre sa défense. Il était plus qu'évident en cet instant qu'il était révolté et énervé par la façon dont Grace avait été traitée par ses parents. Il était prêt à se battre pour elle.

Elle avait été contente de la venue de Felicity. Logan l'avait informée que son amie serait présente, et Grace avait besoin d'un peu de temps entre filles. Lorsque Felicity avait appris ce qui lui était arrivé, elle avait insisté pour se joindre aux autres hommes.

Dès qu'elle avait vu son amie, elle lui était tombée dans les bras. C'était agréable de pouvoir parler à quelqu'un qui la connaissait presque aussi bien qu'elle-même. Elle avait en outre été reconnaissante à Felicity d'avoir apporté un sac plein de vêtements et d'affaires nécessaires pour elle, puisqu'elle comptait rester chez Logan pendant un moment.

Enfin, il y avait Logan. Grace le regarda. Il était sur le canapé. Elle était assise à ses côtés, pratiquement sur ses genoux, et il lui tenait la main. Même s'il avait eu un peu plus de temps que les autres pour se faire à l'idée que les parents de Grace n'étaient pas des gens bien, il était toujours extrêmement agité, comme le prouvait ses lèvres pincées et son poing serré contre sa cuisse.

Elle aurait aimé le réconforter, mais ce n'était sans doute pas le bon moment pour se blottir contre lui et l'embrasser.

— Que s'est-il passé lors du dîner avec les Grant ? demanda-t-il.

C'était l'événement le plus récent, pourtant, cela lui paraissait tellement anodin face au reste.

— Ils veulent que j'épouse Brad et que nous ayons un fils, pour pouvoir me le prendre et l'élever comme le leur, avoua-t-elle rapidement, sans tourner autour du pot.

— Seigneur, souffla Cole.

— Hors de question, putain, jura Nathan.

— Quelle salope, persifla Felicity, perchée sur la table basse.

Blake se contenta de pincer les lèvres.

Le seul signe apparent de la réaction de Logan fut quand il serra ses doigts plus fort.

— Continue. Ils pensent faire ça comment ? C'est pour en parler avec les Grant qu'ils les ont invités ?

Grace lui était reconnaissante de sa retenue. Elle savait qu'il était bouleversé, mais il se contenait pour la laisser s'expliquer.

— Oui, en gros. Ils m'ont dit que si je faisais quoi que ce soit pour les embarrasser, ils m'enfermeraient dans le vide sanitaire plutôt que dans ma chambre, puis ils m'ont exhibée au rez-de-chaussée.

— Comment ont-ils réussi à te garder prisonnière aussi longtemps dans ta chambre ? intervint Blake. Les serviteurs n'ont rien remarqué ?

Grace haussa les épaules, peu concernée.

— Ils sont suffisamment payés pour détourner les yeux. Après tout, mes parents ne me frappaient pas ni rien.

— Regarde-moi, Grace, ordonna Logan.

Quand elle le fit, elle nota son expression intense.

— Il m'a fallu un long moment pour le comprendre, et il a fallu que Cole m'aide, mais ce n'est pas parce qu'ils ne te frappent pas qu'ils ne te maltraitent pas. On en a parlé.

Grace haussa timidement les épaules et regarda son amie.

— Felicity m'a dit la même chose, mais ça n'a rien à voir avec ce que tes frères et toi avez subi.

— Tu as raison, concéda Logan, ce n'est pas la même chose. Pourtant, pour moi, tes parents ont tout des parfaits agresseurs. Ils ont commencé par contrôler ton comportement et te convaincre qu'ils le faisaient pour te protéger. Ils ont formulé des attentes totalement irréalistes et n'ont cessé de repousser la ligne pour que tu ne sois jamais à la hauteur d'aucun de leurs objectifs. Ils t'ont refusé leur affection toute ta vie. Ils te l'ont simplement agitée comme un jouet sous le nez d'un chien voulant faire plaisir à ses maîtres. Ils t'ont manipulée pour que tu ne fasses pas confiance à ton propre jugement, ont interverti contrôle et amour. Sans oublier toutes les fois où ils t'ont dit que tu étais stupide et bonne à rien. Ils surveillent l'argent que tu dépenses et essaient de te faire épouser un homme que tu ne veux pas juste pour avoir un bébé pour eux.

Grace le fixa un long moment. Elle avait peur d'avouer ce qu'elle pensait. Maintenant qu'il avait présenté les choses sous cet angle, elle aurait l'air stupide si elle le contredisait. En outre, la dernière chose qu'elle désirait, c'était mentionner ses défauts, surtout à présent qu'il semblait vraiment vouloir être avec elle.

Cependant, Logan sentit sa retenue.

— Qu'est-ce qu'il y a ? Dis-moi ce qui se passe dans cette jolie tête.

Sans détourner les yeux, elle avoua tout bas :

— J'aurais dû comprendre ce qu'ils faisaient et partir, comme tu l'as fait. Mais je suis faible. Je voulais qu'ils m'aiment. Pourquoi ai-je été incapable de m'en aller ?

— Tu n'es pas faible, Grace. Pas même un peu, affirma Logan.

— J'aurais pu partir. J'aurais pu quitter mon travail des milliers de fois, mais je ne l'ai pas fait. Je suis revenue les voir chaque fois qu'ils m'ont dit avoir besoin de mon aide. Ils me donnaient l'impression d'avoir besoin de moi. Et c'était ce qui se ressemblait le plus à de l'amour de leur part. Même si c'était un mensonge.

— Grace, regarde-moi, intervint Nathan.

Elle se tourna vers lui et se mordilla la lèvre, inquiète de ce qu'il pourrait dire.

— Si tu avais été faible, tu serais devenue comme eux. Manipulatrice et dure. Si tu avais été faible, tu aurais cru tout ce qu'ils t'ont affirmé au fil des ans. Tu n'aurais pas écrit à mon frère. Tu ne te serais pas inscrite aux cours que tu voulais suivre à l'université. Tu ne serais pas devenue amie avec Felicity, puisque tes parents désapprouvaient. Pendant des années, tu les as défiés de la seule manière que tu connaissais. Parfois, être fort ne signifie pas avoir de gros muscles ou du répondant. Être fort, c'est se battre pour ce qui est juste, même si tu te retrouves blessée dans le processus.

Elle lâcha les mains de Logan, se leva et s'approcha de Nathan, qu'elle enlaça. Elle le serra fort contre elle et soupira de soulagement en le sentant lui rendre son étreinte.

— Merci, lui souffla-t-elle à l'oreille.

Elle s'écarta vite, ne désirant pas embarrasser cet homme sensible qu'elle commençait un peu mieux à comprendre, maintenant.

Elle regarda timidement du côté de Logan.

— Je t'admire, Grace, lui dit-il, les bras appuyés sur les genoux, le corps penché vers elle.

Elle refusa son affirmation en secouant la tête.

— Tu ne devrais pas.

Il ignora ses protestations.

— Tu as grandi sur un champ de bataille, pourtant, tu es restée la femme la plus douce que j'ai rencontrée depuis mes seize ans. Je te promets que tu n'auras plus besoin de retourner chez eux ou de leur parler. Nous ferons tout ce qui est en notre pouvoir pour te tenir à l'écart d'eux.

— J'ai fait tellement d'erreurs dans mes rapports avec eux, je ne veux pas en commettre d'autres.

— Tu n'es plus seule, désormais, la rassura Logan.

— Je suis là pour toi, moi aussi, ajouta Felicity, en venant lui passer un bras autour de la taille. Tu as mené ce combat seule pendant très longtemps. Tu ne l'es plus, copine.

Les autres hommes l'assurèrent à leur tour de leur soutien. Grace esquissa un petit sourire et regarda ses amis à tour de rôle, les larmes aux yeux. Elle ne savait pas ce qu'elle avait fait pour être aussi chanceuse, pour avoir des gens aussi merveilleux à ses côtés, mais elle en était reconnaissante.

Ce fut Blake qui rompit le silence pesant qui suivit.

— Quels étaient les projets de tes parents avec les Grant ? Comment comptaient-ils pousser Bradford à t'épouser ? Tu peux nous raconter un peu plus le dîner ?

Elle acquiesça et retourna s'asseoir aux côtés de Logan, puis elle regarda Blake.

— Le repas a commencé comme d'habitude. À parler de tout et de rien, et des affaires, aussi. Comme Alexis était là aussi, les Grant ont essayé d'éviter au maximum toute discussion de travail. Ils ont dit qu'elle ne s'intéressait pas vraiment à l'entreprise familiale, un truc du style. Bradford est peut-être architecte, mais Alexis semble encore chercher quoi faire de sa vie.

— Et ça énervait ses parents ? demanda Blake.

— Étonnamment, non. Je me suis dit qu'elle avait de la chance de pouvoir faire ce qu'elle voulait. Encore une chose qui m'a convaincue que mes parents ne se sont jamais comportés comme des parents aimants. Je n'ai jamais eu droit à leur soutien inconditionnel. Les Grant, eux, sont fiers de leurs enfants, quoi qu'ils fassent.

» Enfin, bref, la discussion a dévié sur Bradford et moi, et le fait que nous étions toujours célibataires. C'est ma mère qui a évoqué le sujet, ajoutant qu'on formerait un beau couple. Tout le monde a ri, sauf elle. Elle a insisté en affirmant qu'elle était sérieuse et que ce serait une décision intéressante niveau affaires que de lier nos familles. Au départ, les Grant étaient perplexes, mais quand ma mère a continué, parlant du fait qu'ils seraient le plus gros cabinet du Colorado si leurs deux cabinets fusionnaient, là ils ont compris qu'elle ne plaisantait pas.

Grace inspira profondément et se dépêcha de finir son histoire.

— À ce stade-là, tout le monde était mal à l'aise. Nous nous sommes ensuite installés dans le salon. Je ne disais rien, parce que mon père avait menacé plus tôt de couper les câbles de freins des Grant si je l'ouvrais... J'avais la frousse, une peur de tous les diables, pas seulement pour moi, mais aussi pour les gens sincèrement gentils que j'avais en face de moi. J'essayais de me dire que mes parents seraient incapables de faire ça, que ce n'étaient que des menaces en l'air, mais vu ce qu'ils m'avaient fait et ce qu'ils avaient dit, je n'en étais pas sûre.

» Ils se sont disputés. Mme Grant n'arrêtait pas de dire à ma mère qu'elle ne forcerait jamais son fils à épouser une femme qu'il n'aurait pas choisie lui-même, et c'est là que ma mère s'est lancée dans des menaces pas très subtiles. Elle a dit que si Bradford et moi ne nous mariions pas et n'avions pas de fils, alors les Grant perdraient des contrats.

— Elle a balancé ça comme ça ? s'exclama Blake, en s'avançant sur son siège.

— Oui. Inutile de te dire que ça n'est pas très bien passé et que les Grant sont partis peu après.

— Ce sera la parole de Margaret contre la leur, lança Nathan à son frère sur un ton d'avertissement, comme s'il savait à quoi Blake pensait.

— Exact, mais ça fait d'eux des témoins, maintenant, tout comme Grace. En menaçant les Grant, ils ont ouvert une brèche.

— Ma mère niera, le prévint Grace. Elle dira que tout le monde l'a mal comprise. C'est sa façon d'être. Elle est douée pour faire croire aux gens ce qu'elle veut.

Logan lui tapota la main.

— Probablement, oui, mais si cinq personnes différentes déclarent qu'ils l'ont entendue menacer les Grant, ça devient plus crédible. Quoi d'autre ? Après le départ de Bradford et sa famille, que s'est-il passé ?

Grace le regarda, les yeux écarquillés.

— Je suis montée à l'étage.

— Je regardais, Grace, avoua Logan d'une voix douce, pour ne pas l'effrayer. Que t'a dit ta mère avant que tu n'ailles dans ta chambre ?

Elle baissa les yeux, préférant fixer ses genoux que regarder en face les gens si forts qui l'entouraient.

— La même chose que d'habitude. Que je ferai ce qu'elle veut, que je l'avais déçue et qu'elle ferait du mal à mes amis.

— Comment s'imagine-t-elle pouvoir vous forcer à vous marier ? intervint Cole, perplexe. On n'est pas en Angleterre au Moyen-Âge. Les mariages forcés n'existent plus depuis longtemps.

Grace renifla avec dérision.

— Oh que si ! C'est juste que tu n'en savais rien. Tu as raison, dans le sens où elle ne me mettra pas un couteau sous la gorge pour nous faire venir devant un juge, mais il existe d'autres moyens. L'argent est roi, et les menaces et les pots-de-vin sont efficaces aussi.

Ses paroles restèrent suspendues dans l'atmosphère, comme une grenade qui tomberait au ralenti.

— De quoi t'a-t-elle menacée ? demanda Nathan d'une voix dure.

— De quoi ne m'a-t-elle pas menacée ? répliqua Grace en haussant les épaules.

Elle ne voulait pas vraiment aborder la suite, mais ses amis étaient venus pour l'aider et elle avait décidé qu'elle ferait tout son possible pour se libérer de l'emprise de ses parents une bonne fois pour toutes. Sa honte éventuelle en cours de route faisait partie du processus douloureux.

— Lorsqu'elle a compris que m'enfermer dans ma chambre ne semblait pas avoir l'effet escompté, elle m'a menacée de me faire interner, de tuer Felicity, de ruiner l'entreprise de Cole, de couper les câbles de frein pour que l'un de vous ait un accident de voiture.

Ses mots moururent sur ses lèvres quand elle se rendit compte de l'effet de ses paroles sur les autres personnes présentes dans la pièce. Si elle avait cru ses amis énervés auparavant, ce n'était rien comparé à leur état actuel. Étant responsable de leur fureur, elle voulut arranger les choses et fit marche arrière.

— Mais, en général, c'étaient surtout des menaces du style me critiquer au travail ou me dire que j'étais stupide.

— Est-ce qu'elle t'a dit de rester loin de moi, à l'époque

du lycée ? Est-ce qu'elle t'a menacé avec quelque chose ? demanda Logan d'une voix tendue.

Elle refusa de le regarder, mais le confirma.

— Oui. Bien sûr que oui. Elle vous détestait, ta famille et toi, et ne supportait pas que je te parle.

Logan lui fit relever le menton et tourner la tête vers lui, afin qu'elle le regarde.

— Quelles menaces balançaient-elles pour nous maintenir séparés ? répéta-t-il d'une voix douce.

Grace céda. Après tout, il savait déjà combien ses parents étaient horribles.

— L'une de ses préférées, et des plus efficaces consistait à me dire qu'elle connaissait un officier dans l'armée qui pouvait refuser ton enrôlement.

— Salope, jura Nathan tout bas, mais Grace l'ignora et continua à fixer Logan.

— Tu l'as défiée en continuant à être ma tutrice, commenta celui-ci.

Ce n'était pas une question, pourtant, Grace confirma de la tête. Il poursuivit.

— Mais chaque fois qu'on se rapprochait, tu faisais un pas en arrière. Tu mettais une certaine distance entre nous. Certains jours, je pensais que tu m'aimais plus qu'un ami, et dès le lendemain, tu annulais nos séances de tutorat ou tu recommençais à me traiter comme un pote. Tu me protégeais... et tu te protégeais.

— Oui, dit-elle, de manière légèrement hargneuse. Car me faire me sentir comme une merde était une chose. J'étais habituée. Mais je n'aimais pas qu'elle cherche à te faire passer pour un mauvais garçon alors que je savais que tu n'en étais pas un. Alors, j'ai fait tout mon possible pour que tu veuilles bien passer du temps avec moi, mais sans être trop proche, histoire qu'elle me lâche un peu.

— Ça fait longtemps que tu protèges tes amis de tes parents, n'est-ce pas, Grace ? demanda Logan d'une voix douce.

Pour la première fois de sa vie, elle avoua ce qu'elle avait gardé au plus profond de son cœur toute sa vie.

— J'essayais, oui. J'ai entendu des rumeurs courir en ville sur ce dont ils étaient capables, alors je ne voulais pas prendre le risque qu'ils mettent leurs menaces à exécution.

Sans un mot, Logan la prit dans ses bras.

Grace eut le sentiment que ce fardeau qu'elle portait depuis longtemps n'était enfin plus aussi lourd qu'avant. Elle savait que le fait de ne plus être sous le joug de ses parents ne signifiait pas qu'elle avait mis fin à leurs menaces, pourtant, pendant un instant, elle voulait prétendre qu'elle était en sécurité. Que les gens auxquels elle tenait étaient en sécurité. Qu'elle n'avait pas à se plier aux volontés de Margaret et Walter Mason pour tenter désespérément d'obtenir leur amour.

Elle n'aurait su dire combien de temps elle resta assise sur Logan. Personne, dans la pièce, ne parla pendant un long moment. Enfin, Grace soupira et se redressa.

— C'est quoi, la suite ?

— La toute première chose à faire, c'est obtenir une ordonnance restrictive contre tes parents.

Elle fixa Logan, horrifiée. Il lui caressa la tête pour la calmer.

— Je sais que c'est difficile, mais nous devons respecter les règles. Ils ne pourront plus te faire de mal, Grace. S'ils essaient, on fera intervenir la police.

— Tu vas m'aider ? Je n'ai jamais fait ça avant... Je ne sais pas comment faire.

— Bien sûr que je vais t'aider. *Ace Sécurité* fait ce genre de choses tout le temps. Je ne vais pas t'abandonner au commissariat en te disant « allez, à plus ! »

Elle sourit de son ton taquin.

— Et ensuite ?

— Ensuite, on attend.

— On attend ? On attend quoi ?

— Qu'ils passent à l'action. Ne plus t'avoir sous leur coupe va les énerver. Ils vont essayer de t'atteindre, mais tu devras te montrer forte. Tu m'entends, Grace ? Ne fais rien de stupide. Ne joue pas les héroïnes de roman ou de film idiots. Ils pensent que tu es faible et que tu désires toujours leur affection, alors ils vont essayer de te manipuler comme ils l'ont fait toute leur vie. Comme ça ne marchera pas, ils vont te menacer, mais ne les écoute pas. Il faudra que tu viennes me voir, ou l'un de mes frères, ou même Cole ou Felicity, et tu nous raconteras ce que tes parents t'ont dit. Nous rapporterons chaque fois leurs paroles à la police, histoire que ce soit consigné de manière officielle. On n'est pas stupides, on a besoin de la police. Mais même en tant que simples citoyens, on ne va pas rester à l'écart sans rien faire.

— Mais s'ils...

— Grace, la coupa Logan d'un ton ferme, en prenant son visage à deux mains. Je ne suis plus un adolescent. J'ai passé beaucoup de temps dans l'armée, à apprendre comment me protéger et protéger ceux qui m'entourent. Blake est doué dans son domaine. Lorsqu'on en aura terminé ici, il contactera les Grant et trouvera des ragots sur Margaret et Walter. Si nécessaire, on s'en servira pour les maintenir à distance. Et Nathan, tu l'as vu ? Tu as vu comme il est énervé à cause de ce qui t'est arrivé ? Tu viens de te trouver un protecteur pour la vie. Et il n'y a pas que mes frères. Felicity et Cole sont là aussi. Tes amis surveillent tes arrières et tu peux aller les voir dès que tu as besoin de quelque chose.

— C'est bien vrai, murmura Felicity.

— Il a raison, confirma Cole en même temps.

Logan poursuivit.

— Quant à moi, je peux et je vais te protéger. Tu as protégé les autres seule tellement longtemps, laisse-moi t'aider à présent. Laisse-nous tous t'aider.

— Vous ne les connaissez pas aussi bien que moi.

— C'est vrai, confirma Logan. Mais on connaît tous des gens comme eux. Des gens qui utilisent n'importe quel moyen pour obtenir ce qu'ils veulent. Je sais qu'ils ont de l'argent et des relations, mais ça n'a pas d'importance. Ils ne gagneront pas.

— Je ne veux pas épouser Brad, lâcha-t-elle sans réfléchir.

Elle savait que ses paroles tombaient comme un cheveu sur la soupe, mais elle voulait être certaine que Logan n'ait pas de doute sur son absence de sentiment pour l'autre homme.

Il souffla un petit rire.

— Je le sais, Futée.

— Il est gentil. Vraiment gentil. Je l'apprécie. Je pense qu'il est gay, ce qui n'a pas vraiment d'importance. J'ai l'impression que ses parents le savent et s'en fichent, ce qui me fait les apprécier *eux* aussi. Mais il ne mérite pas de se retrouver englué dans les projets insensés de mes parents consistant à me faire tomber enceinte d'un garçon qu'ils pourront m'enlever et élever dans leur monde perverti.

Elle observa ses amis tour à tour.

— Cela dit, si l'un de vous se retrouve blessé à cause de quelque chose que j'ai fait ou n'ai pas fait, je ne me le pardonnerai pas.

— D'une part, tout ce qui se passe est de la faute de tes parents, pas de la tienne, affirma Logan fermement, en posant un doigt sous son menton pour la faire tourner le visage vers lui. Ils sont responsables de leurs propres actes. Arrête d'assumer une responsabilité qui n'est pas la tienne. D'autre part, tu es la personne la plus altruiste que je connaisse. Vraiment. Et bien que j'aime ce côté chez toi, ça m'inquiète aussi. Je vais faire en sorte que tu exiges des choses de moi.

— Quoi ? s'exclama Grace, horrifiée, en partie parce qu'elle ne s'imaginait pas exiger quoi que ce soit de Logan, et en partie à cause de ce qu'il sous-entendait en présence de ses frères, de Cole, de Felicity.

Logan lui fit un grand sourire.

— Et ta réaction à l'instant est la raison pour laquelle je suis tombé amoureux de toi.

Il regarda les autres.

— C'est bon pour vous ?

Tous hochèrent la tête.

— Super. On se tient au courant demain.

Il les congédiait ni plus ni moins, mais personne ne sembla en prendre ombrage.

Felicity fut la première à s'approcher de Grace. Elle la fit se lever du canapé pour lui faire un long câlin.

— Tu as mon numéro, si tu as besoin de quoi que ce soit. Il te suffit de m'appeler ou de m'envoyer un message, d'accord ?

— D'accord, confirma Grace, les yeux humides de larmes.

Felicity l'étreignit encore un long moment, puis laissa la place à Cole.

— Si tu as des questions ou besoin d'un truc, tu cries, d'accord ? dit-il d'un ton bourru en s'écartant.

Grace hocha la tête. Nathan fut le suivant. Lui aussi lui passa les bras autour, puis il recula pour poser ses mains sur ses épaules. Il la regarda dans les yeux un long moment, puis hocha la tête.

Ensuite, ce fut le tour de Blake, qui l'enveloppa dans son étreinte.

— Je n'ai jamais reçu autant de câlins de toute ma vie, ronchonna Grace avec bonhomie en tapotant le dos de Blake qu'elle serrait contre elle.

— Habitue-toi. On adore les câlins, répliqua-t-il en souriant.

— Alors, trouve-toi ta propre femme à câliner se plaignit Logan, debout à côté de Grace, qui tirait sur sa main pour la rapprocher de lui.

Tout le monde éclata de rire, puis se dirigea vers la porte. Après leur avoir assuré une nouvelle fois que oui, elle les appellerait si elle avait besoin de quoi que ce soit, ils refermèrent enfin la porte.

— Bon sang, j'ai cru qu'ils ne partiraient jamais, plaisanta Logan.

Sans lui lâcher la main, il retourna au salon.

— Bon, cet endroit est une porcherie. Si je dois avoir une colocataire, je dois ranger. Tu veux bien m'aider ?

— Bien sûr. Mais je trouve plus agréable de rester dans tes bras que de nettoyer.

Logan se pencha vers elle, et son souffle chaud effleura son oreille quand il murmura :

— Je n'aimerais rien tant que de te tenir toute la nuit dans mes bras sur ce canapé, mais ce serait égoïste de ma part.

— Je m'en fiche, répliqua Grace, malicieuse.

C'était agréable de pouvoir dire tout ce qu'elle voulait sans avoir à s'inquiéter de ce que l'autre personne répondrait ou ferait. Logan n'était ni Margaret ni Walter Mason, et c'était agréable de pouvoir être enfin elle-même.

Logan arborait un grand sourire sur le visage quand il lui tendit la main. Elle répondit d'un sourire timide en posant la sienne dedans. Elle le suivit jusqu'à la table encombrée. Elle inspira profondément. Elle pouvait l'aider à organiser tout ça. Elle avait un diplôme en gestion, après tout, même si ce n'était pas ce qu'elle souhaitait faire pour le reste de sa vie.

Elle n'avait pas de travail.

Elle ne voulait pas retourner à son appartement pour le cas où ses parents chercheraient à l'y atteindre.

Mais, manifestement, elle avait un ami en la personne de Logan.

Et elle avait ses frères. Et Felicity et Cole.

C'était tout ce dont elle avait besoin... pour l'instant.

20

Les semaines qui suivirent le sauvetage spectaculaire de Grace furent tout sauf marquantes. Walter et Margaret ne se planquaient pas derrière tous les buissons possibles pour en jaillir dès qu'elle apparaissait afin de lui ordonner de travailler encore pour eux, ou d'insister pour qu'elle vienne chez eux les aider avec les tâches ménagères. Elle ne se fit pas enlever dans la rue par des voyous vêtus de noir. Aucun de ses amis n'alla s'écraser au bas de la montagne à cause de câbles de freins sectionnés. Elle en baissa presque sa garde. Presque.

Grace comprenait enfin ce que Logan entendait quand il lui avait affirmé quelques semaines plus tôt qu'il n'était pas le même homme qu'au lycée. Il pouvait désormais prendre très bien soin de lui-même. Son temps à l'armée l'avait endurci, mais lui avait aussi donné la confiance nécessaire pour affronter n'importe quelle brute... de petite ou de grande envergure. C'était agréable, et excitant, carrément.

Grace avait passé pas mal de temps avec les frères de Logan et remarqué la même confiance en eux, bien qu'elle se manifeste de manières différentes chez chacun d'eux.

Blake partageait de nombreuses manies avec Logan, ce qui devait provenir de son passage dans l'armée lui aussi, mais son côté dur à cuire frémissait davantage sous la surface plutôt que d'éclater au grand jour. Elle ne doutait pas un seul instant qu'il pourrait battre à plate couture toute personne qui l'énerverait, cependant, il était très content aussi de se servir de sa tête plutôt que de frapper le premier inconnu qui le regarderait de travers.

Nathan, pour sa part, était le plus intrigant des frères. Il était calme, réfléchi et semblait être un homme gentil ; néanmoins, elle voyait dans ses yeux la même lueur protectrice que dans ceux de Nathan. Il suffirait de certaines circonstances ou de certaines personnes pour que son propre côté dur à cuire fasse surface.

Bien que son appartement soit vide, Grace continuait à en payer le loyer grâce à l'argent qu'elle avait économisé sur son compte en banque secret à Denver, car elle espérait pouvoir y retourner un jour. En attendant, cela dit, elle était très contente de vivre avec Logan, même si ce n'était que temporaire.

Elle avait passé pas mal de temps avec Felicity, qui venait la voir chez Logan. Celui-ci comprenait qu'avoir des moments entre filles lui faisait du bien, et quittait donc la maison pour faire quelques courses ou aller travailler, les laissant ainsi seules.

Pendant l'une de ces visites, Grace décida d'aborder avec son amie un sujet qui la turlupinait.

— Crois-tu que Logan et ses frères vont regretter de m'aider ?

— Quoi ? Pourquoi dis-tu ça ? Non, absolument pas ! répliqua Felicity, manifestement stupéfaite.

— C'est juste que... Je sais que j'ai besoin de leur aide. J'ai besoin de votre aide à tous, mais c'est difficile pour moi de laisser à d'autres le soin de mener mes propres batailles. Ça ne me paraît pas juste, avoua-t-elle en se mordant la lèvre et en jouant avec la télécommande dans sa main, plutôt que de regarder son amie.

— Grace, commenta Felicity fermement. Je dois t'avouer un secret sur les hommes... Ils adorent porter secours. Ils aiment sentir qu'on a besoin d'eux. C'est une bonne chose que tu les laisses faire. D'une part, parce qu'ils savent ce qu'ils font. D'autre part, parce qu'ils se sentent bien de pouvoir aider une amie.

— Parfois, je me sens déprimée. De savoir que mes parents ne m'ont jamais vraiment aimée, qu'ils m'utilisaient pour tout. Des fois, je me dis que ce serait mieux pour tout le monde que je m'en aille pour de bon. Que je déménage et commence une nouvelle vie ailleurs, là où personne ne me connaît ni ne connaît mes parents.

Felicity s'approcha d'elle et lui passa un bras autour des épaules.

— Grace, tu es ma meilleure amie. Je ne sais pas ce que je ferais sans toi. Tu as tout à fait le droit d'être triste à cause de ce qui t'est arrivé, mais à la fin, souviens-toi que tes parents ne méritent pas de t'avoir dans leur vie. Je ne sais pas comment tu as fait pour devenir aussi géniale que ça malgré eux.

Comme Grace refusait toujours de tourner la tête vers elle, Felicity la serra plus fort et demanda :

— Tu penses à quoi d'autre ?

Grace ne répondant pas, Felicity insista.

— C'est moi, tu sais. Felicity. Ta meilleure amie. La nana qui t'a convaincue de te faire tatouer. Tu peux tout me dire.

Grace hocha la tête, comme pour consolider ses défenses, puis regarda son amie.

— Parfois, je me dis que ce serait bien plus simple que je cède et fasse ce qu'ils veulent. Que j'épouse Bradford.

Felicity claqua la langue, et Grace s'empressa de poursuivre.

— Mais ensuite, je songe à ce qu'ils feraient à l'enfant que je pourrais avoir, je pense au fait qu'ils feraient tout autant de chantage affectif à leur petit-fils ou petite-fille qu'ils m'en ont fait, et je comprends que je ne peux pas faire ça. Peu importe combien je suis triste ou combien c'est dur.

— Je suis fière de toi, Grace, commenta Felicity en posant sa tête sur l'épaule de son amie. Ce n'est pas facile, mais tu tiens bon et tu te montres très courageuse.

— Je ne me sens pas vraiment courageuse, la plupart du temps, protesta Grace.

— Mais tu ne cèdes pas et tu avances. C'est du courage, ça.

Cette conversation avait bien aidé Grace à se sentir mieux concernant toute la situation. Elle n'avait plus le sentiment de se servir de ses amis pour faire le sale boulot à sa place, et vivre avec Logan était agréable. Cela s'avérait même plus difficile qu'ils ne l'auraient cru, l'un comme l'autre. Pas parce qu'ils avaient découvert qu'ils ne s'appréciaient pas, en fin de compte, mais au contraire parce qu'ils aimaient de plus en plus la compagnie l'un de l'autre chaque jour qui passait.

Grace logeait toujours dans la chambre d'amis, cependant, avec le temps, elle ne ressentait plus ni le besoin ni l'envie de dormir loin de lui. Il avait tenu parole, la laissant déterminer à quelle vitesse passer à la suite, et jusqu'à quel point pousser cette suite. Ils passaient l'essentiel de leur temps ensemble quand il était à la maison. Il ne se rendait aux bureaux d'*Ace Sécurité* que rarement, seulement quand Felicity rendait visite à Grace. Il prétendait que c'était parce que le *Cabinet d'Architecture Mason* était trop proche de ses locaux pour son propre bien, et qu'il voulait passer autant de temps que possible à ses côtés.

Un jour, après qu'il fut de retour de certaines courses, elle s'approcha de lui.

— Je m'ennuie, avoua-t-elle. D'habitude, je fais beaucoup de choses tous les jours. Je travaille. Rester assise chez toi à regarder la télé, ça ne me convient pas. S'il te plaît, donne-moi quelque chose à faire pour t'aider. Un peu de paperasse pour *Ace Sécurité*, peut-être ?

Logan parut surpris, mais il sourit.

— C'est une super idée. Je ne pense pas que Nathan te laissera toucher à la comptabilité, c'est son bébé. Mais Blake et moi aurions bien besoin d'aide pour les e-mails et le site. On n'arrive pas à suivre. Et en plus, on craint complètement.

— J'adorerais me charger de ça, lança-t-elle, ravie, en tapant des mains avec excitation. Alors, ça consiste à te dire s'il y a des messages urgents de personnes ayant besoin de protection, des choses de ce genre.

— Exactement. Le site ne reçoit pas beaucoup de visiteurs pour l'instant, on ne publie pas vraiment de mises à jour. Mais si tu as des idées pour le dynamiser, le rendre plus abordable, note-les toutes, et on en discutera ensuite avec Nathan et Blake. S'ils sont d'accord, tu pourras te charger de l'animer... si ça te tente.

— Oh, carrément, confirma-t-elle, les yeux brillants. Merci !

— Ne me remercie pas encore. Tu vas vite découvrir que ça te demandera bien plus de travail que tu ne l'avais envisagé. On n'est pas vraiment des as dans notre domaine en matière d'organisation et de paperasse.

Grace l'enlaça.

— Je pense que tu te dévalorises, mais merci, vraiment, de me laisser t'aider. Ça m'aidera à ne pas trop ruminer.

Les soirées étaient le moment préféré de Grace. Autrefois, elle les détestait, mais bon, c'était parce qu'elle essayait de plaire à ses parents. Désormais, Logan et elle paressaient sur le canapé, regardaient la télévision et discutaient. Elle en apprenait beaucoup sur Logan à force de passer du temps avec lui. C'était comme sortir avec lui en accéléré, d'une manière cependant agréable et qui ne lui donnait pas l'impression que leur histoire était sur avance rapide.

Un soir, pendant le repas, Grace fit remarquer à Logan qu'il mangeait très vite.

— Oui, confirma-t-il en haussant les épaules, peu concerné par le sujet. C'est une habitude que j'ai prise en grandissant, et que l'armée ne m'a pas vraiment fait perdre.

Grace fronça les sourcils.

— Ça te vient de ton enfance ?

— On était obligés de venir manger tous les soirs, même si on craignait tous ce moment. Si je mangeais vite, ma mère n'avait pas le temps de trouver une excuse pour me frapper, et je pouvais m'éloigner d'elle plus vite, comme ça.

Grace le fixa, la fourchette à mi-chemin de la bouche.

— Grace ? C'est un problème pour toi ? Je peux essayer de ralentir, mais j'ai englouti ma nourriture toute ma vie. Alors, ça ne va pas être facile de changer ça.

— Non ! s'exclama-t-elle, atterrée qu'il puisse penser qu'elle se soucie de ce genre de choses. Je me disais juste que moi, mes parents m'avaient forcée à manger lentement et de manière distinguée, que j'aie très faim ou non. C'était un conditionnement, tout comme toi tu as été conditionné à manger vite, commenta-t-elle en haussant les épaules. Nous avons ça en commun.

— C'est vrai. En plus, je te trouve mignonne quand tu

manges.

— Mignonne ? s'écria-t-elle en fronçant le nez. Ce n'est pas mignon, non. C'est poli. Et ennuyeux. En fait, je suis jalouse du fait que tu te moques de ce que pensent les autres de toi quand tu te nourris. Juste une fois dans ma vie, j'aimerais être capable d'engloutir une part de pizza ou un plat de spaghettis sans me soucier de ce dont j'ai l'air en le faisant.

— Tu sais quoi ? Si tu m'apprends quelques manières distinguées et à différencier les couverts, je te donnerais un tas d'occasions de fourrer de la nourriture avec tes doigts dans ta bouche, sans t'inquiéter de ce qu'un éventuel public en penserait. Ça marche ?

— Ça marche.

Ils passaient aussi beaucoup de temps à s'occuper de leur attirance mutuelle. Les premières soirées, ils n'avaient pas été très à l'aise. Cependant, une fois passée la nouveauté due au fait de vivre dans le même appartement, les barrières qu'ils avaient érigées pour se protéger s'abaissèrent.

— Veux-tu regarder un film ? lui demanda Logan après qu'ils eurent passé en revue les événements de la matinée.

Grace lui avait parlé des différentes tâches qu'elle avait trouvées à la société. Quant à lui, il lui avait appris que ses parents semblaient avoir oublié jusqu'à son existence... Arrivant à l'heure au travail et en partant à 17 heures précises.

Il était désormais 13 heures. Ils venaient de manger et, même s'ils pourraient encore trouver du travail à faire, elle avait autre chose à l'esprit. Elle secoua la tête.

— J'en ai marre de la télé. Est-ce que tu...

Elle s'interrompit, ne sachant trop comment formuler sa question.

— Vas-y, dis-moi. Est-ce que je... ? l'encouragea Logan.

— C'est idiot. Mais un jour, je t'ai vu devant tes bureaux et je n'ai jamais...

— Crache le morceau, femme.

Il sourit pour qu'elle comprenne bien qu'il plaisantait. Elle lui lança un faux regard noir, car, en secret, elle lui était reconnaissante de la taquiner sur sa réticence.

— Tu veux bien m'emmener faire un tour sur ta moto ? Je ne suis jamais monté dessus.

Il la détailla de la tête aux pieds.

— Avec grand plaisir. Tu dois enfiler un jean et un haut à manches longues pour te protéger la peau.

— Oui.

— Parfait. Alors, c'est tout bon. Je te prêterai mon cuir, et je demanderai à Blake de t'en acheter un si tu as aimé la balade et que tu veux recommencer.

— Ce n'est pas nécessaire de m'acheter une veste, protesta-t-elle. Celle que Felicity m'a apportée me convient très bien.

— Grace, ce n'est pas pour le plaisir de te l'acheter, c'est pour ta sécurité et pour te protéger. Je préférerais m'enfoncer un clou dans l'œil que de te mettre en danger. Crois-moi. Un tee-shirt ou un manteau classique ne conviennent pas. Si les motards portent des vestes en cuir si lourdes, c'est pour des raisons de sécurité. Elles nous protègent des météos difficiles, mais nous évitent aussi de nous brûler sur la route si on tombe.

— Oh, d'accord. Je n'avais pas réalisé. Mais si je porte la tienne, tu n'en auras plus, toi. Je ne veux pas te mettre en danger non plus. C'est une mauvaise idée. On peut faire ça un autre jour.

Il s'approcha d'elle dans la cuisine et passa ses bras autour de sa taille en une étreinte lâche, croisant les mains en bas de son dos. Elle sentait sa légère érection contre son ventre et l'odeur de son savon. Quant à l'haleine de Logan, elle sentait les bonbons à la menthe qu'il venait de sucer.

— C'est bon pour moi. Ça fait longtemps que je fais de la moto. Je sais ce que je fais. Je ne pense pas que nous aurons un accident, mais au cas où, je préfère que ce soit toi qui sois couverte plutôt que moi.

— Alors pourquoi as-tu dit ça ? répliqua-t-elle, plaisantant à moitié.

Il lui sourit et passa le doigt sur son petit nez.

— Morveuse. Merci de t'inquiéter pour moi. Ça fait longtemps qu'une femme ne s'est pas souciée de moi comme ça.

— Je me soucie de toi.

— Et ça me fait plaisir, confirma-t-il avec un grand sourire.

— Merci à toi aussi de t'inquiéter pour moi. Pas à cause de l'image que mes actions pourraient donner de toi, mais pour moi véritablement.

Le sourire s'effaça du visage de Logan, qui la fixa, très sérieux.

— N'en doute jamais, même pas une seconde. Je veux que tu fasses ce que tu veux, quand tu le veux, et que tu le fasses parce que ça *te* fait plaisir. Je refuse que tu te retiennes de faire quelque chose par inquiétude de ce que je pourrais en penser. Attends, je retire. Si c'est quelque chose de dangereux... comme monter sur une moto sans les vêtements et l'équipement nécessaires... alors oui, pense au fait que je serai inquiet pour toi. Mais sinon, qu'il s'agisse des cours que tu veux suivre, d'accepter un boulot dans une grande entreprise de marketing, de manger ce que tu veux, comme tu le veux, je veux que tu ne penses qu'à ce qu'il y a de mieux pour toi et qu'à ce qui te rend heureuse.

— C'est *toi* qui me rends heureuse, lui dit-elle d'un ton solennel en le regardant droit dans les yeux.

— L'inverse est vrai. Je suis plus heureux que jamais.

— Même si tu es coincé dans ton appartement avec moi ?

— *Parce que* j'ai la chance d'être terré dans mon appartement avec toi. Allez, va te changer. Je suis impatient de te montrer le monde du point de vue d'un motard.

Cinq minutes plus tard, vêtue d'un jean et d'un tee-shirt à manches longues bleu ciel, Grace revint vers Logan, les bras levés pour qu'il l'aide à enfiler sa veste bien trop encombrante.

Elle se tourna vers lui et haussa les épaules timidement.

— C'est énorme, sur moi.

Logan remonta sa fermeture éclair comme si elle était une enfant. Cela aurait pu sembler condescendant, mais lui apparut plutôt comme un geste protecteur. Elle pencha la tête pour renifler la veste, qui sentait le cuir et de l'homme face à elle.

— Qu'est-ce que tu fais ?

Elle répondit sans relever la tête.

— Elle sent comme toi. J'adore.

— Grace... Bon sang... Tu me tues.

Elle sourit, puis poussa un petit cri de surprise en se sentant brusquement soulevée sur la pointe des pieds par Logan, qui posa la bouche sur la sienne. Ce fut un baiser plein de passion auquel elle participa avec enthousiasme. Elle glissa les mains sous le tee-shirt de Logan et les remonta le plus possible, soit le milieu de son torse. Elle sentit les poils rêches sous ses mains et se lécha les lèvres d'anticipation. Ils étaient agréables sous ses doigts.

Quand elle s'écarta pour respirer un peu, il en profita pour empaumer l'une de ses fesses et la plaquer davantage contre lui. Il referma son autre main sur sa nuque pour la maintenir pendant le baiser.

Grace s'agitait fébrilement contre lui, ouvrant encore

plus la bouche. Leurs langues se blottirent l'une contre l'autre. Logan lui suça la sienne, la faisant gémir et faisant naître la chair de poule sur ses bras.

Elle s'écarta en haletant et l'observa en se léchant les lèvres ; elles avaient un goût de menthe. Aucun d'eux ne fit le moindre mouvement, jusqu'à ce que Logan déclare :

— La balade d'abord.

— D'abord ? répéta Grace, hébétée.

Partir était bien la dernière chose dont elle avait envie. Ils se pelotaient tous les soirs depuis qu'elle avait emménagé ici, allant un peu plus loin chaque fois. Au début, il effleurait simplement ses seins de la main. Plus tard, il s'était mis à caresser les courbes du bout des doigts, tandis qu'elle reposait sur ses genoux.

Un soir, elle lui avait demandé de retirer son tee-shirt pour étudier chaque tatouage, allant jusqu'à y passer ses lèvres et sa langue, pour vénérer Logan, lui faire savoir sans prononcer un mot qu'elle adorait les dessins qu'il avait choisis.

Lentement mais sûrement, ils apprenaient à se connaître sur le plan sexuel, même si tous deux sentaient que le moment n'était pas encore venu d'aller jusqu'au bout. Parfois, c'était Grace qui s'écartait ; d'autres fois, c'était Logan, comme la veille, quand il s'était éloigné à contre-cœur après que Grace l'avait chevauché pour se frotter contre son érection.

— Oui, d'abord, confirma-t-il en la regardant dans les yeux. La balade d'abord. Ensuite, on reviendra ici et on étudiera de plus près cette alchimie qui frémit entre nous depuis un mois ou presque... Si ça te convient.

Les mains toujours au même endroit, elle joua avec les poils sur le torse de Logan.

— Ça me convient parfaitement, Logan. Tu as vraiment

été gentil avec moi de ne jamais me presser. Je te désire. On n'est pas obligés d'aller se balader si tu ne le veux pas. On peut retourner directement dans ta chambre. Je suis prête.

Il ferma les yeux, comme s'il souffrait, mais quand il les rouvrit, Grace n'y vit que détermination et soulagement.

— Tu voulais faire une promenade à l'arrière de ma moto, alors tu vas avoir ta promenade. On va aller dans les montagnes, pour que tu sentes vraiment comme une balade à moto rend tout plus vivant, plus beau. Puis, on reviendra ici et, si tu le veux encore, je te ferai l'amour comme j'en rêve depuis dix ans. Tu es prête ?

— Oui, confirma-t-elle, avec un regard qui en disait long.

Logan lui fit un grand sourire, lâcha ses cheveux et lui caressa l'épaule avant de la prendre par la main. Il sortit de l'appartement, attrapant, au passage, une veste en toile et le casque accroché à une chaise. Il ferma la porte ensuite. Grace le suivit jusqu'à la moto, garée sous un porte-à-faux, à côté du pick-up.

Il récupéra un casque supplémentaire dans sa selle et le lui attacha délicatement sous le menton, vérifiant qu'il était assez serré, mais pas trop. Il enfila sa veste, puis positionna son propre casque. Ensuite, il la prit par les épaules, l'embrassa sur les lèvres, puis s'installa sur la moto.

— Passe une jambe par-dessus la selle et pose-la sur le repose-pied... oui, là. Bien, la félicita-t-il.

Les mains sur le guidon, il tourna la tête vers elle.

— Tu te penches quand je me penche, et tu dois me faire confiance. Je te garderai en sécurité. Maintenant, passe tes bras autour de moi et serre fort.

Grace déglutit et se pencha pour l'enlacer au niveau de la taille, plaquant ses seins contre son dos. Il inspira vivement en les sentant, ce qui la fit sourire. Ça allait être amusant.

21

La balade à moto ne fut pas amusante, elle fut spectaculaire.

Voyager ainsi dans la campagne de Castle Rock donna à Grace l'impression d'être dans un autre monde. Au début, elle avait eu peur en voyant la route aussi près de ses pieds, en entendant le bruit du vent.

Mais plus leur balade se poursuivait, plus elle s'y habituait. Le vent sur son visage et dans ses oreilles lui donnait le sentiment d'être invincible. Les muscles de Logan qui ondulaient et se fléchissaient tandis qu'il contrôlait l'énorme engin lui parurent rassurants.

Même regarder le monde défiler sous ses yeux devenait une expérience inédite à l'arrière d'une moto. Elle pouvait sentir l'odeur des vaches et des chevaux en passant à côté des champs, et pouvait même apercevoir chaque déclivité, chaque changement dans le paysage qui l'entourait.

Alors qu'ils se dirigeaient vers le Front Range et montaient toujours plus en altitude, l'air se fit plus frais. Grace était reconnaissante à Logan de lui avoir prêté sa lourde veste en cuir. Elle se blottit contre lui, la tête contre son dos, et observa les rochers et le paysage de montagne défiler devant ses yeux en un maelström flou de couleurs.

Elle se sentait libérée. Enfin libérée. De cette honte que ses parents ne cessaient de faire pleuvoir sur sa tête depuis des années. De cette culpabilité qu'elle ressentait à n'être jamais assez bien pour eux. Et libre. Libre d'être elle-même. Libre d'être celle qu'elle voulait être. Libre d'aimer qui elle voulait.

Et c'était Logan qu'elle voulait aimer.

Chaque parcelle de son être vibrait en harmonie avec l'engin sous elle, en osmose avec son désir pour Logan. Seules des pensées de Logan et elle occupaient son esprit à l'heure actuelle… ainsi que son désir toujours croissant pour lui, accentué par le puissant engin entre leurs jambes.

Même si elle portait un jean, elle avait l'impression que les vibrations de la moto se concentraient sur son clitoris. Elle avait beau changer de position sur la selle, cette sensation ne disparaissait pas. Lorsque Logan s'arrêta sur un belvédère en altitude, au-dessus de Denver, elle était plus que prête à jouir, de la vue, mais pas seulement.

Logan l'aida à descendre, un léger sourire aux lèvres, comme s'il savait pertinemment ce qu'elle ressentait. Il la plaqua contre une rambarde dans un coin et entreprit de faire l'amour à sa bouche. Il l'embrassa comme si elle était la femme la plus désirable à n'être jamais passée entre ses mains. Elle était à dix secondes de connaître un orgasme monumental, aidée par la paume de Logan qui la caressait à travers son pantalon et par sa bouche sur la sienne, quand une voiture s'arrêta sur le belvédère.

— Mince, souffla Grace. Je n'étais pas loin. C'est toujours comme ça, une balade à moto ?

Il lui sourit et l'embrassa sur le front, avant de la serrer tendrement contre son torse.

— Tu vas t'y habituer.

Grace renifla avec dérision.

— Je ne suis pas sûre que ce soit vrai. Je pense que les femmes qui disent ça à leurs hommes, c'est juste pour qu'ils ne sachent pas combien elles sont excitées chaque fois qu'elles font de la moto avec eux.

Logan émit un petit rire et lui caressa le nez en un geste affectueux.

— Tu adores ça.

Ce n'était pas une question.

— Oh, oui. Je me sens libre. Comme si je n'avais plus aucun problème ni inquiétude. Le vent sur mon visage... Les pointillés de la route qui défilait sous nos roues... C'est difficile à expliquer.

— Tu expliques ça très bien, contra Logan. Je suis content que ça te plaise.

— J'aime ça avec toi, précisa Grace. Je ne suis pas sûre que j'apprécierais autant si c'était moi qui pilotais ou bien si c'était avec quelqu'un d'autre.

Logan recula et lui tendit la main.

— Viens, il est temps de rentrer à la maison.

Ils se réinstallèrent sur la bécane. Grace fit la grimace.

— Si je ne jouis pas avant d'arriver à la maison, ça tiendra du miracle, marmonna-t-elle en se blottissant contre Logan.

Les yeux de ce dernier, qui avait tourné la tête dans sa direction, s'assombrirent de désir... et d'une lueur qu'elle ne parvint pas à déterminer.

— Je vais prendre la route directe et non pas la route touristique.

— Bonne idée, souffla Grace. Même si je ne suis pas sûre que ça aide beaucoup.

— N'y pense pas, répliqua-t-il. Regarde le paysage.

— Ton engin est vraiment puissant, Logan, rétorqua-t-elle d'un ton taquin en faisant la moue.

Il se tourna davantage pour pouvoir lui administrer un long baiser plein de promesses.

— Ça, ça ne m'aide vraiment pas, râla-t-elle en souriant tandis qu'il se détournait pour rallumer la moto.

Elle ne voulait pas qu'ils aient un accident. Malgré tout, elle aimait sentir le corps de Logan sous ses paumes. Elle y passa les mains ouvertement, sans toutefois descendre en territoire dangereux, tandis qu'ils retournaient à Castle Rock. Elle ne cherchait pas à le torturer, pas vraiment, plutôt à se distraire des pulsations incessantes entre ses jambes. Cependant, à un moment donné, Logan saisit sa main baladeuse qui s'approchait un peu trop près de son entrejambe, et la reposa sur son ventre, où il la maintint à plat et immobile. Il ne prononça pas un mot – elle n'aurait rien pu entendre, de toute façon –, mais elle sourit en comprenant que les vibrations de la moto l'affectaient lui aussi.

Quand ils arrivèrent à la maison, il ne parla toujours pas. Il l'aida à se relever et garda un bras autour de sa taille jusqu'à ce qu'il soit certain que ses jambes pouvaient la soutenir. Il défit leurs deux casques, puis la prit contre lui.

Côte à côte, ils retournèrent à l'appartement. Dès qu'il en eut refermé la porte, il posa les casques et descendit la fermeture éclair du cuir trop grand pour Grace. Il le lui enleva puis se débarrassa de sa propre veste. Sans se soucier d'où les vêtements tombaient dans l'entrée.

— Enlève tes chaussures.

Sans regarder ce qu'elle faisait, les yeux toujours rivés à lui, Grace remonta un pied et détacha sa chaussure. Elle répéta ce geste avec l'autre, puis enleva les deux du bout du pied. Logan l'imita avec ses bottes, sans même tressaillir quand elles heurtèrent le sol avec un bruit sourd. Il y avait finalement un côté sexy à cet enlèvement de chaussure désinvolte. Grace savait qu'elle ne pourrait plus jamais voir une paire de chaussures de Logan jetée au petit bonheur la chance sans repenser à ce moment.

Sans prononcer un mot, Logan lui passa un bras sous les genoux, un autre derrière le dos et la souleva. Elle haleta, émerveillée par cette démonstration de puissance, et s'accrocha à son cou tandis qu'il remontait le couloir.

Chaque fois qu'elle avait fantasmé à l'idée de faire l'amour avec Logan, elle s'était imaginé qu'il ferait sombre dehors, qu'ils auraient partagé un bon dîner avant de se peloter sur le canapé, et que, de là, ils auraient décidé de continuer dans la chambre.

La réalité était cependant tellement différente de ses rêves, tellement meilleure que tout ce qu'elle aurait pu inventer.

Grace retint son souffle quand Logan la porta. En cette fin d'après-midi, le soleil baignait de lumière la chambre de Logan, grâce aux rideaux ouverts, et les rayons dorés réchauffaient les draps. La pièce avait l'odeur de Logan. Grace l'avait déjà remarqué, mais en cet instant, alors qu'elle se trouvait dans ses bras, c'était encore plus flagrant.

Les yeux dans les yeux, il la reposa doucement au sol.

— Es-tu nerveuse ? lui demanda-t-il en lui caressant gentiment les bras.

— Non, répondit-elle en secouant la tête, avant de se raviser. Un peu. Je ne veux pas te décevoir.

— Tu ne me décevras pas, lui assura-t-il, avec une absolue conviction. Rien de ce que tu feras ne pourra jamais me décevoir. As-tu confiance en moi ?

— Oui, répliqua-t-elle, en toute honnêteté.

Dès l'instant où il était apparu dans sa chambre pour l'enlever, elle lui avait fait confiance.

— Ça fait dix ans que j'attends ce moment, lui dit-il en lui caressant les lèvres, la faisant haleter. Je ne vais rien précipiter. Je veux mémoriser chaque centimètre de ta peau et découvrir ce que tu apprécies et ce qui ne te plaît pas.

— C'est toi que j'apprécie. Voilà, rétorqua-t-elle, impatiente. Je ne veux pas y aller lentement. Si on ne se dépêche pas à se déshabiller, j'ai peur que quelque chose survienne et qu'on soit obligés d'arrêter.

L'ombre d'un sourire ourla les lèvres de Logan, qui posa une main sur le côté de sa tête pour enrouler quelques mèches de cheveux autour de ses doigts.

— On a toute la nuit devant nous. Mes frères n'attendent pas de mes nouvelles avant demain matin. Tu as parlé ce matin à Felicity. Les mails arrivés cet après-midi peuvent attendre, ou Nathan peut s'en charger. Nous sommes seuls au monde, et je ne compte pas m'arrêter. Pas tant que nous ne serons pas comblés tous les deux.

Grace se lécha les lèvres sous l'effet de l'anticipation. Les seules paroles de Logan avaient déclenché l'humidité entre ses jambes.

— Fais-moi l'amour, Logan. S'il te plaît.

— Avec plaisir.

Il prit son visage en coupe et se pencha. C'était un geste maintes fois répété au fil des semaines écoulées. Pourtant, cette fois-ci, ce fut différent. Ils avaient tous deux conscience qu'ils ne s'arrêteraient pas à un seul baiser. Il posa ses lèvres sur les siennes et l'embrassa avec fièvre.

Depuis un mois, ils avaient eu le temps d'apprendre à se connaître. Plus les jours passaient, plus Logan acquérait la certitude que Grace était la femme qui lui était destinée. Même quand ils étaient en désaccord, ils le faisaient avec respect. Grace ne criait jamais, et lui ne ressentait jamais le besoin de s'éloigner d'elle pour respirer. Ils étaient simplement en désaccord, ils en parlaient, puis ils reprenaient leur vie. Logan n'avait jamais connu ça avec une femme. C'était rafraîchissant.

Il avait été ravi d'avoir réussi à percer la carapace qu'elle présentait au monde extérieur, pour découvrir la femme sensible qui se cachait en dessous. Elle était apparue de plus en plus souvent au cours des semaines écoulées, et il ne trouvait rien d'aussi gratifiant que de voir cette carapace se fissurer chaque fois qu'ils se pelotaient. Un effleurement de son téton la faisait haleter, une caresse en bas du dos lui donnait la chair de poule. Et quand il lui suçotait le lobe de l'oreille, elle se tortillait entre ses bras. La réaction qu'elle avait eue à sentir les vibrations de la moto contre son intimité avait surpassé ses rêves les plus fous.

Grace Mason était la femme la plus passionnée qu'il ait jamais rencontrée, et apprendre ce qu'elle aimait, les caresses qui lui feraient perdre pied, allait être amusant. Il avait le sentiment qu'il devrait constamment rester sur le qui-vive avec elle, qu'elle le surprendrait sans cesse. Il était impatient de faire ressortir son côté espiègle, narquois, compatissant et, oui, passionné.

Sans la quitter des yeux, Logan retira son tee-shirt, dévoilant son torse. De nouveau, toujours sans un mot et sans détourner le regard, il défit sa ceinture, le bouton, puis retira son pantalon et son boxer. Enfin, il attendit, complètement nu devant elle.

Grace quitta alors son visage, et il regarda ses yeux parcourir son corps. Une rougeur apparut sur son cou, remonta sur ses joues à l'examiner ainsi, pourtant, elle n'interrompit pas son examen minutieux du corps de Logan. Il savait qu'il était déjà en érection ; Grace elle-même avait pu sentir sous ses doigts combien il la désirait, alors qu'ils rentraient à la maison. Maintenant qu'elle semblait se délecter du spectacle qu'il lui offrait, sa verge grossit davantage. Bon sang. Que c'était sexy d'avoir son regard sur lui.

— Tu es... hum... gros, commenta-t-elle sur un ton hésitant.

Il ressentit un élan de fierté pour son propre corps. Il était un mec, après tout.

— Hum.

— Tes tatouages sont magnifiques. Enfin, je les ai déjà vus avant, mais j'étais un peu... occupée. Qu'est-ce qu'ils signifient ?

Parler de ses tatouages était bien la dernière chose qu'il désirait, mais comme il essayait d'y aller lentement, lui expliquer les dessins sur son corps l'aiderait à atteindre son objectif.

Il se tourna un peu pour lui montrer son flanc droit.

— J'ai fait tatouer ici mon nom, celui de Blake et celui de Nathan, à l'intérieur des mots « Frères pour la vie ». Sur mon dos, au niveau de l'omoplate gauche, c'est le symbole de l'armée. Et ensuite, il y a ces tatouages tribaux aléatoires en haut de mon bras droit. Ils n'ont pas vraiment de signification, observa-t-il en haussant les épaules. J'étais jeune, stupide, et je cherchais à être cool, ajouta-t-il en souriant, avant de reprendre son sérieux. Je ne suis pas un accro aux tatouages, mais il y a quand même une dernière chose que j'aimerais ajouter.

Il posa la main sur la nuque de Grace pour caresser le tatouage qu'il ne pouvait voir, mais dont il connaissait la présence.

Elle frémit à son contact, posa les mains sur son torse et demanda :

— Et qu'est-ce que c'est ?

— Je vais le mettre là, sur mon avant-bras, expliqua-t-il en tournant son bras gauche vers elle pour lui montrer sa peau bronzée, dépourvue du moindre dessin. Deux oiseaux, en plein vol. Roses. Et si possible, j'aimerais qu'ils portent tous les deux des lettres avec leurs serres. Je voudrais que les piles de lettres soient faites avec la même encre que ton tatouage, afin qu'on soit les seuls à savoir qu'elles sont là. Ce tatouage sera à nous, et rien qu'à nous.

— Roses ? souffla-t-elle en serrant ses flancs sans s'en rendre compte. Ce n'est pas très macho.

— Je m'en fiche. Il me fera penser à toi chaque fois que je le regarderai. À ta féminité. À ta beauté. Au courage et à la force dont tu as fait preuve pour sortir de ta cage et découvrir celle que tu es vraiment.

Ses paroles ébranlèrent Grace qui prit une inspiration tremblante.

— Logan, murmura-t-elle, émerveillée.

— Lève les bras.

Elle obéit, plus vraiment désireuse de parler tatouages. Logan lui retira lentement, mais sûrement, son tee-shirt manches longues. Il aimait aussi quand elle revêtait l'un de ses propres tee-shirts, comme elle le faisait chaque nuit depuis qu'elle avait emménagé ici. Cependant, la délester d'un de ses hauts féminins plus moulants était sexy en diable. Il préférait presque ça au fait de la voir dans ses tee-shirts trop grands... Presque.

Les cheveux de Grace retombèrent sur ses épaules tandis qu'il balançait le vêtement derrière lui sans vraiment regarder où il atterrissait.

Elle porta les mains dans son dos pour dégrafer rapidement son soutien-gorge couleur crème, qu'elle laissa tomber à son tour.

Logan lui avait déjà effleuré les tétons, mais les voir d'aussi près, ainsi dévoilés, sans rien dessus, c'était génial. Il n'arrivait pas à détourner les yeux de ses seins. Ils étaient ronds, pleins, munis de larges aréoles autour des mamelons qui s'érigèrent sous son regard. Elle respirait vite, ce qui faisait monter et descendre sa poitrine. Ses tétons tendus semblaient supplier qu'il les touche.

D'une voix basse, il commenta :

— Un oiseau rose. Juste là, à l'intérieur de tes seins. Près de ton cœur. Ce serait magnifique.

Incapable de s'en empêcher, il posa une main sur l'endroit indiqué. À l'aide de son seul index, il caressa la zone où il imaginait déjà le tatouage qu'il se représentait mentalement. Grace ne dit rien, mais son souffle s'accéléra. Son mamelon se tendit encore plus près du doigt de Logan, qui sourit et se décala pour pouvoir encercler le bourgeon qui le suppliait. Il durcit davantage, ce que Logan n'aurait pas cru possible.

— C'est agréable ?

Il savait que la réponse était évidente, mais il adorait voir les lèvres de Grace s'entrouvrirent, ses paupières mi-closes, tandis qu'elle hochait la tête.

Il salivait à l'idée de goûter la zone, mais il se retint. Il savourait le fait de déballer la jeune femme petit à petit. Il aurait tout le temps plus tard de la lécher de la tête aux pieds. Il posa le doigt sur son autre mamelon, auquel il accorda le même traitement révérencieux, ravi de le sentir se durcir immédiatement lui aussi.

— Ta peau est magnifique. Parfaite.

Il ajouta la description du tatouage qu'il souhaitait voir sur elle.

— Pas un gros oiseau, non. Un petit, tout petit. Juste ici, où je pourrai le voir en suçant tes magnifiques tétons, où je pourrai le regarder battre des ailes quand ton souffle deviendra court... oui, comme ça... et où je pourrai admirer son envol quand tu me chevaucheras.

— Logan, protesta-t-elle d'une voix rauque.
— Tu veux bien faire ça pour moi ?
— Oui, je ferai tout ce que tu voudras.

Cette réponse fit durcir son sexe et couler une goutte de liquide pré-séminal.

Il inspira vivement quand Grace alla lui caresser les mamelons.

— Seigneur, gémit-il en posant la main à la base de son sexe palpitant pour la serrer.

Si la seule mention d'un tatouage sur elle et le simple contact de sa petite main sur ses tétons lui donnaient envie de jouir, il était mal. Cela faisait des années qu'il n'avait pas fait l'amour à une femme, et son sexe le suppliait pratiquement de la prendre. De s'enfoncer dans les profondeurs chaudes et humides de son corps.

Il lui attrapa les mains et les écarta de lui, ce qui la fit bouder et le fit sourire.

— Je voulais te toucher aussi.
— Je te donnerai tout le temps de le faire… plus tard.
— Ce n'est pas juste.
— Crois-moi, Grace. Je veux tes mains et tes lèvres sur chaque parcelle de ma peau, mais plus tard. Là, il suffirait que tu souffles sur ma queue pour que je jouisse. Et même si ça correspond justement à l'un de mes rêves, c'est aussi important pour moi d'être sûr que tu apprécieras ta première fois. Tu veux bien m'accorder ça ?
— Mais je veux aussi que tu apprécies, riposta-t-elle en s'avançant.

Lorsque la verge de Logan effleura son ventre, elle se mordit la lèvre.

— Oh, Futée, aucun doute là-dessus, affirma-t-il, sans l'ombre d'un doute. Mais c'est plus dur pour les hommes de jouir plusieurs fois en un court laps de temps, alors que les femmes sont capables d'orgasmes multiples… tant que leurs hommes savent ce qu'ils font.

— Et tu sais ce que tu fais, toi ? demanda-t-elle avec un sourire taquin, en lui posant une main sur la taille.

En représailles, il lui chatouilla gentiment les flancs, et elle se tortilla en riant, ce qui fit remuer ses seins.

— Oui, morveuse, je sais ce que je fais. Je ne suis peut-être pas le plus expérimenté des hommes, mais je suis tout à fait en mesure de te faire jouir dans mes bras.

Elle ne répondit pas verbalement ; elle porta les mains à son pantalon, mais Logan les lui écarta immédiatement.

— Laisse-moi faire.

Il s'occupa rapidement du bouton et de la fermeture éclair, puis fit descendre le pantalon le long des jambes. Elle se tint alors devant lui vêtue d'une simple culotte blanche. C'était la vision la plus sexy de sa vie.

— Bon sang, Grace, souffla-t-il.

Il aurait été incapable de formuler ses pensées même si sa vie en avait dépendu.

— Elle n'est pas sexy, répliqua-t-elle, visiblement mal à l'aise, en s'apprêtant à l'enlever.

Une nouvelle fois, il l'interrompit en la prenant par les poignets, pour la maintenir immobile. Il se lécha les lèvres, impatient.

— Je ne suis pas d'accord. Sur toi, c'est la culotte la plus affriolante que j'aie jamais vue.

Il lâcha ses mains et s'agenouilla devant elle. Puis il se lécha les lèvres et inspira profondément. Elle posa ses mains sur ses épaules, mais il ne s'en souciait pas, incapable de détourner le regard du vêtement en coton. Il déglutit et essaya d'oublier son sexe, qui pulsait de désir.

Il releva le regard. Grace l'observait en se mordillant la lèvre. Ses tétons étaient encore plus beaux depuis là. Il avait perdu le fil ; il leva la main vers ses seins avant de se souvenir de ce qu'il avait prévu.

— Est-ce que je peux ? demanda-t-il, très poliment, en faisant un signe de tête vers la culotte, pour demander la permission de la retirer.

— Oui, s'il te plaît, souffla-t-elle.

Il sourit et reporta son attention sur sa tâche. Il posa les mains sur les hanches de la jeune femme, et lentement, très, très lentement, il abaissa la culotte, centimètre par centimètre, les doigts glissés dans l'élastique. Il y allait avec nonchalance, mais sans s'arrêter, pas tant que le sous-vêtement ne fut pas entièrement retiré.

Les boucles à la jonction de ses jambes étaient coupées court, laissant une bande de poils au-dessus de ses plis intimes, mais tout le reste était à nu.

Logan passa les mains à l'intérieur de ses cuisses et la regarda se trémousser sous cette caresse humide. Il évita soigneusement ses chairs, repoussant ce moment, et passa les mains sur sa peau soyeuse de chaque côté de la bande de poils. Il le fit une fois, deux fois.

— Logan, touche-moi, le supplia-t-elle.

— C'est ce que je fais, répliqua-t-il, très sérieusement.

— Tu sais très bien ce que je veux dire.

Il leva les yeux.

— Du calme, Grace. Nous n'aurons qu'une seule première fois ensemble, et je veux tout mémoriser. Ton odeur, tes tortillements sous mes doigts, ton regard, les zones sensibles... J'ai tellement de choses à apprendre. J'en ai pour un long moment.

— La vache, souffla-t-elle, les yeux au ciel.

Elle s'accrochait toujours à ses épaules, et ses ongles courts s'enfonçaient dans sa peau. Il reporta son attention sur la peau tendre qu'il vénérait.

— J'adorerais voir un autre tatouage, ici, dit-il en lui effleurant la hanche. Un oiseau, ici, comme celui sur ta nuque et celui que je veux sur mon bras. Je veux te voir recouverte d'oiseaux représentant cette liberté dont tu dois faire preuve dans chacune de tes actions. Mais sous tes vêtements, où je pourrai être le seul à les voir. Une femme distinguée en surface, qui se libère quand on l'y incite comme il faut. Sous mes doigts. Et mes lèvres.

Grace répondit un son, qui tenait davantage du grognement que du mot.

Logan sentait ses tremblements sous ses mains. Il se redressa brusquement, écarta les draps pour dévoiler le drap-housse.

— Viens là, Futée. Allonge-toi sur le lit.

Elle s'exécuta sans hésiter, remontant jusqu'à ce que sa tête repose sur l'oreiller. Sa poitrine se retrouva illuminée par le soleil qui filtrait de la fenêtre. Logan s'installa à côté d'elle, puis la chevaucha, posant un coude de chaque côté de son corps, près de ses côtes, et posant les mains sur ses seins. Maintenant qu'il se trouvait face à elle, avec ses seins magnifiques sous les yeux, il pouvait se servir de ses deux mains et de sa bouche autant qu'il le voulait. Il la regarda.

— Ça va ?

Elle hocha la tête.

— Oh oui, ça va plus que bien. C'est fantastique.

Sans se départir de ses caresses légères, Logan fit des cercles autour de ses tétons. Ils se dressèrent et durcirent, prouvant une fois de plus la sensibilité de la jeune femme. Il n'en revenait pas que les imbéciles avec qui elle était sortie n'aient pas réussi à la faire jouir. Alors qu'il suffisait des petits effleurements de Logan pour qu'elle se tortille.

Il avait bien remarqué aussi l'humidité qui perlait entre ses cuisses... Il ne l'avait même pas encore touchée. Elle était déjà plus que prête à l'accueillir. Cependant, il voulait qu'elle dégouline, qu'elle soit si mouillée qu'il pourrait s'enfoncer dans son corps étroit sans qu'elle ne ressente le moindre inconfort. Il voulait que sa petite Futée ne ressente que du plaisir ce soir.

Il se décala pour pouvoir prendre son mamelon dans sa bouche. Il n'y alla pas lentement ou doucement, non, il le mordilla fort tout en le caressant du bout de la langue.

— Han, ahana-t-elle en arquant le dos pour se rapprocher de lui et non s'écarter.

Il sourit, les lèvres toujours sur elle. Il plaça une main sous elle pour la plaquer davantage contre lui. Il aimait la voir perdre le contrôle, abandonnée aux sensations qu'il lui procurait. Un léger voile de sueur perlait sur sa peau, qui luisait ainsi dans la lumière du soleil.

Il décala sa bouche sur son autre sein, pour gratifier son autre mamelon du même traitement, le lapant, le mordillant, le suçotant, pour provoquer la même réaction chez la jeune femme. Il ressentit tout à coup le besoin de *voir* le premier orgasme qu'il allait lui donner, au lieu de simplement le sentir. Il se déplaça pour venir s'installer entre ses jambes. Il enfonça le nez dans l'espace situé entre ses plis intimes et sa jambe droite, et il inhala. Son nez perçut une odeur musquée, ainsi qu'une fragrance légèrement fleurie. Son gel douche, sans doute. Elle était délicieuse.

Elle chercha à refermer les jambes, mais les épaules de Logan l'en empêchaient.

— Calme-toi, Grace.

— Mais c'est si... intime.

— Tu as raison. C'est intime. C'est pour ça que je veux le faire. Tu me fais confiance, n'est-ce pas ?

— Bien sûr que oui.

— Alors, arrête de te soucier de ce que je peux vouloir te faire, détends-toi et profite de mes caresses.

Elle hocha légèrement la tête, puis s'inquiéta :

— Est-ce que tu me laisseras te faire la même chose ?

— Oh, oui, souffla-t-il. Non seulement je te laisserai le faire, mais en plus, je te *supplierai* de le faire.

— Génial, conclut-elle avec un petit sourire, avant de rouvrir les jambes pour lui donner un meilleur accès.

— Génial, confirma-t-il en écho, avant de reporter son attention sur le cœur de sa féminité.

Il se lécha les lèvres, impatient. Puis il se pencha et passa le bout de la langue du bas vers le haut, saisissant sur ses papilles la goutte d'excitation qui s'échappa du corps de Grace et l'étalant sur son clitoris. Il ne s'attarda pas sur cette zone, mais lécha tout de même ses lèvres intimes avant de reculer.

Bon sang, elle avait un goût divin. Par le passé, il n'avait jamais été très épris de sexe oral. Il prenait conscience enfin qu'aimer la personne avec qui il avait des rapports intimes faisait toute la différence. Il avait sous les yeux le plus beau des sexes féminins. Était-ce parce qu'il était tout à lui ? Était-ce parce qu'il avait passé le dernier mois et demi à apprendre à connaître la femme à laquelle il appartenait ? Il l'ignorait, cependant, il avait une certitude, jamais il ne se lasserait d'admirer, de lécher et de toucher ces plis humides.

Voir Grace se trémousser sous lui, mouiller, lui rappela un fantasme qu'il avait d'elle. Il lui caressa le clitoris d'un seul geste doux et lent. Sans se presser, prenant tout son temps pour observer le renflement charnu qui s'écartait lentement tandis que le bouton durcissait. Il voulait lui faire perdre la tête avec un seul doigt, l'exciter toujours plus jusqu'à ce qu'elle ne puisse plus retenir son orgasme.

— Écarte un peu plus les jambes, Grace, lui ordonna-t-il d'une voix rauque.

Il espérait plus que tout que ça lui était possible. Il avait le sentiment que tout l'était – surtout après l'épisode sur la moto –, car elle lui faisait confiance.

— Relève les genoux et tiens-les bien.

— Logan... répliqua-t-elle d'une voix incertaine, un peu dépassée par sa requête.

— Tu es tellement réactive, Grace, que ça va être génial, pour tous les deux. Je ne te ferai aucun mal et tu pourras me faire arrêter à tout moment.

Il la regarda dans les yeux et découvrit qu'elle le fixait avec nervosité.

Elle prit sa décision sans un mot et passa ses mains sous ses genoux, s'ouvrant davantage pour lui.

Logan se dit qu'il aurait sans doute mieux fait d'attendre un peu et de s'adonner à cela plus tard, quand ils auraient davantage appris à se connaître sur le plan sexuel, mais il voulait lui faire ce cadeau. Voulait qu'elle ressente ce plaisir. Doucement, tendrement. C'était son présent pour elle, cette femme.

Il lui posa une main sur la cuisse pour la maintenir ouverte et, de l'autre, parcourut du pouce les plis humides, récoltant du nectar au passage. Puis il alla faire quelques rotations sur son clitoris. Il massait et frottait la boule de nerfs lentement, posément.

Grace se détendit sous ses attouchements.

Logan changea de position afin de presser la perle rose, de son autre main, car il souhaitait la caresser de plus près. Tour à tour, il massait son clitoris et passait le pouce sur les lèvres, apprenant ce que le corps de Grace préférait.

Il pouvait voir ses muscles se raidir à mesure qu'elle s'approchait du précipice. Il ne précipita rien, n'appuya pas plus fort ; il se contenta de caresses lentes et méthodiques. Rien qu'au nectar qui s'échappait du chaud canal, il pouvait voir combien elle appréciait. De temps à autre, il allait en récolter un peu pour l'étaler sur le clitoris afin d'en lubrifier la caresse.

— Logan... Seigneur, c'est... Je ne peux pas... Je sens... oui...

C'étaient des paroles décousues, incohérentes, et Logan en aima chaque instant. Lorsqu'une nouvelle goutte de liquide lui échappa, il se pencha pour la ramasser avec sa langue. Grace était si sexy qu'il était impatient de s'enfoncer en elle ; il en avait plus besoin que de son prochain souffle.

Cependant, il était un homme patient. Il voulait la voir jouir de cette seule caresse légère sur son clitoris. Il maintint cette pression constante, le rythme de ses caresses, mais il y ajouta quelques compliments tout en observant ses muscles internes se resserrer.

— Tu n'imagines pas à quel point tu es belle, comme ça, Grace. Tu es parfaite. Si réceptive à mes caresses. Tu vas jouir comme ça, avec juste mon doigt sur toi. Tu vas jouir si fort que tu vas inonder mes draps. Tu seras si chaude et humide quand je m'enfoncerai en toi que tu vas me faire brûler vif. Est-ce que tu le sens venir, Grace ? Est-ce que tu veux jouir ?

— Oui, s'il te plaît. Plus vite...

— Non. Lentement, calmement. Laisse-le monter. Bon sang, c'est magnifique. Je peux voir tes muscles convulser. Tu te sens vide ? Tu me veux en toi ?

— Oui ! S'il te plaît, Logan. J'ai besoin de plus. De plus fort, et de toi en moi.

— Tu vas obtenir tout ça.

— Maintenant, s'il te plaît. Je me sens si vide.

Il voyait bien ses muscles internes chercher désespérément un peu plus de pression. Il aurait voulu la pénétrer d'un doigt pour sentir combien elle était étroite, mais il voulait encore plus la voir jouir ainsi. Voulait qu'elle fasse cette expérience, qu'elle se laisse complètement aller, voulait que cet instant n'appartienne qu'à elle, que cette première fois ne le concerne pas.

Les jambes de Grace se mirent à trembler, et elle essaya de les refermer alors que son orgasme montait. Logan bloqua l'une de ses cuisses à l'aide de son coude et l'autre de sa main libre. Son pouce ne cessa jamais sa lente et incessante caresse sur son clitoris.

— C'est ça, Grace. Tu y es presque. Ferme les yeux, laisse-toi aller.

Elle se soumit à sa suggestion, arqua le dos et gémit, la tête en arrière. Logan observa son corps qui s'ouvrait, se préparait à l'orgasme qui montait lentement en elle. Il accéléra légèrement les mouvements sur son pouce, mais pas la pression. Il fit des rotations plus rapides autour de son bourgeon, tout en admirant, fasciné, les fesses de Grace qui se contractaient, à l'instar de tous ses muscles qui se tenaient prêts pour l'orgasme imminent.

Il ne s'attendait pas à ce qu'à l'instant où elle bascula, elle relève les hanches, ouvre davantage les jambes et crie son nom.

Il attrapa un préservatif sur la table de chevet, l'enfila et s'agenouilla entre les jambes de Grace qui tremblait toujours des répliques de son orgasme, alors même que Logan avait retiré sa main.

— Grace ?

Elle ouvrit les paupières et croisa son regard. Pour la première fois depuis leur arrivée dans cette chambre, il ne voyait que du désir à l'état brut dans ses yeux.

— Enlève-le, ordonna-t-elle.

— Quoi ?
— Le préservatif. Enlève-le. Je veux te sentir.
— Grace...
Elle l'interrompit.
— Tu m'as dit que tu n'avais couché avec personne depuis des années. Moi non plus. Je suis clean. S'il te plaît. Je veux te sentir. J'ai besoin de toi, juste de toi, pour cette première fois. S'il te plaît.
— Tu en es sûre ? insista-t-il en la transperçant du regard.

Le seul fait qu'il envisage cette folie faisait de lui un enfoiré, il en avait conscience. Il était de sa responsabilité de la protéger, et, à cet instant, il savait qu'elle était trop éperdue de passion pour penser de manière cohérente. Il refusait qu'elle regrette la moindre chose à propos de leur première fois.

— Tout à fait sûre.
Il attendit un instant, mais ne vit aucune hésitation dans ses yeux.
— Bon sang, tu es une femme extraordinaire.

Il se débarrassa sans attendre du préservatif, le laissant tomber par terre sans se soucier de l'endroit où il atterrissait. Il attrapa sa verge et grimaça en se sentant au point de rupture. Il lui donna une dernière chance.

— Tu es sûre ?
— Oui. Fais-moi l'amour, Logan.
— Grace, gémit-il en posant l'extrémité de son membre à l'intérieur de ses plis intimes et humides.

Elle se resserra autour de lui, tentant de l'attirer plus loin. Il se redressa sur ses coudes pour garder son équilibre.

— Tu es si chaud, observa-t-elle en posant ses deux mains sur ses bras.

Il serra les dents et avança juste un peu. Par tous les

saints, il n'allait pas tenir. Il était raide depuis quinze bonnes minutes, et jamais son érection n'avait faibli pendant ce laps de temps. Il n'avait qu'un seul et unique désir... s'enfoncer en Grace Mason.

Il la pénétra encore un peu, gémissant en la sentant l'agripper.

— Bon sang, Futée, détends-toi. Laisse-moi entrer.

— Je ne peux pas m'en empêcher, c'est si agréable de te sentir là, avoua-t-elle sans détourner le regard.

La sueur perlait à leurs deux fronts tandis qu'il s'appropriait ce qui aurait dû être à lui depuis de nombreuses années déjà.

Il se lécha les lèvres et l'empala entièrement, savourant le contact de ses bourses nues contre les fesses de Grace. Elle se trémoussa, ce qui lui permit de gagner quelques millimètres supplémentaires.

— Merde, Grace, je ne peux pas... Tu...

Elle lui sourit.

— Je vois que tu n'arrives plus à parler, maintenant.

Il ouvrit la bouche, pour répondre à son impertinence, mais ce qui franchit ses lèvres fut un halètement quand la jeune femme se servit de ses muscles internes pour l'enserrer le plus fort possible.

— Putain, oui. Seigneur, Grace. C'est fantastique. Tu n'imagines pas à quel point. C'est comme si un millier de doigts palpitants effleuraient mon sexe.

Il recula un peu, puis la pénétra à nouveau. Il ne souhaitait pas quitter cet écrin chaud. Être en elle était l'une des sensations les plus agréables de sa vie.

Il se retira, et la pénétra à nouveau. Il recommença ce va-et-vient, parfaitement conscient de Grace qui ne le quittait pas des yeux. Les mots lui manquaient pour décrire ce qu'il ressentait, et il ne chercha même pas à s'exprimer. Le corps de Grace était trempé, il pouvait s'y glisser sans effort. Soudain pris du désir de la sentir presser sa verge pendant son orgasme, il porta la main à la jonction de ses jambes pour poser une nouvelle fois la main sur son clitoris.

Contrairement à la première fois où il l'avait fait jouir et s'était montré gentil et méthodique, il frotta cette fois rudement sa petite boule de nerfs tout en la martelant.

— Oh, Logan. Mince, je... oui, juste ici, gémit-elle en soulevant les hanches pour aller à la rencontre de chacune de ses pénétrations et des caresses de son pouce.

Il retrouva enfin sa voix.

— Je ne vais plus pouvoir tenir. Tu es trop belle pour ça, et c'est trop bon. Je veux te sentir jouir autour de ma queue, Grace.

Il accéléra les mouvements de son pouce.

— Jouis pour moi, Futée. C'est... Je peux le sentir. Laisse-toi aller, accorde-moi ce présent une nouvelle fois.

Grace poussa un cri strident, souleva les hanches, et explosa pour la seconde fois.

Logan perçut la chaude inondation contre la peau sensible de son sexe, et il accéléra ses poussées, s'activant entre les plis palpitants de sa vulve jusqu'à ce qu'il sente son propre orgasme monter de ses bourses et jaillir en elle. Il s'enfonça sans ménagement et s'immobilisa tandis qu'il se vidait à l'intérieur de la femme sexy et comblée allongée sous lui.

Il frémit pendant les vagues puissantes de son orgasme, les yeux fermés, et laissa son ivresse accompagner sa jouissance dans chaque parcelle de son être.

— Nom d'un chien, souffla Grace, ce qui fit sourire Logan, bien qu'il ne se soit pas totalement remis lui-même encore.

Il retomba sur elle, se rattrapant juste assez pour ne pas

l'écraser, puis il les fit rouler jusqu'à ce que ce soit elle qui se retrouve allongée sur lui, leurs corps toujours fusionnés. Grace se redressa doucement sur son torse et le fixa. Ils avaient encore le souffle court tous les deux, et leurs corps luisaient de sueur.

— Je n'ai jamais ressenti ça, avoua Logan en toute honnêteté en posant une main sur la nuque de Grace pour y caresser son tatouage.

— Moi non plus, répliqua-t-elle, à bout de souffle.

— Merci.

— Euh, je t'en prie ?

Il lui sourit, amusé.

— Je suis sérieux. Merci de t'être donnée à moi et de m'avoir fait confiance. Ça a surpassé mes rêves les plus fous.

— C'est vrai ?

— C'est vrai. Ça t'a plu ? lui demanda-t-il, en haussant les sourcils.

— Je n'en reviens même pas que tu poses cette question. C'était extraordinaire. Tu étais extraordinaire. Nous étions extraordinaires. Je ne savais pas que le sexe pouvait être comme ça. C'est comme ça, normalement ? demanda-t-elle, sincèrement innocente.

— Non, répondit-il, catégorique. En tout cas, pas pour moi. Et je ne pense pas que tu ressentirais la même chose si tu couchais avec quelqu'un d'autre.

Elle souffla un rire.

— Il n'y a que toi qui peux me faire ressentir ça, hein ?

— Exactement, confirma-t-il, avec un sourire démoniaque.

— Alors je ferais mieux de te garder pas loin.

— Ouaip. Pour au moins quatre-vingts ans.

— Parce que tu crois que tu pourras encore la lever à cent huit ans ?

— Si je t'ai dans ma vie, oui, je pense que j'aurais une bonne détente encore.

Grace posa la tête sur son épaule et se mit à son aise.

— Je sais qu'on doit se laver, mais je ne pense pas être capable de bouger.

— Alors, ne bouge pas. La douche peut attendre.

— Il ne faut pas qu'on se... euh... nettoie ?

Logan l'entoura de ses bras et la serra contre lui, pour être sûr qu'elle ne bouge pas.

— À un moment ou à un autre, oui.

— Parfait. Réveille-moi quand tu seras prêt à le faire.

— D'accord, souffla-t-il.

Enfin, il se sentit glisser du corps de Grace alors que le sang désertait sa verge. Ils gémirent à l'unisson, sans bouger pour autant.

Logan serra Grace contre lui alors qu'ils s'endormaient, et, pour la première fois depuis qu'elle avait emménagé ici, il ne pensa pas à la situation de la jeune femme, à ses parents ou au danger éventuel qu'elle courait. Il s'imprégna simplement de sa présence, plus reconnaissant que jamais d'avoir une seconde chance avec elle.

22

Il était 11 heures du matin, et Logan était parti à Denver pour rencontrer un homme qui avait besoin d'un garde du corps. *Ace Sécurité* n'offrait pas ce genre de services en général, mais l'homme s'était montré si insistant que Logan avait finalement accepté de le rencontrer.

Depuis cet après-midi où ils avaient fait l'amour, leur relation semblait s'accélérer encore plus. Ils avaient des relations sexuelles presque tous les jours, et elle était à l'aise à ses côtés, comme si elle l'avait connu toute sa vie. En outre, elle se sentait plus calme quand Logan était près d'elle, s'inquiétait moins de ce qu'elle devait faire ou ne pas faire.

Parfois, elle se surprenait à reprendre de vieilles habitudes, telles qu'abonder dans le sens de Logan alors qu'elle n'était pas d'accord ou ne voulait pas le faire, mais, par chance, il s'en rendait compte presque chaque fois et le lui faisait remarquer. Il l'encourageait à être elle-même. À dire ce qu'elle voulait et à agir comme elle le voulait, et, peut-être plus important encore, à exprimer ce qu'elle n'aimait pas et à ne pas agir dans le seul but de faire plaisir à Logan ou à quiconque... et à ne pas craindre de le dire.

On frappa à la porte, à peu près à l'heure où Logan devait revenir à Castle Rock. C'était peut-être Felicity. Sans y réfléchir à deux fois, elle s'approcha du judas, et faillit s'étouffer, choquée, en remarquant son père de l'autre côté de la porte.

Elle paniqua immédiatement et recula rapidement, manquant trébucher dans sa hâte de s'éloigner.

— Grace. Je sais que tu es là, je t'ai entendue. S'il te plaît, parle-moi, la supplia-t-il.

Elle avait la respiration courte, hachée. Elle ferma les yeux pour s'empêcher de faire de l'hyperventilation.

— Qu'est-ce que tu veux ? demanda-t-elle d'une voix froide et dure, lorsqu'elle put à nouveau s'exprimer.

— Juste te parler. Je sais que je ne le mérite pas et que tu ne me fais pas confiance, mais je te demande juste de m'écouter.

— Et pourquoi devrais-je le faire ? rétorqua-t-elle, les mains tremblantes.

Cela avait beau faire un long moment que tous attendaient qu'il se passe quelque chose, elle n'était pas prête pour autant. En outre, Logan n'était pas à ses côtés quand son père passait enfin à l'action.

— J'ai quitté ta mère.

C'était la dernière chose à laquelle elle s'attendait.

— Quoi ?

— Je l'ai quittée. Quand tu es partie, ça m'a ouvert une porte aussi. Ta mère m'a fait du chantage toute ma vie. Mais comme tu n'étais plus là pour qu'elle me menace, ça m'a permis de m'en aller aussi. Si je suis resté avec elle, c'est parce qu'elle me menaçait de te faire du mal si je partais.

Grace en avait la tête qui tournait.

— Qu'est-ce que tu dis ? Que, toutes ces années, tu es resté pour me protéger ?

— Oui, c'est précisément ça, confirma-t-il d'une voix triste. Chaque fois que Margaret sentait que j'avais atteint mes limites ou que j'étais bouleversé par sa façon de se comporter avec toi, elle me disait qu'elle ferait de ta vie un véritable enfer si je ne faisais pas ce qu'elle m'ordonnait.

— Alors, quand, à douze ans, tu m'as dit que j'étais grosse et que je devais me contenter de bouillon de poule pendant une semaine, c'était maman qui t'avait obligé à le faire, commenta-t-elle, sarcastique.

— Oui.

— Et quand tu m'as ri au nez quand j'ai trébuché et que je suis tombée sur la table basse, et qu'il a fallu me poser trois points de suture, c'était maman aussi, je suppose ? insista-t-elle.

— Tu ne comprends pas, dit son père d'un ton suppliant. Je détestais ça. Je détestais ce qu'elle me forçait à te faire. Mais tu sais qu'il y a des caméras dans la maison. Si je ne l'avais pas fait, elle l'aurait su, et c'est toi qui aurais payé.

— Il n'y a pas si longtemps que ça, tu m'as menottée à mon lit et m'a dit de chier dans un seau, s'énerva Grace, pas convaincue.

— Est-ce que tu te souviens quand j'ai dû être hospitalisé ? Tu avais sept ou huit ans.

Elle leva les yeux au ciel face à ce brusque changement de sujet, mais confirma.

— C'était juste après que tu es rentrée à la maison avec un dessin que tu avais fait à l'école. Il nous représentait toi et moi, tu te souviens ?

En effet. On lui avait demandé de dessiner sa famille. Comme Grace était en colère contre sa mère qui lui avait interdit de déjeuner ce matin-là, elle avait fait un croquis ne les représentant que son père et elle, devant un restaurant.

Son père l'y avait emmenée une semaine plus tôt pour un repas juste père-fille.

— Je m'en souviens.

— Quand tu es rentrée à la maison, tu m'as montré ton dessin. Tu étais tellement contente. Je l'ai mis sur le frigo. Ta mère n'était pas à la maison, ce soir-là. Elle devait rencontrer un constructeur à Denver.

— Le lendemain matin, le dessin avait disparu, se remémora Grace.

— Oui. Margaret n'était pas très contente de moi...

Sa voix mourut sur ses lèvres.

— Pourquoi ? Qu'est-ce qu'elle a fait ?

— Elle m'a poussé. Je suis tombé et me suis cogné la tête contre le coin de la cheminée, au travail. Un vaisseau a éclaté dans mon cerveau et s'est mis à saigner. J'ai failli mourir.

— Quoi ? s'exclama Grace. Ce n'est pas vrai ! C'est impossible.

— Grace, c'est vrai. Tu étais à l'école. Elle m'a dit qu'elle voulait me parler de quelque chose. Quand je suis entré dans le bureau, elle m'a dit que j'étais un homme minable et que c'était entièrement de ma faute si tu n'étais pas un garçon. Elle m'a poussé de toutes ses forces. Je me souviens encore de la rage sur son visage tandis que je tombais.

Grace ne savait pas quoi dire. Rien. Ce qui n'avait pas d'importance, puisque son père continua sans attendre.

— Elle a appelé les secours et leur a raconté que j'avais trébuché, puis que j'étais tombé. Elle a fait tout un cinéma. Mais c'était sa façon de me faire comprendre que je devenais trop proche de ma fille.

Son père avait l'air triste et sincère, et elle n'avait pas entendu ce ton dans sa voix depuis son enfance. Son cœur se serra. Elle était totalement perdue. Elle n'avait presque aucun bon souvenir avec ses parents. Avec aucun d'eux.

Il poursuivit.

— Lorsqu'elle est venue me parler de ses projets de te faire épouser Bradford, j'ai refusé d'y participer, mais, encore une fois, elle m'a prouvé combien elle était impitoyable... Elle m'a raconté ce qu'elle te ferait subir si je n'acceptais pas.

— Vous m'avez enfermée dans ma chambre, rétorqua-t-elle, amère. On dirait qu'elle me l'a quand même fait subir, en fin de compte... et que tu l'as laissée faire.

— Je ne le voulais pas, expliqua-t-il tristement. Je ne voulais rien de tout ça. S'il te plaît, Grace, ouvre la porte. Laisse-moi te parler en face à face. Je veux te prouver que je dis la vérité.

— Je ne suis pas sûre que ce soit une bonne idée, répliqua-t-elle, incertaine.

— J'ai pris les rapports de l'hôpital avec moi, tu pourras y trouver la date et comprendre que je ne te mens pas. J'ai vraiment failli mourir. Je craignais pour ma vie, si je ne faisais pas ce qu'elle me demandait de faire. Ces dernières années, elle a perdu la tête. Elle n'avait pas été aussi mauvaise, avant. Je ne vis plus à la maison. J'ai déménagé. Je me doute que tu ne veux pas y remettre les pieds, toi non plus... et qui pourrait t'en vouloir ? Je ne veux plus revoir cet endroit, moi non plus.

— Je ne vais pas ouvrir cette porte. Si j'accepte de te rencontrer, et on en est encore au stade du « si », je veux que ce soit ailleurs. Dans un endroit public, énonça Grace d'une voix ferme.

— Où tu veux, accepta-t-il immédiatement. Dis-moi où et j'y serai.

Elle réfléchit rapidement. Le fait qu'il lui laisse le choix à *elle* de déterminer le lieu donnait un peu de crédit à ses paroles.

— À *Rock Hard Gym*.

— C'est juste en face du cabinet. Ta mère pourrait nous voir ensemble, ou l'un de ses espions pourrait nous voir, et tout lui raconter. Nous serions grillés en un instant.

Il avait raison.

— Très bien. Alors, à *Ace Sécurité*. C'est au centre-ville, oui, mais pas aussi près du cabinet.

— Ça me va. Dans trente minutes ?

— Non.

Grace savait que Logan ne serait pas rentré dans un aussi court laps de temps. Or elle n'avait pas l'intention de se comporter comme les héroïnes stupides de certains romans qu'elle lisait.

— Dans deux heures et demie.

— D'accord, ça me va.

Il ne dit plus rien pendant quelques instants, puis il reprit la parole.

— Merci, Grace. Tu n'imagines pas ce que cela représente pour moi.

Elle ne répondit rien, mais alla regarder dans le judas. Elle vit le dos de son père qui s'éloignait de la porte de Logan. Son cœur battait fort dans sa poitrine, et elle se sentait un peu nauséeuse. Elle ne voulait pas se laisser duper, pourtant, son père avait vraiment l'air sérieux, et elle voulait lui faire confiance. Elle voulait déjà bien le croire quand il décrivait sa mère comme cette femme sans cœur. Sa mère, qui la tançait sans cesse, qui avait été l'instigatrice de la plupart de ses punitions, et qui lui avait rabâché les oreilles toute sa vie sur le fait qu'elle n'était pas un garçon. Oui, son père avait participé, toutefois, il n'avait jamais semblé aussi en colère que sa mère.

Grace alla récupérer son portable sur le plan de travail de la cuisine et composa le numéro de Logan. Elle attendit avec fébrilité qu'il décroche.

— Salut, Futée. Qu'est-ce qu'il y a ?

— Mon père vient de passer, déclara-t-elle, sans tourner autour du pot. Je ne lui ai pas ouvert, mais il m'a raconté un tas de choses, et je suis sûre à 80 % qu'il disait la vérité. Mais le truc, c'est qu'il veut me rencontrer. En face à face.

— Cet enfoiré s'est pointé chez moi ? Merde. Hors de question que tu le rencontres. Pas sans moi.

— Évidemment, accepta-t-elle immédiatement. Je ne me mettrais jamais en danger comme ça en allant le rencontrer seule. Je ne veux pas me retrouver de nouveau enchaînée à mon lit.

— Qu'est-ce qu'il t'a dit ? Exactement ?

Il s'exprimait d'un ton sec, mesuré, qui trahissait son déplaisir.

— Tu as fini ton rendez-vous ?

— Maintenant, oui.

— Oh, je ne voulais pas...

— Grace, tu es bien plus importante que quiconque ou que tout ce que je fais. J'ai obtenu toutes les informations nécessaires de ce type, et sa situation n'est pas désespérée. Il peut attendre. Toi, non. Maintenant, répète-moi ce que t'a dit ton père.

Qu'est-ce que Grace aimait cet homme !

— Beaucoup de choses. Que ma mère l'avait contraint à agir ainsi, en le menaçant de me faire du mal. Il m'a dit qu'il ne voulait pas faire tout ça, mais que c'était ma mère qui l'y avait forcé.

— Et tu l'as cru ? s'exclama Logan, incrédule.

— Je sais, ça a l'air dingue. Mais Logan, il m'a dit que ma mère l'avait poussé quand j'étais enfant, qu'il s'était cogné contre le coin de la cheminée, ce qui lui a causé une hémorragie cérébrale. Je me souviens qu'il est resté à peu près une semaine à l'hôpital à l'époque dont il m'a parlé. Et que ma mère était particulièrement énervée contre lui. Lorsqu'il est revenu à la maison, il était différent avec moi. Je ne comprenais pas pourquoi, à cette époque, mais maintenant, ça me paraît logique. Ma mère lui a dit que s'il ne me traitait pas comme elle le lui ordonnait, elle me ferait du mal.

— Tu te fiches de moi ?

— Malheureusement, non.

— À quelle heure ? demanda-t-il d'un ton sec.

— Je lui ai dit 14 h 30 à *Ace Sécurité*. J'ai pensé que ça te laisserait le temps de rentrer et de m'accompagner.

— Ça devrait le faire. Il est midi. J'ai une dernière chose à régler ici avant de repartir. Dans tous les cas, tu ne quittes pas l'appartement tant que je ne t'ai pas dit que j'arrivais. Si tu es en avance, tu tournes en voiture dans le quartier jusqu'à ce qu'il soit l'heure exacte du rendez-vous. Je préférerais venir te chercher à la maison, mais je ne suis pas sûr d'y arriver à temps.

— Ça me plaît, dit-elle tout bas.

— Quoi ?

— « À la maison ». Le fait que tu viennes me chercher *à la maison*.

La voix de Logan devint le grondement bas qu'il utilisait quand il lui faisait l'amour.

— La maison, pour moi, c'est être à tes côtés, Futée. Ça pourrait être autant un appartement miteux qu'une demeure à Beverly Hills ou une caverne creusée dans la montagne.

— Logan... souffla-t-elle.

Puis elle se racla la gorge et se reprit.

— D'accord. J'attends ton appel avant de partir. Merci.

— De quoi ?

— D'avoir accepté de le rencontrer avec moi. De ne pas me traiter de folle.

— Pour info, je pense un peu que tu es folle, sur ce coup-là, mais ça n'a pas d'importance. Tu es une adulte parfaitement capable de prendre ses propres décisions. Ce n'est pas à moi de les prendre à ta place. Mais je peux être à tes côtés quand tu les concrétises. S'il y a quoi que ce soit, tu appelles Nathan ou Blake. Ou même Cole. D'accord ? Nathan devrait être au bureau à l'heure de ton rendez-vous, mais dans tous les cas, contacte-le si tu ressens le moindre malaise à propos de n'importe quoi.

— D'accord. On se rappelle plus tard. Sois prudent.

— Toujours. À plus tard.

Grace raccrocha le téléphone et le serra contre sa poitrine. Elle ferma les yeux et envoya une prière de remerciement au Ciel, auquel elle rendait grâce de lui avoir donné la possibilité de renouer avec Logan. Cet homme la traitait comme une adulte, ne la dénigrait pas, et lui donnait le sentiment qu'elle pourrait tout accomplir. Elle ferait tout son possible pour garder Logan dans sa vie. Il méritait qu'elle sacrifie tout ce qu'elle devait pour le garder à ses côtés. Elle était une femme chanceuse et le savait.

Un coup d'œil à sa montre lui apprit qu'il lui restait deux heures avant de devoir partir. Elle devait encore lire les e-mails d'*Ace Sécurité*, remplir des demandes de bourses pour ses cours qui commenceraient à l'automne, et tout un tas d'autres choses, pourtant elle ne se sentait d'humeur qu'à faire les cent pas pour le moment. Et à repenser à sa vie. Son père disait-il la vérité ? Et si ce n'était pas le cas, que mijotait-il ?

23

Grace regarda nerveusement sa montre. Il était 14 h 30. Logan l'avait appelée quand il était entré sur l'autoroute, pour lui dire qu'il la retrouverait à son bureau à deux heures et quart. Elle lui avait pris son pick-up pour venir, puisque lui-même avait sa moto à Denver, et s'était garée dans le parking public à l'autre bout du pâté de maisons par rapport au cabinet d'architecture de ses parents.

Elle n'avait pas envie de tourner sans but dans le quartier en attendant que Logan lui envoie un message pour l'informer de son arrivée, mais elle se sentait de plus en plus nerveuse maintenant qu'il avait vingt minutes de retard.

Un coup sur sa vitre la fit sursauter si fort qu'elle cria d'effroi. Se tournant, elle remarqua son père à côté du véhicule. Il haussa les épaules en signe d'excuse, et lui fit signe de descendre.

Grace regarda autour d'elle et ne nota rien ni personne de suspect à proximité. Alors, elle s'empara de son sac à main et descendit du pick-up.

— Salut.

— Salut. Je te remercie d'avoir accepté de me rencontrer. Je suis content que tu me donnes une seconde chance.

Grace lui lança un regard dur.

— Je suis ici simplement pour entendre ta version de l'histoire. Ne crois pas pour autant que c'est le début d'une relation pleine d'amour entre nous. Tu as vingt-sept ans de retard.

— Je sais, mais je n'en dormais plus la nuit de savoir que tu me croyais aussi horrible que ta mère.

Son père s'écarta pour lui laisser un peu d'espace.

— Tu es prête ?

Grace s'apprêtait à répondre quand un bras passa en travers de sa poitrine et qu'une main se posa sur sa bouche, l'empêchant de prononcer un mot. Elle aurait voulu crier, émettre le moindre son pour attirer l'attention sur les événements en cours, mais elle était incapable d'ouvrir la bouche. La main qui la serrait était trop forte. Elle inspira vivement et perçut une odeur légèrement âcre. Jetant un coup d'œil du côté de son père, elle constata que son visage, qui exprimait l'inquiétude juste avant, arborait désormais une expression purement démoniaque.

Ce fut son dernier souvenir avant de perdre connaissance.

* * *

— Merde, jura Logan. Je n'arrive pas à joindre Grace.

Il avait appelé son frère dès que possible, mais son instinct lui soufflait qu'il était trop tard.

— Qu'est-ce qui se passe, bon sang ? demanda Blake, en percevant l'humeur de Logan.

— Je ne sais pas, mais j'ai un très mauvais pressentiment. Grace m'a appelé pour me dire que son père était venu la voir chez moi afin de lui parler. Elle a refusé d'ouvrir la porte. Il lui a raconté que, toute sa vie, sa mère l'avait menacé de faire du mal à leur fille s'il ne lui obéissait pas lui-même. Et qu'enfin, il avait quitté Margaret.

— Et elle l'a cru ? s'exclama Blake, incrédule.

— Oui. Il lui a raconté une histoire sacrément convaincante. Elle a accepté de le rencontrer, mais m'a appelé avant pour que je puisse y aller avec elle.

— Alors, que s'est-il passé ?

— J'ai appelé Grace avant de partir de Denver. J'ai dû m'arrêter chez l'avocat de papa concernant ses dernières volontés. Ce n'était franchement rien d'important, il aurait pu me raconter tout ça au téléphone. Ça n'a été qu'une fichue perte de temps.

— Où es-tu, là ?

— C'est le problème, justement. Un connard m'est rentré dedans alors que je venais juste de quitter la ville.

— Merde, ça va ?

— Oui, mais cet enfoiré s'est barré. Je suis coincé ici pour un moment. Non seulement je dois appeler les flics, mais en plus, ma moto est hors d'usage. J'ai essayé d'appeler Grace pour lui dire de remettre la rencontre avec son père, mais elle ne décroche pas, expliqua-t-il à son frère.

— Ils devaient se rencontrer au bureau ? Tu as appelé Nathan ?

— Oui, mais personne n'a répondu. J'étais censé arriver là-bas il y a vingt minutes, mais je suis toujours occupé par ce merdier.

— Je suis déjà en route, le rassura Blake. Je vais essayer de contacter à nouveau Nathan, et je verrai ce qu'il en est quand j'arriverai. Tu vas pouvoir rentrer chez toi ? Ou veux-tu que je t'envoie Cole ou Felicity ?

— Je vais faire remorquer la moto et louer une voiture.

Je la sens très mal, cette histoire. Tu veux bien m'appeler dès que tu auras retrouvé Grace ?

— Évidemment.

— Bien. J'attends ton appel. Merci, frangin.

— Pas besoin de me remercier. À plus tard.

Blake raccrocha. Logan aussi, puis il fit les cent pas. La dépanneuse devrait arriver d'un instant à l'autre, mais ce ne serait de toute façon jamais assez rapide pour qu'il revienne à temps à Castle Rock.

La voiture qui l'avait heurté était une véritable épave. C'était une voiture à hayon défoncée, avec un papier délavé en guise de vraie plaque d'immatriculation. Logan rentrait tranquillement, l'esprit tourné vers Grace et le futur rendez-vous avec son père, quand l'autre véhicule avait grillé un feu rouge. Il en serait mort s'il n'avait pas réagi aussi vite.

Il devait rendre grâce à son entraînement militaire pour ça. Celui-ci lui avait appris à suivre son instinct, et avant même que son cerveau n'ait pu analyser ce qui se passait, ses muscles l'avaient détourné de la voiture qui arrivait, le faisant heurter le véhicule qu'il doublait. Il avait failli se faire écraser ensuite par la voiture à hayon.

Il s'était cogné la tête assez fort lorsqu'il avait voltigé par-dessus le toit de la Mustang à côté de lui, cependant, grâce au casque et à la veste en cuir, il n'avait pas été gravement blessé. L'homme qui avait grillé le feu avait reculé immédiatement et disparu dans une rue parallèle. Tout s'était déroulé en un clin d'œil, au point que Logan se demandait s'il n'avait pas été volontairement pris pour cible.

Vingt minutes plus tard, son portable sonna, alors que la dépanneuse venait justement de s'arrêter dans un garage pour y déposer sa moto. Il leva un doigt à l'intention du mécanicien qui voulait lui parler, et décrocha.

— Hé, Blake. Tu l'as trouvée ?

— Elle n'est pas là. Elle conduisait ton pick-up ?

— Merde. Oui. Je lui ai dit de faire des tours dans le quartier si elle arrivait en avance, et la dernière fois que j'ai eu de ses nouvelles, elle me laissait un message pour me dire qu'elle quittait l'appartement. Tu es sûr qu'elle n'est pas au bureau ? Nathan est là ?

— Oui, j'en suis sûr. Nathan était à l'intérieur pendant tout ce temps, mais comme il avait ses écouteurs dans les oreilles, il n'a pas entendu sonner le téléphone, et il n'a jamais vu Grace non plus.

Sa tête le martelait, et il aurait eu très envie de frapper quelque chose.

— Les caméras du centre-ville ?

— Oui, on est dessus, répondit Blake, qui y avait visiblement déjà pensé. Si elle est venue ici, on va la trouver. Où en es-tu, toi ?

— Je ne serai pas à Castle Rock au moins une heure, je pense. Il faut que je parle au mécanicien, puis que je convainque quelqu'un de me déposer à l'agence de location la plus proche. Merde, merde, merde. Et ses parents ? Quelqu'un sait où ils se trouvent ?

— On va d'abord visionner les bandes des caméras. S'il le faut, on appellera la police. Sois prudent au volant, Logan. Grace n'a pas besoin que tu sois blessé. Enfin, plus que tu ne l'es déjà.

— À plus tard.

Logan raccrocha, puis s'approcha immédiatement du mécanicien qui étudiait sa moto. À cet instant, Logan n'en avait rien à cirer de ce tas de ferraille, malgré les bons souvenirs de Grace sur la selle derrière lui que ça lui rappelait. Il n'avait qu'un seul désir : rentrer à Castle Rock et la retrouver.

Cinquante-quatre minutes plus tard, il garait la voiture

de location dans le parking d'*Ace Sécurité*. Il n'avait pas eu de nouvelles de Blake depuis son départ de Denver et ne savait pas trop quoi en penser.

Il trottina jusqu'au bureau, où il vit Nathan derrière un ordinateur et Blake penché par-dessus son épaule, tous les deux concentrés sur l'écran.

— Elle était là, lui dit Blake sans le saluer, pour en venir directement au fait. Elle s'est garée pile à l'heure. Malheureusement, la caméra était tournée du côté conducteur.

— Ils l'ont enlevée ? demanda Logan.

— Oui.

— Qui ?

— Son père, déjà. On essaie d'avoir une meilleure image de l'autre personne, expliqua Blake, les dents serrées.

— Margaret ?

— Non, c'était un autre homme, intervint Nathan. La caméra n'a enregistré que quarante-cinq secondes de Grace avant de balayer le reste du parking. On dirait qu'elle n'est pas arrivée très longtemps avant qu'ils ne l'enlèvent, expliqua-t-il à son frère en rejouant la vidéo où l'on voyait Grace se garer.

Logan fixa l'écran de près, essayant de repérer un détail qui permettrait de retrouver la jeune femme. Elle se gara, puis joua avec son téléphone. Son père, hors du cadre, s'approcha du pick-up et frappa à la vitre. Il lui fit signe de sortir. Elle s'exécuta, et ils échangèrent quelques salutations. À travers les vitres du véhicule, Logan remarqua un autre homme qui arrivait derrière Grace et posait un linge sur son visage. Elle s'affala dans les bras de l'homme, et Walter ouvrit la portière arrière du pick-up de Logan. L'autre homme y fourra Grace sans trop de gentillesse. Puis il monta en voiture, la tête toujours baissée, et partit.

— On a d'autres angles ? aboya Logan.

— Non, mais j'ai la vidéo qui va de quinze minutes avant l'arrivée de Grace jusqu'au moment où ce connard part avec elle, expliqua Nathan. Je ne sais pas vraiment d'où sortait l'autre type, car je ne l'ai vu au volant d'aucune voiture. Et là, on voit son père arriver dans le parking, et il est seul dans la voiture.

— Nathan, tu veux bien rester là et chercher d'autres indices ? demanda Logan, l'esprit tournant à plein régime, réfléchissant à la suite.

— Oui, bien sûr.

— J'ai appelé la police, les informa Blake. Grâce à l'ordonnance restrictive que Grace a demandé le mois dernier à l'encontre de ses parents, ils prennent sa disparition bien plus au sérieux qu'en temps normal, néanmoins, ils se montrent prudents. Ils m'ont rappelé que Grace était adulte et qu'elle n'avait disparu que depuis moins d'une heure.

— Tu viens avec moi chez eux ?

— Je ne manquerais ça pour rien au monde.

— Nathan, tiens-nous au courant si tu trouves quoi que ce soit, ordonna Logan.

— Je suis sur le coup.

Et c'était vrai. Il s'était déjà retourné vers l'écran et penché, pour observer de plus près les images granuleuses noir et blanc, comme s'il pouvait y déceler le sens de la vie.

Logan quitta le bâtiment avec Blake, les poings serrés. Il était temps d'affronter à nouveau Mme Mason. Elle ne s'en sortirait pas impunément avec ce qu'elle avait fait à Grace. Il fouillerait cette maison du sol au plafond s'il le fallait. Si Grace y était cachée quelque part, il la trouverait.

* * *

Logan tambourina à la porte des Mason treize minutes plus tard. Blake se tenait à ses côtés.

— Cette femme est un sacré cas, le prévint Logan. Elle joue les dames classe et distinguée, mais sous la surface, c'est une vraie vipère.

— Je couvre tes arrières, frérot.

La porte s'ouvrit sur James, qui incarnait toujours parfaitement son rôle de majordome.

— Monsieur Anderson et monsieur Anderson, leur dit-il en adressant un signe de tête à chacun des hommes furieux sur le perron. Il n'est pas nécessaire de frapper aussi fort à la porte. Je suis navré du temps qu'il m'a fallu pour venir vous ouvrir. Je ne suis plus aussi jeune qu'autrefois.

— Où est Grace ?

— Mlle Grace ? répliqua le majordome, surpris. Elle ne vit pas ici.

— Où. Est. Elle ? répéta Logan sur un ton plus sourd et plus agressif.

— Pas la peine de chercher à intimider mon personnel, Logan, intervint une voix féminine à leur droite.

Logan et Blake tournèrent la tête vers Margaret, qui paraissait calme, détendue et posée.

— Merci, James. Vous pouvez y aller.

— Madame, répliqua le vieux majordome en s'inclinant, avant de disparaître dans un long couloir.

— Entrez, je vous en prie, les invita la mère de Grace avec une pointe de sarcasme. Ne restez pas ainsi sur le pas de la porte, c'est si peu distingué. Nous pourrons parler dans le salon.

Elle indiqua une porte derrière elle.

— Où est Grace ? Et ne nous racontez pas de salade. On sait que vous êtes parfaitement au courant de ce qui lui est arrivé, lança Logan sur un ton péremptoire, sans se diriger vers la pièce mentionnée.

Margaret poussa un soupir de dégoût avant de répondre.

— J'ignore à quoi vous faites référence. Si je ne me trompe pas, c'est *vous* qui avez pénétré illégalement sur ma propriété pour kidnapper ma fille.

— Je ne pense pas que vous vouliez jouer la carte du kidnapping, intervint Blake d'une voix traînante. Vous ne gagnerez pas cette bataille.

— Ceci n'est pas une bataille, jeune homme. Pas du tout. Il faut que vous compreniez que Grace est perdue. Elle n'a jamais été... bien dans sa tête... si vous voyez ce que je veux dire, expliqua Margaret en se tapotant la tempe. Nous avons fait de notre mieux avec elle, mais elle a toujours eu une imagination bien trop fertile. J'ignore quelle histoire elle vous a racontée et fait avaler, mais, croyez-moi, tout est dans sa tête. Son père et moi avons essayé de l'aider... de lui donner un travail merveilleux et de lui obtenir toute l'assistance dont elle avait besoin, mais quand elle ne prend pas ses médicaments...

Sa voix mourut sur ses lèvres.

Logan renifla avec dérision, pas dupe un seul instant.

— Ce sont des conneries. Vous êtes complètement folle. Grace n'a pas inventé une seule des choses qui se sont produites sous votre toit. Vous êtes un tyran, et bien trop habituée à obtenir tout ce que vous voulez. Vous vous êtes mise entre nous une fois, mais ça n'arrivera plus. Je vais vous le demander une dernière fois. Où. Est. Elle ?

Margaret lui sourit d'un air narquois, et sa façade parfaite se fissura légèrement.

— J'ai fait ce qu'il y avait de mieux pour Grace. Elle a toujours été trop bonne pour les gens comme vous, Logan Anderson. Vous devriez me remercier. Quand on sait la vie qu'elle aurait vécue à vos côtés... à déménager tous les deux ans, à vivre sur une horrible base militaire, à se demander, à chaque déploiement, si vous alliez vous faire tuer et elle se retrouver seule...

— Vous ne savez rien de moi ou de la vie que j'aurais pu donner à Grace, rétorqua Logan, les dents serrées.

— Là où je veux en venir, c'est que vous êtes un bon à rien. Comme tous les Anderson. Il était hors de question que j'autorise ma fille à avoir une relation avec vous.

— Qu'est-ce que vous lui avez fait, putain ? lança-t-il, toujours aussi énervé, sa patience désormais envolée.

— J'ignore totalement de quoi vous parlez.

Elle leva le menton, et il comprit qu'il était vain de poser d'autres questions. Il avait très envie d'étrangler cette femme, non seulement pour avoir dit du mal de ses frères, mais aussi parce qu'elle refusait de lui indiquer où se trouvait Grace.

— Nous avons une vidéo montrant votre mari en train de l'enlever, annonça Blake à Margaret. La police est au courant et le cherche. Je suis certain que, quand il comprendra qu'il va finir en prison à servir de buffet aux pervers pour le reste de sa vie, il dira aux autorités tout ce qu'elles ont besoin de savoir... et n'hésitera pas à vous balancer. Surtout si ça lui permet de conclure un marché.

— J'ignore ce que vous pensez avoir vu, mais c'est certainement sorti de son contexte. Tout ce que nous voulons, c'est ce qu'il y a de mieux pour notre fille. Visiblement, vous êtes convaincus que nous la cachons. Vous êtes libres de fouiller ma maison, si vous le désirez. Elle n'est pas ici. Et *vous*, Logan, où étiez-vous au moment où elle s'est paraît-il fait enlever ? N'auriez-vous pas dû être avec elle ? Je ne serais pas surprise d'apprendre qu'elle souhaite rentrer chez elle ensuite, où elle sera en sécurité et auprès de proches qui la protègent des gens comme vous.

Blake posa une main sur le torse de Logan pour l'empêcher de faire quelque chose de stupide.

— Merci, nous acceptons votre gentille proposition et allons fouiller votre maison. Pas la peine de nous montrer le chemin, je suis certain qu'on trouvera tout seuls, l'informa Blake sur un ton excessivement poli.

— Comme vous le souhaitez, répliqua-t-elle en agitant la main, les invitant ainsi à examiner sa demeure.

Son sourire trahissait une jubilation malveillante.

Logan et Blake passèrent les quarante minutes suivantes à explorer la maison des Mason du sol au plafond... sans découvrir le moindre signe de Grace. Ils regardèrent derrière chaque porte, tapèrent sur chaque mur à la recherche d'une pièce cachée, et inspectèrent tous les lits. Grace n'était pas là.

Vaincu, mais déterminé à ne pas donner la moindre satisfaction à Margaret, Logan lui lança :

— La prochaine fois qu'on se verra, ce sera le jour où la police viendra vous arrêter. Nous savons que vous êtes derrière tout ça. N'oubliez pas mes paroles. Vous allez payer pour chaque seconde de souffrance que vous avez fait subir à votre fille toutes ces années.

— Je vous souhaite une bonne journée à vous aussi, répliqua-t-elle, pas le moins du monde intimidée par les mots de Logan. Quand Grace rentrera à la maison, je ne manquerai pas de l'informer que vous êtes passé et que vous avez fait une scène.

Blake le fit sortir de la maison par une poigne serrée autour de son bras. Dès que la porte se referma derrière eux, Logan jura un long moment.

— Merde, Blake. Où est-elle ? Qu'est-ce qu'ils lui ont fait ?

— On va la trouver, Logan. Si ça peut te consoler, je ne pense pas que sa mère veuille lui faire du mal. Elle cherche juste à la contrôler.

— Ça ne me console pas, frangin. Même pas un peu, répliqua Logan sur un ton vaincu.

Ils montèrent dans la Mustang noire de Blake et reprirent rapidement la route.

— Je ne pense pas que l'on puisse croire non plus un seul mot de ce qu'ils ont dit à leur fille, reprit Blake, essayant une nouvelle fois de le rassurer. Je pense qu'ils aboient plus qu'ils ne mordent.

— Et si ce n'est pas le cas ?

— Alors, tu prendras Grace dans tes bras, tu lui diras que tu l'aimes et que tout ira bien, quoi qu'ils lui aient fait.

Logan se tourna vivement vers son frère pour lui lancer un regard fixe.

Blake, remarquant son incrédulité, haussa les épaules.

— Quoi ? Tu aimes Grace Mason depuis tes seize ans. Tu n'as peut-être jamais rien dit, mais je te connais.

Logan ne confirma ni n'infirma la supposition de son frère.

— Je ne peux pas la perdre, dit-il simplement.

— Et tu ne la perdras pas. Nathan va trouver quelque chose d'utile sur ces vidéos qui nous mènera jusqu'à elle. J'ai déjà contacté la police. Cole et Felicity vont faire tout leur possible de leur côté. On va la trouver, car l'inverse est impensable.

Logan ne voulait pas sourire, mais il ne put s'en empêcher. Blake était fermement déterminé à retrouver et à sauver Grace parce que Blake lui-même tenait à elle ce qui ne posait aucun problème à Logan. Plus la jeune femme avait d'alliés, mieux c'était pour elle.

— Mais laisse-moi te dire autre chose, poursuivit Blake sans regarder son frère, puisqu'il conduisait. Tu le sais déjà, mais Margaret Mason, c'est de la mauvaise graine. Du poison. Elle entache tout ce qu'elle approche. Chaque mot qui sort de sa bouche est un mensonge. Je n'arrive pas à croire qu'une fille aussi douce que Grace soit de la même famille qu'elle. C'est un miracle que Grace soit une femme aussi bien vu l'exemple que sa mère lui a fourni.

— On fait quoi, maintenant ? demanda Logan.

Il n'arrêtait pas de penser à ce que Grace subissait en cet instant, et que chaque minute qui s'écoulait était une minute de plus où elle souffrait peut-être.

— On va retourner au bureau et voir si Nathan a découvert quelque chose d'utile sur les vidéos. Puis on ira demander aux flics s'ils ont retrouvé le père de Grace.

Logan se passa la main dans les cheveux et repensa à la dernière fois où il avait vu la jeune femme. Après des ébats matinaux échevelés, ils s'étaient douchés ensemble, puis s'étaient habillés et avaient déjeuné en amoureux.

Juste avant qu'il ne parte pour Denver, Grace riait d'un truc loufoque qu'elle avait vu sur Internet. Jamais il ne s'était senti aussi à l'aise en présence d'une femme auparavant. Dans tous les domaines : qu'ils fassent l'amour, la cuisine, ou qu'ils traînent simplement sur le canapé à ne rien faire.

Leur relation était conforme à ses rêves d'adolescent... et meilleure encore.

Il refusait de perdre Grace maintenant.

— Appuie sur le champignon, Blake. Plus vite cette histoire se termine, mieux ce sera.

24

— Allô ?

— Appel en PCV de Brad. Acceptez-vous les frais ? demanda une voix automatisée.

— Quoi ? Brad ? Oui, bien sûr, j'accepte, répliqua Alexis, perdue.

— Mise en relation, indiqua la voix robotisée.

— Alexis ? demanda Brad.

— Oui, c'est moi. Qu'est-ce qui se passe ? Tu m'appelles d'où ?

— Écoute-moi. J'ai des problèmes. J'ai besoin d'aide.

— Tout ce que tu veux. Où es-tu ?

— Je crois que je suis à l'*Imperial Hotel* à Denver.

— Tu *crois* ? s'écria Alexis, incrédule.

— Oui. Il faut que tu appelles *Ace Sécurité* à Castle Rock de ma part. Dis-leur que Grace a des problèmes et a besoin de leur aide.

— Grace Mason ? Brad, tu me fais peur, là. Après ce désastre au dîner, je croyais qu'on était tous d'accord pour ne plus approcher des Mason.

— Oui, mais les choses ont changé.

— Qu'est-ce qui se passe, Brad ?

— Alexis, *s'il te plaît*. Appelle *Ace Sécurité*. Je vais te donner un numéro, et demande à la personne qui décrochera là-bas de me rappeler dessus.

— Je veux t'aider, dit-elle d'une voix tremblante.

— Non, je ne veux pas que tu sois impliquée là-dedans.

— Mais je *suis* impliquée, puisque tu m'as appelée, protesta Alexis.

— C'est seulement parce que je n'avais pas leur numéro. S'il te plaît, sœurette, la supplia Brad. C'est important. Il faut que tu les contactes tout de suite.

— Est-ce que tu veux que j'appelle papa et maman ?

— Non ! La dernière fois que j'ai parlé à Grace, il y a un mois à peu près, elle m'a dit qu'elle sortait avec l'un des frères Anderson, mais je ne me souviens plus lequel.

— Tu as parlé à Grace ?

— Oui. Elle m'a appelé pour s'assurer que j'allais bien.

— C'était gentil de sa part.

— Je sais. Je ne m'y attendais pas non plus. Elle n'a pas dit grand-chose, excepté qu'elle n'était pas d'accord avec sa mère et qu'elle ne voulait pas m'épouser. Et qu'elle ferait de son mieux pour que ses parents ne m'importunent plus.

— D'accord. Je vais faire ça pour toi. Mais je te jure que si Grace Mason ou n'importe quel membre de sa famille cherche à te faire chier, ils auront affaire à moi.

— Merci. J'apprécie vraiment. Maintenant, prends un papier et note ce numéro. Vite.

— D'accord... Attends... C'est bon, je suis prête.

Brad lui dicta le numéro de l'hôtel et de sa chambre.

— Je peux venir en vingt minutes.

— Non, Alexis, s'il te plaît. Ne viens pas, la supplia-t-il. Je ne te veux pas dans le coin.

— Ça ne me plaît pas du tout.

— Moi non plus, mais je te promets que je suis en sécurité à l'heure actuelle. D'accord ?

— D'accord, souffla Alexis. Mais je veux un rapport complet dès que possible.

— Ça marche. Maintenant, appelle, et insiste jusqu'à parler à un des Anderson.

— Promis. Je t'aime, Brad.

— Je t'aime aussi, sœurette. On se parle plus tard. Merci de faire ça.

— Nous sommes une famille. Je te rappelle très vite.

***

— *Ace Sécurité*, grommela Nathan dans le téléphone.

— Eh bien, il était temps que quelqu'un décroche. Sérieux, ça fait des heures que j'essaie de vous appeler, les gars. Vous êtes l'un des frères Anderson ?

— Oui. Et ceci est une ligne réservée aux urgences, mentit Nathan, agacé par l'attitude de la personne à l'autre bout du fil.

— Sans déconner. Pourquoi j'appelle, à votre avis ? répliqua Alexis, grincheuse. Mon frère, Bradford Grant, m'a téléphoné pour me demander de vous contacter. Il m'a dit de vous dire que Grace Mason avait des problèmes et avait besoin de votre aide. Il m'a filé un numéro où le joindre si vous voulez plus de détails. Il n'a rien voulu me dire de plus.

— Logan ! beugla Nathan sans s'embêter à couvrir le téléphone avec sa main.

— Putain, la vache. Ça fait mal. Prévenez, la prochaine fois, grommela Alexis.

— Je vous mets sur haut-parleur. Répétez ce que vous venez de me dire, ordonna Nathan.

— Je m'appelle Alexis Grant. J'ai reçu un appel de mon

frère, Brad, qui m'a demandé de vous contacter pour vous informer que Grace avait des problèmes. Je ne sais pas du tout ce qui se passe, mais il avait l'air effrayé, ce qui ne lui ressemble pas du tout. Il m'a donné un numéro de téléphone pour que vous le rappeliez.

— Quel est ce numéro ? exigea instantanément Logan.

— Je veux savoir ce qui se passe, dit Alexis d'un ton ferme.

— Si vous ne me filez pas ce numéro tout de suite, je vais...

Les mots de Logan furent soudain interrompus, et des bruits de lutte suivirent.

— Allô ?

— Alexis, c'est ça ?

— Oui.

— Je m'appelle Blake. Et Logan, mon frère, est très inquiet pour sa copine. Grace a disparu en début d'après-midi. Il a eu une journée éprouvante, et le jeu auquel vous jouez ne lui plaît pas beaucoup. Quel est le numéro ? S'il vous plaît ?

— Je suis désolée. Je ne cherche pas à me montrer odieuse, mais je suis inquiète pour Brad. Il avait vraiment l'air bouleversé quand il m'a appelée. Il m'a dit qu'il se trouvait dans la chambre 462 à l'*Imperial Hotel*.

— Merci, dit Logan sur un ton qui paraissait sincère, en inscrivant le numéro qu'elle lui dicta.

— Je ne sais pas ce qui se passe, mais si les Mason sont impliqués, ce n'est pas bon signe. Ils ne sont pas très en haut de la liste des gens que j'aime le plus au monde.

— Oui, on a entendu parler de leur volonté d'obliger Grace et votre frère à se marier, commenta amèrement Logan.

— Oui. Mme Mason a ni plus ni moins menacé de ruiner les affaires de ma famille si Brad n'acceptait pas.

— Comment ?

— Ils ont dit qu'ils laisseraient filtrer que Brad est gay. Ce qui est complètement stupide, puisque tout le monde est déjà au courant... et s'en fiche. Rien que ses croquis parlent pour lui.

— Il est gay ? répéta Logan.

— Oui. Vous ne le saviez pas ? Il a fait son coming-out au lycée.

— Les parents de Grace l'ignoraient peut-être, intervint Nathan.

— S'ils le découvraient, ça gâcherait tous leurs projets, commenta Blake.

— Il faut qu'on découvre ce qu'ils trafiquent, dit Logan.

— Vous deux, vous vous rendez à l'hôtel et appelez Brad sur la route, lança Nathan. Je vais rester ici et voir ce que je peux dénicher sur eux. Je ne suis pas aussi doué que Blake avec les ordinateurs, mais tu peux avoir besoin de lui.

— Hé ! s'immisça Alexis.

— Oh, merde. Oui, merci de nous avoir appelés, lui dit Logan d'une voix pressée. On va aller s'assurer que Brad va bien.

— Attendez, je...

Logan n'attendit pas qu'elle poursuive. Il lui était reconnaissant d'avoir appelé, mais ils devaient se mettre en route. Grace était tout ce qui comptait pour lui, et ils avaient visiblement une piste. Il raccrocha et composa tout de suite un autre numéro. Il aurait voulu se mettre en route tout de suite, comme son frère le leur avait conseillé, mais il devait d'abord s'assurer que Grace était bien à Denver avant de foncer tête baissée.

La tonalité ne retentit qu'une seule fois.

— Allô ?

— Ici Logan Anderson. Vous êtes Bradford ?

— Merci Seigneur. Oui, c'est moi.

— Où êtes-vous ?

— À l'*Imperial Hotel* dans le centre-ville de Denver, chambre 462.

— Grace est avec vous ?

— Oui.

Logan couvrit le combiné et s'adressa à ses frères.

— Bradford dit qu'elle est à l'hôtel avec lui. Tiens-nous informés de ce que tu trouveras, Nate. On y va.

Une fois que son frère eut confirmé d'un hochement de tête, Logan et Blake se rendirent à leur voiture.

— Qu'est-ce qui se passe ? Elle va bien ? Est-ce que je peux lui parler ?

— Elle semble aller" bien.

— Qu'est-ce que ça veut dire, putain ? grogna Logan.

— Elle est endormie, ou inconsciente. Et j'aimerais autant qu'elle le reste jusqu'à ce que vous arriviez.

Blake démarra la voiture, et Logan mit le portable sur haut-parleur pour que son frère puisse écouter.

— Expliquez-vous.

— D'abord, je veux que vous sachiez que je n'ai rien à voir avec tout ça. Je suis venu à l'hôtel pour rencontrer un client, mais ça s'est avéré être un piège. Dès que je suis arrivé dans la chambre pour le rendez-vous, on m'a violemment tiré à l'intérieur et frappé au visage. Puis on m'a attrapé par-derrière et enfoncé une aiguille dans le bras. Je ne me souviens de rien d'autre après ça.

— Quel est le rapport avec Grace ? demanda Logan, impatient.

— Ça ne fait pas longtemps que je suis réveillé. J'ai l'impression d'avoir du coton dans la bouche et j'ai un énorme mal de tête. Quand j'ai ouvert les yeux, j'allais sortir du lit quand je me suis rendu compte qu'il y avait quelqu'un à mes côtés. Quand j'ai compris que c'était Grace, j'étais horrifié.

— Merde, elle va bien ? Putain, laissez-moi lui parler !

— Comme je vous l'ai dit, elle est inconsciente, mais elle respire normalement, d'après moi, répondit rapidement Blake pour le rassurer. Mais merde, mec, on est nus tous les deux.

— Bande d'enfoirés. Dès que j'aurai mis la main sur ses parents, ils prieront pour que je les tue, commenta Logan d'une voix empreinte d'une fureur qu'il retenait à peine.

— Je l'ai recouverte, lui promit Blake. J'ai bu une tonne d'eau et pris une douche pour essayer de faire disparaître les effets de la drogue. Tous ses vêtements sont là aussi. Je les lui donnerai dès qu'elle se réveillera, et je lui ferai boire beaucoup d'eau. On m'a pris mon portable et mon portefeuille, et les siens aussi, je pense, puisque je ne les ai trouvés nulle part. Mais... il y a autre chose...

Sa voix mourut sur ses lèvres, comme s'il n'avait pas envie de poursuivre.

— Quoi d'autre ? aboya Logan.

— Il y avait une enveloppe sur la commode. Posée contre le miroir, où je ne pouvais pas la manquer.

— Qu'y avait-il dedans ? intervint Blake pour essayer de faire avancer l'histoire.

Il devait sentir que son frère allait bientôt perdre les pédales.

— Des photos.

— Merde, jura Blake. Compromettantes ?

— Très. J'étais complètement shooté, je vous le rappelle. Je ne me souviens de rien. Ils ont dû me donner un truc bien costaud. Ils n'auraient jamais pu me faire poser de la sorte sans que j'aie conscience de ce qu'ils faisaient, sinon.

— Seigneur, souffla Logan.

— Un autre homme s'est joint à nous à un moment donné, et la mise en scène donne l'impression que nous sommes un trio tout à fait consentant et non qu'il y a deux victimes inconscientes dans le lit. Je ne sais pas si elles sont toutes là ou non. Mais ce que je peux dire, c'est que si elles fuitent, nos deux réputations seront ruinées. Ce qui est l'objectif, j'imagine.

— Gare-toi, lança tout à coup Logan à son frère.

Sans hésiter, Blake s'exécuta.

— Tout va bien ? demanda Brad à l'autre bout du fil, incapable de voir ce qui se passait.

Blake regarda son frère ouvrir la portière, s'écarter de deux pas puis vomir sur le bord de l'autoroute.

— Non, répondit-il à Brad. Tout ne va pas bien. Dépêchez-vous de répondre avant que mon frère ne remonte en voiture. Pensez-vous que Grace ait été violée ?

— Je ne sais pas. Dès que j'ai compris qu'elle ne portait rien, je l'ai mise sous les couvertures pour la protéger et je suis allé me rhabiller dans la salle de bains.

— Vous êtes avec elle, n'est-ce pas ?

— Oui.

— Ne la quittez pas d'une semelle.

— Je ne l'envisageais pas, répliqua Brad. J'attendais votre appel. J'ai verrouillé la porte. Je continuerai à veiller sur elle jusqu'à votre arrivée. C'est pour ça que j'ai demandé à Alexis de vous contacter.

Logan s'essuya la bouche d'un revers de la main et remonta en voiture. Il fit signe à son frère de reprendre la route. Imaginer Grace inconsciente, se faire manipuler et photographier sans connaissance et sans sa permission...

sans compter le troisième homme impliqué... le dégoûtait plus que tout. Ce n'était évidemment pas la jeune femme elle-même qui le dégoûtait, mais ce qui lui était potentiellement arrivé.

— On sera là dans trente minutes environ. Vingt si on ne se fait pas arrêter.

— Merci de nous avoir appelés. On arrive le plus vite possible. Prenez soin de ma copine, le supplia Logan.

— Promis.

Il raccrocha et se tourna vers son frère. Pour la première fois depuis qu'il en avait terminé avec l'armée, il se sentait vraiment comme le fils de Rose Anderson. Il avait des envies de meurtre et de torture. Finalement, il ressemblait peut-être plus à sa mère qu'il ne le croyait.

— Ne fais pas ça, le prévint Blake.

— Pas quoi ?

— N'y pense même pas. Si tu perds les pédales et fais quoi que ce soit à l'un de ses parents ou à toute personne présente dans cette pièce, alors Grace te perdra pour la seconde fois de sa vie. Elle a besoin de toi. Reprends-toi.

— Ils l'ont touchée, Blake, rétorqua Logan d'une voix dure et glaciale.

— Oui, mais elle est vivante, et tu pourras bientôt la prendre dans tes bras. Ils auraient pu la tuer et cacher son corps dans les montagnes, où tu ne l'aurais jamais retrouvée. Tu le sais aussi bien que moi. Ça ne s'est pas passé comme on le souhaitait, mais c'est toujours mieux que l'alternative. Alors, tiens bon.

Logan hocha brièvement la tête. Blake avait raison. C'était nul, mais il avait raison. Les sept heures écoulées comptaient parmi les pires de sa vie. Pire encore que les mois où il avait attendu des nouvelles de Grace, après son enrôlement. Il ne devait pas perdre de vue le fait qu'il savait désormais où se trouvait la jeune femme, qu'elle était en vie et respirait normalement. Ils géreraient le reste plus tard.

— Tu crois qu'ils vont essayer de faire du chantage aux Grant avec les photos ? demanda Logan, qui essayait de comprendre ce que Margaret et Walter prévoyaient de faire, et comment ils comptaient s'en sortir.

— Oui. Si Brad a dit que les photos étaient compromettantes, alors elles doivent vraiment l'être.

— Il faut qu'on les mette définitivement hors d'état de nuire.

— Tout à fait d'accord.

— Tu as des idées ?

— Quelques-unes.

— Tu veux m'en faire part ? lui demanda Logan.

Parfois, quand il parlait avec son frère, il avait l'impression d'être un dentiste lui arrachant non pas une dent, mais les mots de la bouche. Blake avait toujours été comme ça, même enfant.

— Je me disais que si le chantage était leur manière d'obtenir ce qu'ils voulaient, ce ne devait pas être la première fois qu'ils en faisaient.

Logan aperçut l'étincelle dans le regard de son frère.

— Je serais prêt à parier tout ce qu'on possède qu'il y a d'autres victimes quelque part.

— Il faut qu'on les retrouve.

— Oui.

— Tu penses que Nathan peut s'en charger ?

— Oh que oui ! Je pense qu'une fois qu'on aura retrouvé Grace et qu'on l'aura ramenée chez nous, une visite chez les Mason s'imposera. Il faut qu'on parle aux serviteurs. Et à d'anciens employés du cabinet d'architecte. On les aura, Logan. Je te le promets. On les fera plonger, comme ils ont essayé de le faire avec Grace et les Grant. Leurs jours comme maître chanteur sont comptés.

— J'espère bien. Je ne veux pas que ça pende au nez de Grace toute sa vie. Jamais je n'ai autant souhaité la mort de quelqu'un que je ne souhaite voir disparaître les parents de Grace de la surface de la Terre. Même pas celle de maman. C'est dire.

Blake confirma d'un hochement de la tête.

— On va déterrer tous leurs secrets. Je te le jure sur la tombe de papa, Logan. On va tout trouver.

— Bien. Et maintenant, si on découvrait à quelle vitesse ce tas de ferraille peut nous conduire à Denver ?

Logan ne dit plus un mot alors que la voiture filait vers le nord. Il ne pensait qu'à Grace et à son besoin de s'assurer qu'elle allait bien.

25

Dès que Brad ouvrit la porte de la chambre 462, Logan y entra en trombe.

— Dieu merci, vous voilà ! Elle commence à reprendre ses esprits, l'informa Brad tandis qu'il le dépassait.

À voir Grace vulnérable et groggy sur ce lit d'hôtel, Logan eut deux réactions : il soupira de soulagement, et serra les dents, furieux. Il s'approcha d'elle pour la prendre dans ses bras.

— Coucou. Je te tiens. Tu vas bien, Grace.

— Logan ?

— Oui, Futée. C'est moi.

— Où sommes-nous ? Ma tête me fait un mal de chien.

— C'est une longue histoire. Détends-toi, je suis là, tu es en sécurité.

— Est-ce que je peux avoir un verre d'eau ?

— Moi aussi je mourais de soif quand je me suis réveillé. Tenez, intervint Brad en leur tendant un gobelet en plastique rempli d'eau.

Logan ne jeta même pas un coup d'œil à l'autre homme. Toute son attention était focalisée sur Grace. Elle avait le visage pâle et plissait les yeux comme si la lumière augmentait son mal de tête, mais elle le reconnaissait et semblait aller bien. Cela lui suffisait pour le moment. Il prit le gobelet des mains de Brad et le porta aux lèvres de Grace.

— Tiens. Ne bois pas trop vite.

Ignorant son avertissement, elle engloutit l'eau comme si elle n'avait rien bu depuis des jours, et non des heures seulement.

— Encore, demanda-t-elle en lui tendant le gobelet.

Un gloussement féminin leur parvint depuis la porte, et les trois hommes pivotèrent, prêts à en découdre.

— Je n'avais jamais vu Grace Mason faire preuve d'aussi peu de manières, commenta Alexis d'une voix traînante. Ça me plaît. Elle ressemble plus à une humaine et moins à un robot, comme ça.

— Qu'est-ce que tu fais ici, Alexis ? demanda Brad à sa petite sœur.

— Je m'inquiétais pour toi, répliqua-t-elle, les mains sur les hanches. Tu n'as rien voulu me dire, et ces types-là, non plus. Alors, j'ai décidé d'aller constater par moi-même si tu allais bien. Pardon de me soucier de toi.

— Merde. Entrez et baissez d'un ton, ordonna Blake en attrapant la femme mince par le bras pour la faire pénétrer dans la pièce. Vous arrivez d'où ?

— J'attendais au coin de l'hôtel. Quand je vous ai entendus arriver, je me suis glissée en douce derrière vous. Vous étiez trop inquiets pour Grace pour faire attention à la porte. Vous devriez veiller à ne pas répéter cette erreur.

— Ah, merde. Blake, j'ai oublié de te demander tout à l'heure de contacter Alexis pour voir ce qu'elle pouvait nous apprendre. Manifestement, tu as perdu la main, ajouta Logan en souriant, trouvant enfin quelque chose d'amusant dans cette trop longue journée. Une femme de 1 m 50 à peine a eu le dessus sur toi et t'a devancé.

— Va te faire voir, rétorqua Blake sans en penser un mot.

— Oui, allez vous faire voir, répéta Alexis, qui, les mains sur les hanches et le regard noir rivé à Blake, avait l'air particulièrement énervée. Pour votre information, je fais des études pour devenir détective privé. En matière d'approche furtive, je peux rivaliser avec les meilleurs.

Blake leva les yeux au ciel.

— Épargnez-moi vos grands airs, future dure à cuir.

— Tenez, un nouveau verre d'eau, dit Brad à Logan, interrompant la prise de bec entre Blake et sa sœur pour leur tendre le gobelet rempli.

Logan le donna à Grace, qu'il aida à se redresser sur le lit, s'assurant qu'elle soit toujours couverte par le drap dans la manœuvre. Elle le siffla une nouvelle fois très vite, puis rota bruyamment après avoir fini.

— Oh, excusez-moi.

Alexis gloussa face à ce bruit si peu distingué émis par la jeune femme, mais elle se calma en constatant que personne ne se joignait à elle.

— Tu te sens mieux ? demanda Logan à Grace.

Celle-ci hocha la tête et referma les yeux, s'appuyant contre le torse de Logan comme s'ils étaient dans leur lit, chez eux.

— Grace, il faut que tu te réveilles. J'ai des questions à te poser.

— Hum.

— Grace ! s'écria sèchement Logan.

— Quoi ?

— Tu es où, là ?

— Hein ?

Elle ouvrit les yeux et regarda autour d'elle.

Il vit l'instant où elle comprit qu'ils n'étaient pas chez lui. Elle se raidit et demanda :

— Qu'est-ce que ton frère fait ici ? Et Brad ?

— Je suis là aussi ! s'immisça Alexis depuis la porte.

Grace regarda Logan.

— Que se passe-t-il ?

— De quoi est-ce que tu te souviens ?

— De rien, vraiment...

Elle s'interrompit tout à coup, les yeux écarquillés.

— Mon père ! J'étais allée le retrouver. Tu n'étais pas encore arrivé, mais je t'attendais. Il a frappé à ma vitre. Je suis sortie et... c'est tout.

Plus elle s'exprimait, plus elle gagnait en cohérence.

— Je me souviens de son sourire. Il a menti sur toute la ligne, n'est-ce pas ?

— On dirait, oui, confirma Logan d'une voix compatissante.

— Où sommes-nous ?

— À l'*Imperial Hotel* de Denver.

— Pourquoi est-ce que Brad et Alexis sont ici ?

— Regarde-moi, Grace, l'encouragea Logan en posant une main de chaque côté de sa tête et en lui soulevant le menton pour qu'elle n'ait d'autre choix que de s'exécuter. Est-ce que tu te sens bien ? As-tu mal quelque part ?

Ce qu'il appréciait chez Grace, c'était qu'elle était une femme réfléchie. Elle pensait toujours avant d'agir ou de parler. Elle le fit à l'instant présent. Logan l'observa fléchir les jambes, se tortiller, bouger les bras.

— Non, je vais bien.

— Tu es sûre ? Attends, laisse-moi t'aider à te lever.

Logan se concentra sur les trois autres personnes présentes dans la pièce.

— Tournez-vous.

Ils obéirent sans protester.

Grace sortit du lit et se redressa, réalisant alors qu'elle ne portait rien.

— Pourquoi est-ce que je suis nue ? murmura-t-elle, alors que la panique commençait à se lire sur son visage. Logan ?

— Dans un instant. Dis-moi. Penses-y vraiment. As-tu mal quelque part ?

Cette fois-ci, elle secoua rapidement la tête.

— Non. Je me sens juste raide et ma tête me fait très mal, mais à part ça, non. Qu'est-ce que tu ne me dis pas ?

— Viens, laisse-moi t'aider à t'habiller.

Il alla récupérer les vêtements que Brad avait pliés et posés sur une chaise. Il soutint Grace quand elle se rendit d'un pas lourd à la salle de bains, le drap fermement serré autour d'elle.

— On revient tout de suite, lança-t-il aux autres avant de fermer la porte de la pièce, puis d'allumer le chauffage soufflant afin d'avoir un peu d'intimité.

Il positionna Grace le dos au miroir mural.

— Laisse-moi regarder, Grace. Laisse-moi t'enlever ce drap.

Elle s'agrippa à sa couverture de fortune quelques instants, sans quitter Logan des yeux. Finalement, elle laissa tomber le drap au sol et leva les bras sur le côté. Ses yeux se remplirent de larmes, néanmoins, elle resta immobile et se laissa examiner.

Il lui posa les mains sur la taille, puis sur les hanches. Grace ne fit aucune grimace ni ne s'écarta de lui. Elle avait quelques marques rouges sur les seins et le ventre, mais rien qui n'indiquerait qu'elle ait été violentée.

— Tourne-toi, ma chérie.

Elle s'exécuta sans un mot, et le regarda faire dans le

miroir.

Sa peau était douce et pâle, et ne portait que quelques bleus légers supplémentaires sur les hanches et à l'arrière des cuisses. Il s'agenouilla et fit pivoter Grace. Puis il leva les yeux.

— Tu es d'accord ?

Prouvant une nouvelle fois qu'elle avait l'esprit vif, Grace demanda tout bas en se mordillant la lèvre :

— Est-ce que j'ai été violée ?

Logan secoua rapidement la tête.

— Je ne pense pas. D'autant plus que tu n'as pas mal dans cette zone. Nous irons voir un médecin pour nous en assurer vraiment, par contre.

Logan se redressa et lui prit les mains.

— Que m'est-il arrivé ? demanda-t-elle d'une voix tremblante.

— Tiens, habille-toi, puis on sortira d'ici et on en parlera avec les autres.

— Tu me fais peur, Logan.

Incapable de se retenir plus longtemps, il la prit dans ses bras. Il l'enlaça pour la serrer contre lui, se balançant d'avant en arrière, et sentit les battements de son cœur ralentir pour la première fois depuis qu'il avait appris sa disparition. Elle était vivante et relativement indemne, et dans ses bras. C'était tout ce qui importait pour l'instant. Il lui caressa le dos à deux mains, lui murmurant à l'oreille combien il l'aimait.

Elle frémit encore quelques minutes, mais finit par se détendre dans son étreinte. Enfin, elle recula.

— Je vais bien.

— Je t'aime, Grace. Je n'ai jamais eu aussi peur de ma vie que quand j'ai appris que tu avais disparu. Tu es ce que j'ai de plus cher au monde. Je déteste le fait que nous ayons perdu autant d'années, mais à partir de cet instant, je vais me faire pardonner chacune de ces années.

— Logan, je...

Il lui posa un doigt sur les lèvres.

— Pas maintenant. Garde ça en tête. On a encore beaucoup de choses à discuter, et il faut qu'on règle cette histoire avec tes parents. Mais quoi qu'il se passe, souviens-toi que je t'aime. Je pense que je t'ai toujours aimée.

Il se pencha pour l'embrasser sur le front, puis attrapa sa culotte sur le meuble du lavabo. Il la positionna et aida Grace à l'enfiler, la remontant jusqu'à ses hanches. Puis il attrapa son jean et l'aida à le mettre une jambe après l'autre. Elle enfila ensuite les bretelles du soutien-gorge, et il la fit pivoter pour le lui attacher. Enfin, il lui tendit son chemisier.

Elle n'avait pas besoin d'aide pour s'habiller. Elle s'en chargeait très bien toute seule depuis vingt-cinq ans environ, mais Logan avait besoin de ces instants avec elle, et elle avait besoin qu'on s'occupe d'elle. Il était impossible de savoir ce que les hommes mystérieux lui avaient fait ou auraient pu lui faire, pendant qu'elle était sous l'effet des drogues qui leur avaient été administrées à Brad et elle.

Ils retournèrent dans la chambre où les attendaient Blake, Brad et Alexis. Logan se fichait complètement qu'il leur ait sans doute fallu plus de temps que nécessaire. Grace avait eu besoin de temps, et lui, de lui dire ce qu'il ressentait pour elle.

Il la fit asseoir sur le bord du lit et s'installa à ses côtés.

— J'ai regardé les photos, Logan, l'informa Blake. Brad avait raison. Elles sont compromettantes.

— Les photos ? répéta Grace, la tête penchée. Oh, merde.

Logan soupira et lui prit les mains.

— Oui. Apparemment, le plan de tes parents consistait à

faire du chantage aux Grant pour forcer Brad à t'épouser. Ils vous ont drogués tous les deux et ont pris des photos compromettantes.

— Quoi ? Chaque fois que je me dis qu'ils ne peuvent pas tomber plus bas, ils me surprennent, commenta Grace, incrédule. Brad ? Tu te sens bien ?

— Oui. Je me suis réveillé avant toi, sans doute parce que je pèse plus lourd que toi et que l'effet de la drogue s'est donc estompé plus vite. J'étais... hum... nu moi aussi. Il y avait une enveloppe sur la commode, avec les photos à l'intérieur. J'ai appelé Alexis, qui a contacté Logan et son frère.

L'attention de Grace se fixa sur l'enveloppe dans la main de Blake. Elle pinça les lèvres de nervosité.

— Je veux les voir, dit-elle enfin d'une voix ferme.

— Je ne crois pas que...

Grace coupa Logan sans ménagement.

— Est-ce que tu te souviens de quoi que ce soit ? demanda-t-elle à Brad.

Il secoua la tête.

— Non. J'étais aussi shooté que toi.

— Donne-les-moi, ordonna-t-elle, la main tendue, impatiente.

Blake se tourna vers son frère, comme s'il lui demandait la permission.

— Ne le regarde pas *lui*. Elles sont de Brad et moi. Je n'ai besoin de la permission de personne pour voir des photos de moi-même, fulmina Grace.

Ses paroles auraient sans doute eu plus de poids si elle n'avait pas tremblé comme une feuille et que sa main tendue n'avait pas frémi.

Logan hocha la tête à l'intention de son frère, et Blake tendit l'enveloppe à Grace. Logan ne la quitta pas des yeux, et ses mains restèrent en contact avec la jeune femme, à laquelle il aurait voulu épargner cette épreuve, tout en sachant qu'il n'y pouvait rien. Il fut une nouvelle fois très fier d'elle. Elle aurait pu sans peine laisser ses frères et lui arranger la situation, mais elle refusait. Il savait qu'elle ne se considérait pas comme une femme forte, et que le fait de s'être laissé manipuler par ses parents pendant des années dans l'espoir désespéré d'obtenir leur affection signifiait qu'elle était faible. Pourtant, le fait qu'elle soit la même personne magnifique à l'intérieur comme à l'extérieur prouvait sa force.

Elle sortit les photos de l'enveloppe et haleta vivement sous le choc lorsqu'elle découvrit la première. Elle l'aurait fait tomber si Logan n'avait pas posé une main sur les siennes pour les stabiliser.

Les doigts de Grace tremblaient tandis qu'elle étudiait toutes les photos de Brad et elle, toutes incroyablement explicites et écœurantes. Quelques-unes incluaient un homme qu'elle n'avait jamais vu, donnant l'impression d'un ménage à trois. Elle ferma les yeux et inspira profondément pour essayer de se reprendre.

Logan lui enleva les images des mains, surpris qu'elle se laisse faire. Grace se tourna vers Brad et le prit dans ses bras.

— Je suis vraiment désolée, s'exclama-t-elle. Seigneur. Mes parents sont de vrais enfoirés. Je suis désolée.

L'autre homme, d'abord stupéfait, l'enlaça très vite.

— Tout va bien, Grace.

— Tout ne va pas bien, non.

Elle pivota vers Logan.

— Qu'est-ce qu'on va faire à propos de ça ? Sérieusement. M'attacher et essayer de me forcer à faire un bébé qu'ils pourront me voler et élever pour en faire un enfoiré, c'est une chose. Mais impliquer d'autres personnes dans leur monde perverti, c'en est une autre.

— Calme-toi, Grace, répliqua Logan d'un ton égal.

— Tu veux que je me calme ? Tu as vu ces photos ! Comment oses-tu me dire de me calmer ? Mes parents cherchent à mettre Brad et sa famille dans l'embarras. Donc non, tout ne va pas bien du tout.

— Grace...

— Non ! Je suis sérieuse. Comment allons-nous les arrêter ? Est-ce que je vais réussir un jour à me libérer d'eux ? Vais-je devoir surveiller mes arrières toute ma vie en m'inquiétant de ce qu'ils me réservent ? Et Brad aussi ?

— Grace, regarde-moi.

Logan alla se placer devant la jeune femme et posa ses mains sur ses épaules, attendant jusqu'à ce qu'elle veuille bien croiser son regard.

— Ils ne s'en sortiront pas comme ça. Leur plan s'est déroulé sans accroc. Ce qui veut dire que ce n'est pas la première fois qu'ils font du chantage pour obtenir ce qu'ils souhaitent.

Il voyait les rouages commencer à tourner dans la tête de Grace. Il poursuivit.

— Peut-être au travail ou l'un des serviteurs.

Grace ferma les yeux et se massa les tempes.

— Oui, je pourrais vous donner quelques noms de personnes à qui parler.

— Plus tard, répliqua Logan d'un ton ferme. Je veux t'emmener à l'hôpital, puis à la maison.

— J'ai peur d'y retourner, avoua-t-elle à voix basse, en le suppliant du regard. Je sais que c'est chez toi, mais ils pourraient revenir m'y trouver.

— Vous pouvez rester chez moi à Denver, proposa instantanément Alexis. Je peux aller chez mes parents et leur parler, avec Brad. Personne n'aura l'idée de te chercher chez moi.

— Grace ? demanda Logan. C'est toi qui choisis. On fera ce qu'il faut pour que tu te sentes à l'aise.

Elle hocha la tête et se mordit la lèvre en réfléchissant à ses options.

— D'accord, merci, Alexis. Je... Je sais que tu penses très certainement que je suis une garce, et que ta proposition va bien au-delà de ce qu'on peut attendre de toi, mais j'apprécie vraiment.

— Ce n'est pas comme ça que je te vois. Je ne te connais pas très bien, répondit Alexis, mais ce dîner horrible l'autre jour a bien contribué à atténuer toute animosité que je pouvais ressentir envers toi.

Les deux femmes se sourirent.

Logan se tourna vers son frère.

— Blake, je vous appelle demain, Nathan et toi. Je pense que j'irai faire un tour chez les Grant pour leur parler, voir avec eux si on peut trouver une stratégie pour déjouer les plans des Mason. Il faudra préparer une déclaration, aussi, si les parents de Grace publient les photos avant d'expliquer leurs stupides exigences aux Grant.

— Grace ? Ça va ? lança tout à coup Blake, à la grande surprise de Logan.

L'intéressée cilla, comme si elle se demandait pourquoi il lui posait la question.

— Oui, ça va.

Il vint la serrer contre lui.

— Content de le savoir. Tu nous as fait très peur. Tu comptes beaucoup pour mon frère. Ne le lâche pas, d'accord ?

— Pas la peine de me le dire. Je n'en avais pas l'intention, le rassura Grace.

— Bien.

— Brad ? Tu as besoin d'un chauffeur ? demanda Alexis.

— Non. Ma voiture doit toujours être quelque part, répondit-il en haussant les épaules. Ils m'ont pris mon téléphone, mais mes clés étaient encore dans la poche de mon pantalon.

— Et vous, Blake ? Vous aurez besoin d'aide pour retourner à Castle Rock, si vous prêtez votre véhicule à Logan, lui dit Alexis.

— Mince. Je n'y avais pas pensé. Vous pourriez faire le trajet avec votre frère et me laisser emprunter votre voiture, répliqua Blake, un sourire plein d'espoir aux lèvres.

La jeune femme éclata de rire.

— Oui, c'est ça. Personne n'a le droit de conduire ma Mercedes à part moi. Je peux vous ramener... mais il est tard... et je dois parler à mes parents avec Brad. Vous pouvez venir aussi. Vous connaissez un endroit où je peux dormir, à Castle Rock ?

Le frère de Logan détailla la jeune femme du regard.

— Quel âge avez-vous ?

— Quoi ? Vous craignez que je ne sois trop jeune pour vous ?

— On vous donne quinze ans.

— Allez vous faire mettre. J'en ai vingt-cinq. Largement assez âgée pour vous, vieil homme. Vous avez une idée où je peux dormir, alors ?

— J'ai une chambre d'amis, répliqua Blake à contrecœur.

— Cool. Dans ce cas, je peux venir et vous aider, votre autre frère et vous, à comprendre ce qui se passe et ce qu'on va pouvoir faire.

— Pourquoi ? rétorqua Blake sèchement.

La jeune femme posa les mains sur ses hanches.

— Parce que. C'est mon frère ; c'est la réputation de ma famille qui est en jeu ; et je peux aider.

— Vous ? J'en doute.

Logan fit la grimace intérieurement. Même *lui* savait qu'il ne fallait pas titiller une femme comme son frère venait de le faire.

Alexis plissa les yeux, et ses narines s'évasèrent, trahissant son agacement.

— On va y aller, nous. Alexis, ajouta-t-il, interrompant la jeune femme qui s'apprêtait à s'en prendre à son frère. Pouvez-vous me donner votre adresse afin que je la rentre dans mon téléphone ? Et y a-t-il autre chose à savoir sur votre logement ? Des agents de sécurité auxquels il faut nous présenter ? Des alarmes ? N'importe quoi d'autre ?

Soulagé d'avoir détourné son attention, Logan écouta Alexis lui donner toutes les indications pour rejoindre son appartement ainsi que ses clés et les codes de l'alarme. Elle ajouta qu'elle appellerait le concierge pour l'informer que Logan et Grace arrivaient et qu'ils resteraient là-bas aussi longtemps qu'ils le voudraient.

Sans tenir compte de la « discussion » qui reprenait entre Alexis et Blake alors qu'ils s'en allaient, Logan et Grace quittèrent la chambre et s'avancèrent vers les ascenseurs main dans la main.

Grace s'arrêta devant les portes et mit un bras autour de sa taille pour se blottir contre lui. Sans échanger un mot, ils entrèrent dans la cabine quand les portes s'ouvrirent, puis ils débouchèrent dans le hall, enlacés. Ils étaient toujours aussi silencieux quand ils rejoignirent la voiture de Blake et sortirent dans la nuit calme.

Leur passage aux urgences fut étonnamment rapide. Pour une fois, il y avait peu de personnes attendant d'être auscultées, et quand l'infirmière responsable apprit que Grace avait peut-être été violée, elle lui trouva très vite une salle d'examen privée.

Pour le plus grand soulagement de Logan – et celui de Grace d'après ses poings qui se desserrèrent –, ce fut une femme médecin qui arriva peu après le départ de l'infirmière. Grace lui fit un résumé de la situation. Le médecin lui prit un échantillon de sang pour y chercher ultérieurement des traces de maladies sexuellement transmissibles et pour essayer de déterminer la drogue exacte employée avec Brad et Grace. Elle exécuta ensuite un rapide examen, y compris un prélèvement pour détecter la moindre trace ADN éventuellement laissée derrière, si Grace avait été violée. À la fin de l'examen, le docteur informa Grace que, d'après son expérience professionnelle, elle ne pensait pas que la jeune femme avait subi de viol, néanmoins, dans la mesure où elle était restée inconsciente pendant l'agression, l'absence de dommages physiques ne voulait peut-être rien dire.

Grace hocha la tête et la remercia, visiblement mécontente des conclusions de la consultation. Quelques larmes coulèrent de ses yeux. Logan, qui s'était tenu à ses côtés pendant toute la durée de l'examen, essuya tendrement ses larmes avant de la serrer contre son cœur, essayant de lui montrer, par ses actes, combien il l'aimait.

Ils quittèrent l'hôpital une heure après leur arrivée, aussi soulagés l'un que l'autre que ce soit terminé. Ils n'avaient guère échangé plus de quelques mots pendant l'examen, et pas plus quand ils saluèrent en silence le concierge et se rendirent à l'appartement d'Alexis. Logan ne rompit le silence que lorsqu'ils furent à l'intérieur du logement, la porte soigneusement refermée derrière eux.

— Tu veux prendre une douche ?

— Oh bon Dieu, oui, souffla Grace.

— Toute seule ? Ou est-ce que je peux me joindre à toi, si ça ne te dérange pas ?

— Avec toi. S'il te plaît.

Ce ne fut pas un instant érotique, plutôt cathartique. Même si Logan appréciait toujours autant le corps de Grace, tout ce qu'il souhaitait, c'était prendre soin d'elle. Lui montrer combien elle comptait pour lui. Comme il était reconnaissant qu'elle soit saine et sauve. Il la savonna et frotta en profondeur, mais avec délicatesse. Une fois convaincu qu'elle était parfaitement propre de la tête aux pieds, Logan coupa l'eau et essuya Grace.

Il lui enfila le tee-shirt qu'il avait porté toute la journée, désireux de la voir accoutrée de son attirail nocturne habituel. Il sourit en voyant le grand vêtement l'engloutir à moitié. Il remit simplement son boxer, et se rendit dans la chambre d'amis avec elle.

Après tout ce qui s'était passé, ou peut-être à cause des événements justement, Logan se sentait plus proche de Grace que jamais. Elle avait vécu l'enfer, mais s'en était sorti, et elle n'avait pas reculé devant le besoin de Logan de la garder près de lui, de la toucher, afin de se rassurer sur le fait qu'elle allait vraiment bien. Elle se glissa sous les draps et l'attendit. Il s'allongea sur le dos et soupira de contentement quand elle vint se blottir contre son flanc et passa un bras et une jambe autour de lui pour être le plus près possible de lui.

— Es-tu... fâché pour les photos ? demanda-t-elle au bout d'un moment, d'une voix douce.

— Oui, mais sans doute pas pour les raisons que tu crois.

Elle leva la tête et l'observa, attendant des précisions.

— Je suis fâché parce qu'ils t'ont violée. Peut-être pas physiquement, mais ils t'ont retiré tout libre arbitre. Ils t'ont touchée sans que tu le saches ni que tu leur aies donné la permission.

— Est-ce que tu crois qu'on trouvera quelque chose sur

mes parents qui les arrêtera ? Qui leur fera oublier mon existence et poursuivre leur vie ?

— Oui, répondit-il immédiatement et en toute sincérité. Absolument. Les faire tomber est devenu une mission personnelle pour mes frères et moi. On va s'assurer qu'ils ne te fassent plus jamais de mal, Grace.

Elle se rallongea contre son épaule.

— Je t'aime. J'ai l'impression de t'avoir toujours aimé. Parfois, j'ai peur que tu en aies marre que mes parents cherchent sans cesse à se mettre entre nous et que tu décides que ça n'en vaut pas la peine.

— Ça n'arrivera pas, Grace. Je sais que Margaret et Walter ne sont pas franchement des gens géniaux.

— Si c'est trop pour toi…

— Jamais. Grace, nous nous aimons. Point. Je t'aime *toi*, pas tes parents. On va s'occuper de ce problème, puis vivre notre vie. Compris ?

Il la sentit sourire contre sa peau. Il se donnait pour mission de toujours la faire rire, pour le restant de ses jours.

— Compris. Oui, monsieur. Bien, monsieur.

— C'est mieux. Dors, maintenant. J'ai l'impression qu'on ne va pas chômer dans les jours à venir.

— Je t'aime.

— Je t'aime aussi, Grace. Allez, dors.

Logan resta éveillé bien longtemps après que Grace eut sombré dans un profond sommeil. Il méditait sur sa chance. Non seulement en avait-il eu une deuxième avec Grace, mais aujourd'hui en constituait une troisième. Il fit le sermon ici et maintenant de ne plus jamais mettre en cause la sécurité de la jeune femme. Il n'avait pas l'intention de la perdre. Quoi qu'il arrive.

26

La semaine suivante fut un véritable tourbillon d'enquêtes, car *Ace Sécurité* œuvra en collaboration avec la police de Castle Rock, puis avec le FBI. Chaque bribe d'information déterrée par Nathan et Blake était un clou de plus dans le cercueil des Mason. Tous les jours, Logan se rendait à Castle Rock pour travailler aux côtés de ses frères – et d'Alexis, étonnamment – à creuser dans la vie cachée de Margaret et Walter Mason.

Dans un premier temps, Blake s'était montré réticent à l'idée d'inclure la sœur de Brad, mais elle s'était révélée très douée pour convaincre les gens de lui parler. Peut-être parce qu'elle avait l'air bien plus jeune qu'elle ne l'était en réalité, et donc totalement inoffensive. Elle était également très douée pour comprendre comment persuader chaque personne de se confier à elle. Elle avait réussi à faire avouer à deux employées des Mason qu'elles avaient voulu quitter leur travail quelques années plus tôt, mais que Margaret avait refusé de les laisser partir. Elles en savaient bien trop sur ce qui se déroulait derrière les portes closes de la demeure, alors la maîtresse des lieux avait simplement menacé leurs familles pour s'assurer qu'elles resteraient.

Ils avaient également découvert que Margaret et Walter rencontraient certaines personnes à des horaires particuliers. Le genre qui se payait en espèces, sous le manteau. Nathan avait aussi fait parler des employés actuels du *Cabinet d'Architecture Mason* qui lui avaient raconté les pratiques commerciales douteuses de leurs patrons pour gagner des appels d'offres sur certains projets, ainsi que de certaines mesures de sécurité négligées sur des chantiers.

En outre, ils avaient trouvé l'homme pris en photo avec Grace et Brad. Ses tatouages avaient été entrés dans une base de données de criminels connus, et Logan et ses frères avaient eu une touche. L'homme était membre d'un gang à Denver, qui avait déjà des antécédents criminels sur son casier. Comme il ne ressentait pas la moindre loyauté envers les Mason, il n'avait pas hésité à raconter à la police qu'il avait été engagé, et à quel prix, pour prendre part à leur chantage, indiquant également que ni Bradford ni Grace n'avaient été violés pendant qu'ils étaient inconscients.

Leur meilleure piste, et celle qui intéressait le plus le FBI, provenait du comptable des Mason. Nathan avait convaincu l'homme que ce n'était qu'une question de temps avant que Margaret et Walter se retournent contre lui et lui tendent un piège pour qu'il se retrouve à assumer les activités illégales du couple. L'homme avait accepté de parler au FBI en échange de l'immunité.

Grace était plus qu'heureuse de rester à Denver pendant que Logan travaillait et de se cacher dans l'appartement d'Alexis. Ils étaient en contact permanent, via textos et coups de fil fréquents, ayant tous les deux besoin de s'assurer que l'autre allait bien. Logan lui avait acheté un nouveau portable et rapporté des vêtements. Felicity était venue la voir quelques fois, aidant Grace à s'occuper et à lui faire retrouver une sensation de normalité un peu plus à chaque visite. Ni Logan ni Grace n'appréciaient vraiment de ne pas être chez eux, cependant, pour l'instant, rester chez Alexis était ce qu'il y avait de mieux à faire pour leur sécurité.

Les Grant avaient annoncé qu'ils souhaitaient coopérer pleinement à l'enquête et avaient autorisé *Ace Sécurité* à installer des caméras et des micros cachés chez eux et à leur cabinet pour le cas où les Mason passeraient leur montrer les photos. Ils avaient aussi accepté de ne pas porter plainte avant la fin des investigations. La corde se resserrait de plus en plus autour du cou des parents de Grace, qu'ils en aient ou non conscience.

Cinq jours après le kidnapping de la jeune femme, Logan enlaçait Grace sur l'immense canapé d'Alexis.

— Tu tiens le coup ? questionna-t-il doucement.

— C'est... tellement difficile à croire, avoua-t-elle. Après tout ce qui est arrivé, je me demande si je les ai vraiment connus un jour. D'après toi, est-ce qu'ils m'ont aimée ? Même un peu ?

— Je ne suis pas certains qu'ils sachent comment aimer, lui répondit-il gentiment. Enfin, ça me dépasse qu'on ne puisse pas aimer son propre enfant. Et je suis déjà passé par là. Je sais exactement ce que tu traverses.

Grace hocha la tête, compréhensive.

— Je crois que si je restais avec eux, c'était parce qu'ils me donnaient parfois des lueurs de l'amour que je désirais si fort.

— Je suis désolé de ne pas avoir saisi à l'époque ce que tu vivais. Je pensais que tu avais forcément une vie parfaite, puisque ta famille possédait de l'argent, une grande maison et des serviteurs.

— L'argent n'équivaut pas au bonheur.

— Je le comprends enfin.

— Et si...

— Et si quoi ? l'encouragea Logan.

Elle baissa tellement la voix qu'il peina à saisir ce qu'elle disait.

— Et si... Crois-tu qu'étant leur fille je finirai comme...

— Non. Absolument pas. Grace, tu es l'une des meilleures personnes que je connaisse. Tu as un cœur énorme. Tu t'inquiètes pour les chats et les chiens errants, et je t'ai même vue enlacer un enfant que tu ne connaissais même pas. Margaret et Walter Mason t'ont peut-être conçue, mais tu es devenue une femme magnifique, aimante, attentionnée et sensible, alors même que toutes les chances étaient contre toi. Tu as vingt-huit ans. Je pense que si tu avais dû te transformer en folle furieuse, tu en aurais déjà montré quelques signes. Crains-tu que je puisse me mettre à te battre un jour sous prétexte que je suis le fils de Rose Anderson ?

— Non ! répondit-elle avec emphase, en se redressant sur les coudes afin de le fusiller du regard pour avoir ne serait-ce que formulé cette idée.

— Alors, pourquoi penses-tu que tu deviendras ta mère tout à coup ?

— Oh. D'accord, tu marques un point.

— Oui. Ça te dirait de faire un marché avec moi ? lui demanda-t-il en l'observant avec tendresse.

— Quel genre de marché ?

— Laissons nos parents et tout ce qu'ils nous ont fait dans le passé. Ce qui est fait est fait, et nous ne pouvons pas le changer. Notre avenir, c'est toi et moi. Ensemble, nous pouvons surmonter les douleurs d'autrefois et accepter ce que demain nous réserve. Ça te dit ?

Grace l'enlaça par la nuque.

— Ça me dit bien.

— Moi aussi. Je t'aime, Grace. Nous étions destinés à être ensemble. Aucun doute là-dessus.

Elle le regarda droit dans les yeux, sans se dérober.

— Tu me fais l'amour ?

— Avec plaisir.

Il remonta les mains de ses hanches, relevant son tee-shirt au passage. Et il se figea.

Il la fixa vivement dans les yeux et demanda, émerveillé :

— Quand est-ce que tu t'es fait faire ça ?

— Il y a deux jours, quand tu es rentré à Castle Rock pour aider Blake avec ce boulot d'escorte. J'y suis allée avec Felicity.

Il se pencha pour caresser doucement du nez le nouveau tatouage sur l'intérieur de son sein gauche, pile à l'endroit où il lui avait dit qu'il rêverait d'en voir un, un jour.

— Il te fait mal ?

— C'est un peu sensible.

— C'est magnifique.

— Hum. Il le sera bien plus quand il aura cicatrisé. J'ai choisi le rose, car je n'arrivais plus à penser à autre chose après que tu m'as mis cette idée dans la tête.

Logan passa un doigt léger sur le petit oiseau en plein vol désormais incrusté dans la chair de Grace, et s'amusa de la chair de poule que son attouchement déclencha sur la poitrine et les tétons de la jeune femme.

— Je vais me prendre un rendez-vous chez le tatoueur dès mon premier jour de libre. Je n'en reviens pas que tu m'aies battu de vitesse.

Elle lui adressa un sourire ravi.

Une pensée lui vint soudain à l'esprit. Il sourit d'un air diabolique.

— Dis-moi... Est-ce le seul tatouage que tu t'es fait l'autre jour ?

Elle ne répondit pas, se contentant d'une moue aguicheuse.

Logan se leva et s'allongea sur le dos, accroché à Grace, si bien qu'elle se retrouva à le chevaucher sur le canapé. Lui prenant le visage en coupe, il l'approcha de lui et s'assura, très sérieusement :

— Tu es d'accord avec ça ? Tu ne ressens rien d'étrange après ce qui t'est arrivé ou à l'idée de faire l'amour avec moi ?

— Je suis sûre de moi. Je me sens en sécurité avec toi, Logan. Quand nous sommes ensemble, je me sens forte, j'ai le sentiment de contrôler ma vie. Être à tes côtés, c'est comme voyager à l'arrière de ta moto. Je suis libre. Libre de faire ce qui me fait du bien, libre d'être moi-même.

Il écrasa ses lèvres sur les siennes. Ils se tortillaient, avides de s'aimer. Avant l'enlèvement de Grace, ils faisaient l'amour presque chaque jour, mais depuis, il s'était retenu, ignorant si Grace craindrait leur intimité.

Elle s'arqua contre lui, la tête rejetée en arrière et les mains sur les genoux de Logan. Il prit tout son temps pour suçoter et mordiller chaque sein, vénérer le nouveau tatouage, autant du regard que du bout des doigts. Elle se trémoussait sur ses genoux, savourant chaque caresse.

Elle gémit et plaqua une main sur sa nuque pour l'encourager à y aller plus vite.

— Logan, s'il te plaît. Prends-moi.

Quand il comprit qu'ils ne parviendraient jamais jusqu'à la chambre d'amis, Logan ouvrit son jean d'une main, sans lâcher le mamelon qu'il torturait avec sa bouche. Cela nécessita quelques manœuvres compliquées, mais au bout du compte, son sexe fut libéré.

Il glissa le doigt sous le soufflet de la culotte rose de Grace pour l'écarter afin d'exposer les plis humides de la jeune femme, qu'il encouragea à remonter un peu.

— C'est toi qui vas me prendre, Grace. Vas-y. Prends tout ce que tu veux. Prends tout ce dont on a besoin tous les deux.

Et elle le fit.

Les paroles de Logan semblèrent l'avoir libérée. Elle s'empara de sa queue, enroula les doigts autour, la caressa de haut en bas, puis de bas en haut, étalant le liquide pré-séminal sur la hampe.

Puis elle maintint la base immobile et l'orienta vers son puits, avant de s'abaisser d'un coup sur le mât.

Logan n'aurait su dire lequel des deux gémit le plus fort et le plus longtemps. Il n'avait conscience que de la chaleur étroite et humide qui se contractait autour de son érection, et du fait que c'était si délicieux que c'en était presque douloureux. Il avait craint qu'elle ne soit pas prête pour lui, mais il n'aurait pas dû.

Elle était trempée, et à chaque mouvement de bassin qu'elle entreprenait, il sentait son nectar inonder son sexe et dégoutter sur ses bourses. Ça n'allait pas être une jolie étreinte polie. Loin de là. C'était parti pour être une baise cochonne et sale, et c'était parfait comme ça.

Grace le chevauchait comme si sa vie en dépendait. Les mains agrippées à ses épaules pour garder l'équilibre, la tête rejetée en arrière au rythme des pénétrations, elle veillait à ce que son clitoris obtienne le maximum de friction chaque fois qu'elle redescendait sur la hampe.

Il aurait presque pu se sentir comme un objet si une litanie de compliments et de mots d'amour ne s'était pas écoulée des lèvres de Grace.

— Logan. C'est si bon. Je t'aime tant. Tu n'imagines pas combien c'est bon. Oui, bon sang, oui.

Logan respirait aussi fort qu'elle, mais ne s'en souciait même pas. Il s'agrippait aux hanches de sa compagne, l'encourageant à y aller plus vite. Se penchant, il lui mordilla le sein, juste à côté de l'oiseau tatoué qui rebondissait au rythme des mouvements de Grace. Le dessin donnait vraiment l'impression que l'oiseau prenait son envol, tel que Logan en avait rêvé.

Quand il sentit les cuisses de la jeune femme trembler, il recula. Il savait que son orgasme était proche. Baissant les yeux vers l'endroit où leurs corps étaient reliés, il posa la main droite sur le clitoris, écartant la culotte sur le côté. Ce fut là qu'il vit le tatouage sur la hanche pour la première fois. Les deux oiseaux étaient plus petits que celui sur le côté du sein, mais ils eurent le même effet sur lui. Elle s'était fait tatouer deux petits oiseaux à l'encre noire sur la hanche gauche. Leurs ailes étaient ouvertes, comme s'ils volaient, et leurs becs également, comme s'ils chantaient.

— Celui de droite te représente, et celui de gauche est pour moi, expliqua Grace en haletant, après avoir suivi son regard. On dirait qu'ils chantent, mais si tu éclaires la zone à la lumière noire, tu verras ce qu'ils tiennent dans le bec. Le mien porte un L, et le tien un G.

— Baise-moi, souffla Logan. Ils sont magnifiques. *Tu* es magnifique. Et rien qu'à moi. Jouis pour moi, Futée, l'encouragea-t-il, en passant le pouce sur son clitoris.

Il garda son doigt au même endroit tandis que Grace criait son plaisir, ondulant sur ses genoux, et son orgasme fit monter celui de Logan. Il serra ses hanches pour rester ancré en elle pendant que leurs deux corps se trémoussaient.

Elle eut un dernier soubresaut entre ses bras alors que le pouce de Logan vénérait une dernière fois son petit bouton de chair, puis elle s'effondra contre son torse, la respiration lourde, comme si elle sortait d'un marathon. Il pressa le nez contre son cou, drapé dans les longs cheveux de la jeune femme, ce qui lui donna l'impression qu'ils étaient seuls au monde.

— Je t'aime, Futée. Veux-tu m'épouser ?

Il n'avait pas anticipé ses propres paroles, mais comprit en cet instant que faire d'elle Grace Anderson était son souhait le plus cher. Ace aurait été fier d'avoir Grace pour belle-fille, et Logan savait que ses frères l'accueilleraient comme une sœur.

Grace releva la tête et le regarda d'un air satisfait, presque comateux. Elle se mordit la lèvre, et ses yeux s'emplirent de larmes. Après une profonde inspiration, elle hocha la tête.

— Il n'y a *rien* que je souhaite plus au monde que de passer le reste de ma vie à tes côtés, Logan.

Ils se sourirent, puis s'embrassèrent, un baiser doux pour sceller leur destin. Il demeurait encore un tas d'inconnues sur leur avenir, cependant rien qui ne puisse être géré en temps voulu. Le plus important était qu'ils s'aimaient.

L'amour l'emportait sur le mal.

Toujours.

27

Un matin, plusieurs semaines après l'enlèvement de Grace, Logan reçut un appel. Grace n'entendit qu'une seule partie de la conversation, cependant, elle eut l'impression qu'il y avait enfin une percée dans leur enquête.

— Allô ? Hé, comment va ? C'est vrai ? Ce matin ? Où ça ? C'est bien. Je vais voir ce qu'elle en pense. Merci pour les infos. À plus.

— C'était qui ? demanda Grace, impatiente, quand il raccrocha. Il s'est passé quelque chose ?

Logan vint s'asseoir à ses côtés sur le petit canapé et lui posa une main sur la nuque, caressant son tatouage invisible.

— Les mandats d'arrêt ont été signés aujourd'hui, lui expliqua-t-il. La police va aller interpeller tes parents pour enlèvement, extorsion, chantage et tout un tas d'autres charges en lien avec leurs pratiques commerciales douteuses.

Grace soupira de soulagement et s'agrippa aux bras de Logan.

— Alors, c'est fini ?

— Oui, Futée. C'est terminé.

— On peut rentrer chez nous ?

Un immense sourire illumina le visage de Logan.

— On peut rentrer chez nous, confirma-t-il.

Elle se jeta dans ses bras et le serra très fort.

— Dieu merci. Rester à Denver ne me gênait pas, mais je suis impatiente de retrouver une vraie maison.

— Je ne suis pas certain de pouvoir qualifier mon appartement de « vraie maison », Futée.

— Tu vois ce que je veux dire, répliqua-t-elle en reculant pour le regarder dans les yeux. Je voulais dire un véritable foyer.

— Oui, mais justement, j'y ai pensé. Tu mérites mieux comme foyer qu'un appartement bon marché. Ça te dirait de chercher un logement avec moi ?

Les yeux pétillants de joie, elle s'exclama :

— Sérieux ?

— Sérieux, oui.

— Oui ! Bien sûr que oui !

— Avant que tu ne te laisses emporter par ton excitation, j'ai une question à te poser concernant aujourd'hui, lui avoua-t-il avec précaution.

Son enthousiasme reflua, cependant, elle demanda d'un ton encore léger :

— Dis toujours.

— Est-ce que tu veux être présente au moment de l'arrestation de tes parents ? Je ne veux pas dire juste à côté, mais à une bonne distance. As-tu envie de les voir plonger ?

Elle se mordit la lèvre, indécise. D'un côté, elle n'avait plus envie de revoir ni l'un ni l'autre de ses parents. Ils l'avaient suffisamment fait souffrir toute sa vie. D'un autre côté en revanche, les voir se faire prendre par la police pourrait l'aider à tourner la page.

— Je serais où, et ça se passerait comment ?

— La police et le FBI vont venir chez eux ce matin. Si tout se déroule comme prévu, ça ira vite et sans heurt. Je ne vois pas vraiment tes parents se lancer dans un échange de coups de feu, mais rien ne dit qu'ils ne résisteront pas à leur arrestation, surtout en sachant le temps qu'ils vont passer derrière les barreaux. Quant à tes questions, tu seras... avec moi. Blake connaît bien l'un des inspecteurs responsables de l'affaire, et il lui a dit que nous pourrions attendre dans sa voiture pendant l'arrestation. Nous serions assez loin pour ne rien craindre, mais assez près quand même pour que tu puisses voir tout ce qui se passe.

— Tu seras avec moi ? répéta-t-elle, pour être sûre.

— Évidemment, affirma Logan sur un ton résolu. Je resterai à tes côtés.

— Alors, oui. Je veux assister à l'instant où ils réaliseront que tout ce qu'ils ont fait a des conséquences. Ils ont passé leur existence tout entière à faire tout ce qu'ils désiraient sans que personne ne dise ou fasse rien pour les contrer. Et si par hasard quelqu'un essayait de les arrêter, ils le menaçaient. Alors oui, je suis prête à entamer ensuite la prochaine étape de notre vie.

— Si, à n'importe quel moment, tu te sens mal à l'aise et souhaites partir, il te suffira de le dire. Compris ?

Elle hocha la tête. Puis elle lui fit un grand sourire.

— Après, on pourra aller voir une agence immobilière ?

Logan explosa de rire puis enlaça à nouveau Grace.

— J'adore le fait que tu puisses si facilement changer de sujet sans sourciller, passant de l'arrestation de tes parents pour avoir fait de ta vie un enfer à ta volonté de mettre la suite de ton existence sur les rails.

— Ça se fera dans combien de temps ? demanda Grace,

la tête contre le cou de Logan, dont elle caressait le dos sous le sweat qu'il portait.

Il grogna en s'écartant.

— Le temps d'une douche rapide.

— Il ne faudrait pas gaspiller l'eau, répliqua Grace sur un ton taquin, en posant la main sur l'avant du pantalon de Logan.

Il durcit instantanément sous l'effleurement intime.

— Oh non, tu as raison. Soyons de bons écolos.

Elle le caressa une ultime fois avant de se lever pour retirer son tee-shirt.

— Le dernier a perdu ! lança-t-elle en lui jetant son haut, avant de filer vers la salle de bains en riant.

* * *

Deux heures et demie plus tard, Grace regarda ses parents se faire escorter les menottes aux poignets hors de chez eux jusqu'à des voitures de patrouille. Elle médita sur les mois écoulés, où elle était passée d'un sentiment de solitude total à cette sensation de liberté absolue. Et de femme aimée.

Logan était assis à ses côtés, un bras autour de sa taille, le menton sur son épaule, tandis qu'il assistait au spectacle. Grace percevait la chaleur de son compagnon imprégnant son dos et son flanc, et ne se sentit pas affectée par la haine et l'amertume qu'elle voyait pourtant dans les regards de Margaret et Walter.

Elle ne ressentait rien pour les gens qui l'avaient élevée.

Tous ses sentiments s'adressaient à l'homme qui l'enlaçait, et cette lumière qu'il avait apportée dans sa vie.

Un officier avait la main sur la tête de sa mère pour la faire monter à l'arrière de la voiture de patrouille, telle la criminelle qu'elle était, quand Grace choisit de détourner les yeux pour s'intéresser à Logan.

— Nous devrions chercher une maison avec quatre chambres au moins.

— Quatre chambres, hein ? répéta-t-il, un petit sourire aux lèvres. Pourquoi autant ?

— J'espère que tu veux des enfants, souffla Grace en l'embrassant sous l'oreille.

— J'en veux, confirma-t-il, avant de se décaler pour poser sa bouche sur la sienne.

Ils ne remarquèrent même pas l'instant où Margaret et Walter Mason furent emmenés loin d'ici pour passer le reste de leur vie derrière les barreaux.

28

Denver Post

« Le procès sensationnel de Margaret Mason, PDG du Cabinet d'Architecture Mason et membre influent de la communauté de Castle Rock, est enfin arrivé à son terme tard hier soir, après plus de trois mois d'audience. Le jury l'a déclarée coupable de toutes les charges retenues contre elle, y compris l'extorsion, le chantage et l'enlèvement. Son mari, Walter Mason a été reconnu coupable des mêmes crimes le mois dernier.

De nombreux experts s'accordent à dire que leur destin a été scellé dès le témoignage de leur fille Grace qui a raconté dans le détail les années de maltraitance émotionnelle et mentale qu'elle a subie de la part de ses parents.

La peine sera prononcée la semaine prochaine. Tous espèrent que le juge donnera à Margaret Mason la peine la plus sévère... à savoir vingt ans de prison sans possibilité de liberté conditionnelle.

En page 4, retrouvez une interview exclusive de Brian et Betty Grant. »

* * *

— Tu es vraiment certaine de vouloir faire ça ? demanda Logan à Grace pour la millionième fois au moins, alors qu'ils se rendaient à la prison du comté de Denver, où sa mère était détenue en attendant l'énonciation de la peine.

— J'en suis sûre. J'en ai besoin. Je veux qu'elle sache que toutes ses tentatives depuis mes seize ans pour nous éloigner l'un de l'autre n'ont servi à rien.

Elle leva la main, faisant miroiter le diamant qu'elle portait à l'annulaire.

— Elle va en être tellement énervée ! Je suis impatiente de voir ça.

— Je ne te connaissais pas cette facette de diablesse, commenta Logan en lui prenant la main pour embrasser la bague.

— Et j'ai une autre surprise pour elle.

Logan haussa un sourcil interrogateur.

— Tu vas voir. Fais-moi confiance.

— Évidemment. Allez, viens, finissons-en. Je suis en congé cet après-midi, et j'ai quelques suggestions pour mieux occuper notre temps.

— Je croyais que tu devais aller à Pueblo pour un truc.

Il haussa les épaules, un grand rictus aux lèvres.

— Blake et Alexis s'en chargent pour moi.

— Qu'est-ce qui se passe entre eux ?

— Aucune idée. Pendant un temps, j'ai cru qu'il allait l'étrangler, mais il s'avère qu'elle est plutôt utile en fin de compte. Il l'a acceptée comme stagiaire, un truc du style. Et pour le moment, ça fonctionne.

— Est-ce qu'ils sont... ensemble ?

— Blake et Alexis ? s'écria Logan, horrifié. Non. Ce n'est *tellement* pas son type.

— Je ne l'étais pas non plus.

— Faux. Tu as toujours été parfaite pour moi, rétorqua-t-il en l'embrassant vite sur les lèvres. Bref, l'information importante, c'est que j'ai mon après-midi de libre. Alors, allons agiter notre bonheur aux yeux de ta mère, puis allons nous occuper de vivre cette vie heureuse. Ça te va ?

Ils entrèrent main dans la main dans la prison, s'inscrivirent puis passèrent sous les détecteurs de métaux. Ensuite, ils furent conduits à une salle de visite classique. Des parois en Plexiglas séparaient les visiteurs des détenus, et il y avait un téléphone de chaque côté de la cloison.

Grace se sentait un peu nerveuse. Mais avoir Logan à ses côtés lui donnait la force de ne pas prendre à cœur ce que sa mère pourrait lui dire. Logan avait accepté de la laisser mener l'entrevue. Tant que sa mère n'essayait pas de lui faire du chantage affectif, il resterait à l'écart. Cependant, il avait prévenu Grace qu'à l'instant où Margaret disait quoi que ce soit de méchant à sa fille, il prendrait les choses en main et l'entretien serait terminé.

Ce qui convenait très bien à Grace.

Margaret Mason fut escortée dans la petite pièce par un gardien grand et musclé. Elle avait une mine horrible, comme si elle avait vieilli de vingt ans. Sans ses vêtements élégants et son maquillage, son véritable âge et son âme pervertie étaient plus que jamais visibles. Le gardien lui retira ses menottes et lui indiqua où s'installer. Sa mère s'avança fièrement, puis s'assit avec tout le décorum digne d'une réception mondaine. Ensuite, elle s'empara du combiné, et Grace l'imita.

— Grace, comme c'est gentil de ta part de venir rendre visite à ta pauvre mère, après tout ce temps. Tu t'encanailles toujours, à ce que je vois.

La pique n'atteignit même pas Grace ; elle s'y attendait.

— Mère. J'espère que tu apprécies ton logement.

Margaret la fusilla du regard à travers le Plexiglas.

— Tu voulais quelque chose ?

— Oui. Je suis venu te dire que tu as échoué. Tu as essayé tellement dur de nous séparer, pourtant, ça n'a pas marché. Nous étions destinés à être ensemble, et tu ne pouvais pas lutter contre ça. Cacher ses lettres n'aura servi à rien. Chercher à faire de moi une fille émotionnellement estropiée n'aura servi à rien. Tu n'as pas réussi. Et j'ai gagné.

Sa mère la regarda d'un air mauvais. Se penchant, elle persifla :

— Dès l'instant où je suis tombée enceinte, j'ai su que tu me gâcherais la vie. J'aurais dû te tuer avant ton premier souffle. Tu n'as jamais été digne de porter le nom de Mason. Jamais.

Grace leva la main gauche pour être sûre que sa mère voie bien l'énorme diamant qu'elle arborait à l'annulaire.

— J'ai toujours voulu que tu sois fière de moi, mère. Je ne vivais que pour les rares fois où tu me souriais ou me disais un mot gentil. Et tu le savais. Tu m'as manipulée et m'as liée à père et toi avec tes petits jeux pervers et psychologiques. Aucune personne décente et saine d'esprit ne ferait ça à son propre enfant. Je ne comprends pas comment vous avez pu, et je ne le comprendrai jamais. Mais je m'en fiche, maintenant. J'ai Logan, ses frères, Felicity et Cole à mes côtés, et je suis heureuse. Pour la première fois de ma vie, je suis vraiment heureuse. La semaine prochaine, quand le juge prononcera ta peine, on se mariera. Toutes tes machinations et tes menaces n'auront servi à rien. Je vais devenir Mme Grace Anderson, et il n'y a rien que père ou toi puissiez faire contre.

Mme Mason vira à l'écarlate pendant le discours de sa fille.

— Oh, encore une chose.

Grace se tourna vers Logan et lui posa une main sur la joue. Elle s'adressa à lui, mais savait que Margaret l'entendait toujours.

— Je suis enceinte.

Le regard de Logan s'illumina. Grace se pencha pour l'embrasser. Ce fut un long baiser, lent et charnel, qui aurait pu l'embarrasser si elle s'était encore souciée un iota de l'opinion que sa mère pouvait avoir d'elle.

S'écartant sans lâcher la joue de Logan pour autant, elle se tourna vers sa mère à nouveau.

— C'est un garçon. Deux, en fait. On va avoir des jumeaux.

L'expression de fureur absolue qui s'afficha sur le visage de Margaret Mason valait son pesant d'or. Elle jeta violemment le téléphone et se leva brusquement de sa chaise, qui tomba en arrière. Grace vit le gardien se précipiter vers elle pour l'attraper par le bras, avant que Logan ne lui fasse tourner la tête vers lui.

— Tu es sérieuse ? Tu ne disais pas ça juste pour faire enrager ta mère ?

— Je suis sérieuse. Je suis désolée que tu l'apprennes comme ça, mais je ne l'ai découvert qu'hier. Je ne souhaitais pas te le cacher, mais je voulais être sûre d'abord. Vu qu'il y a déjà eu des grossesses multiples dans ta famille, je ne suis pas vraiment surprise des résultats de l'échographie. Dans six mois et demi, tu vas devenir père.

— Oh bon sang comme je t'aime.

Logan l'embrassa puis l'attira contre son torse pour la serrer fort.

Grace rit et se tortilla.

— Viens, allons-nous-en. J'ai cru comprendre que tu avais pris ton après-midi ?

Margaret Mason déjà oubliée, et sans répondre, Logan

se contenta de lever Grace de sa chaise, de raccrocher le combiné qu'elle avait lâché quand il l'avait enlacée, et s'approcha de la porte.

Grace ne pouvait s'empêcher de sourire tandis qu'il se dirigeait à grandes enjambées impatientes vers son pick-up, leurs mains toujours jointes. Quand ils quittèrent la prison, ils partirent vers l'ouest, au lieu d'aller vers le sud en direction de Castle Rock.

— Où va-t-on ? demanda-t-elle.

— Au *Four Seasons*. Je ne tiendrai jamais les trente minutes de trajet que le retour jusqu'à Castle Rock nous prendra, pas avec toi assise à mes côtés et mes bébés en toi. Je te veux maintenant avant de perdre l'esprit.

— C'est vrai ? s'écria Grace d'une voix suraiguë et haut perchée. Je n'y suis jamais allé !

Logan pouffa.

— Tu as l'air plus excitée à l'idée d'aller dans un hôtel luxueux que de me voir nu.

À ces mots, ses tétons pointèrent. Malgré le temps écoulé et toutes les étreintes partagées, Logan pouvait encore éveiller son désir avec quelques mots à peine. Puis elle s'imagina ce que Logan pouvait lui faire – et ce qu'il lui ferait sans nul doute –, et elle se tortilla sur son siège, les mamelons en feu.

Ses seins étaient devenus extrêmement sensibles. Sans doute un effet de la grossesse. Elle se sentait en outre plus excitée que jamais, autre effet secondaire, et désirait Logan plus que tout. Alors, payer une chambre d'hôtel pour s'envoyer en l'air pendant quelques heures enfiévrées lui convenait plus que jamais.

— Oh oui, je suis excitée à l'idée d'aller au *Four Seasons*, mais si c'était un concours, tu gagnerais haut la main chaque fois.

Elle lui reprit la main et embrassa les deux grands oiseaux roses sur son avant-bras. Il se les était fait tatouer comme il l'avait annoncé. Cependant, il ne s'était pas contenté d'eux. Il avait demandé à l'artiste d'ajouter un arbre entier autour des volatiles, avec l'encre spéciale. Et au creux de l'arbre, juste en dessous des deux oiseaux roses, se trouvait un cœur avec leurs initiales gravées à l'intérieur. C'était une œuvre magnifique et réservée à leurs seuls regards.

— Je t'aime, Logan Anderson. S'il m'était donné la chance de revivre ma vie, je n'en changerais aucun chapitre. Je traverserais à nouveau chaque épreuve si cela me permettait de finir à cet endroit, à tes côtés.

Quand Logan la dévisagea, elle put distinguer l'amour dans ses yeux. Pour elle. Il posa la main sur son ventre légèrement bombé et déclara d'une voix pleine de révérence :

— Je rêvais de trouver un jour une femme qui m'aimerait tel que j'étais et de fonder une famille, mais jamais je n'aurais cru avoir une seconde chance avec toi. Tu as fait de moi l'homme le plus heureux de la Terre, Futée.

— Ferme-la et conduis, Logan. Tu dois t'occuper de ta femme en chaleur.

— Oui, madame.

Il avait toujours la main sur son ventre, et il sourit quand Grace posa la sienne par-dessus et entrelaça leurs doigts.

— Je t'aime tellement, Grace. Merci de m'avoir pardonné. Merci d'avoir cru en moi. Merci de m'avoir donné une seconde chance.

* * *

Quatre heures plus tard, tandis que Grace se prélassait dans le grand jacuzzi, Logan attrapa son portable et contacta son frère.

— Blake à l'appareil.
— Salut, c'est Logan.
— Quoi de neuf ? La visite s'est bien passée ?
— Grace m'a appris qu'elle était enceinte de jumeaux.
— Bordel de merde, souffla Blake. C'est vrai ?
— Oui.
— Félicitations. C'est génial. Où êtes-vous ?
— Pas chez nous. On va rester à Denver pour la nuit. On a rendez-vous demain avec son médecin, ce qui me permettra de voir l'échographie et d'entendre moi-même battre les cœurs de mes fils pour la première fois.
— Compris. Amuse-toi bien avec ta fiancée, lança Blake d'un ton enjoué.
— C'est toujours le cas.

Ils pouffèrent tous les deux, puis Logan ajouta :

— Je serai au bureau demain, mais assez tard.
— Grace aussi ?
— Oui. Elle a déjà appris beaucoup de choses dans ses cours et veut refaire le site Internet complètement, et améliorer notre page Facebook. Elle a parlé de pixels, de trafic web et de publicités ciblées. Ça me dépasse totalement, mais si ça la rend heureuse et que c'est bon pour l'entreprise, je suis partant.
— Tu es un sacré veinard, frangin. Je suis vraiment content pour toi.
— Merci. C'est ton tour.
— Oh, non. Ne joue pas les entremetteurs. Tu as retrouvé ton béguin de lycée et ça s'est arrangé, mais ça ne veut pas dire qu'on veut tous se faire passer la corde au cou.
— On verra.
— Comment ça ?

— Rien. On se voit demain, d'accord ?

— Très bien. À plus tard.

Logan raccrocha et sourit en pensant à la future mère qui l'attendait dans la baignoire. Elle avait mentionné vouloir essayer de *le* faire plaquée contre un mur, avant qu'elle ne devienne trop grosse pour qu'il réussisse à la soulever.

Il se dirigea à grands pas vers la salle de bains, perdant la serviette enroulée autour de sa taille en cours de route. Dans l'entrée de la pièce, il observa la plus magnifique des femmes, et il rendit grâce à Dieu pour sa bonté. Le Seigneur savait qu'il ne le méritait pas vraiment, mais à cheval donné, on ne regarde pas les dents. Sa vie ne pourrait être plus belle, et il ferait tout pour préserver leur bonheur.

* * *

— C'était Logan ? demanda Alexis, assise au bureau en face de Blake.

— Oui. Grace et lui passent la nuit à Denver. Ils seront là demain matin.

— Super. Dis, j'étais en train d'étudier les notes concernant l'affaire de ses parents, et un détail me chiffonne.

Blake observa la jeune femme. Il n'aurait jamais pensé prendre plaisir à sa compagnie. Elle avait deux ans de moins que lui, d'une part, alors qu'il les préférait généralement plus mûres et plus expérimentées. Cependant, il commençait à apprécier Alexis. Elle était intelligente, comprenait très vite les bases du métier d'enquêteur, et n'était vraiment pas désagréable à regarder.

Il peinait à l'admettre, surtout sachant combien il avait été réticent à l'idée qu'elle prenne part à l'affaire Mason ; pourtant, il aimait passer du temps avec elle.

Se rendant compte qu'elle attendait quelque chose, il répondit :

— Qu'est-ce que c'est ?

— Le type du gang que les Mason ont engagé pour prendre ces horribles photos de Grace et mon frère...

Sa voix trahit son incertitude.

— Oui ?

— Le gang auquel il appartient, les Inca Boys... Je pense que ces gens sont mauvais. OK, ce n'est pas vraiment une révélation. Ça fait des années qu'ils sont sur les radars de la police de Denver. Cependant, maintenant que Donovan, leur leader, est derrière les barreaux pendant quelques mois au moins pour ce qu'il a fait à Brad et Grace, nous pourrions peut-être en profiter pour faire quelques recherches sur ces hommes et découvrir ce qu'ils ont fait d'autre.

— Tu trouves qu'on n'a pas assez à faire entre les boulots d'escorte et les enquêtes ? Recevoir une telle attention des médias après le procès de Grace a été à la fois une aubaine et une malédiction pour *Ace Sécurité*. Je ne suis pas sûr qu'on ait le temps de fouiner en plus dans les affaires d'un gang pour le plaisir, répliqua Blake, surtout sachant que la brigade antigang de Denver n'a pas déniché les infos nécessaires pour les faire tomber.

Comme elle s'apprêtait à argumenter, il leva la main pour l'interrompre.

— Ceci étant dit... J'accepte. Ça m'a toujours paru étrange que Margaret ait pu contacter si facilement un membre de gang et l'engager pour faire son sale boulot. Qui sait combien d'autres Margaret existent et combien font aussi appel à leurs services.

— Alors... je peux enquêter sur eux ? En toute discrétion, bien sûr, ajouta Alexis.

Blake hocha la tête.

— Oui. *Discrètement*, Alexis. Il ne faudrait pas qu'ils aient vent du fait que tu fouilles leurs saloperies et qu'ils décident de s'en prendre à toi.

— Ils ne le devineront jamais. Croix de bois…, jura-t-elle en dessinant une croix imaginaire sur son cœur.

REMERCIEMENTS

Merci à Maria Gomez de chez Montlake d'avoir cru en moi et de m'avoir encouragée... avant même de lire le moindre mot de cette histoire. J'apprécie votre soutien et je suis excitée d'avoir l'opportunité de faire ce bout de chemin avec vous.

Je remercie aussi tout particulièrement mes lecteurs dans leur ensemble. Je ne pourrais pas écrire la moitié de mes récits sans votre soutien. Merci à vous de me laisser écrire des histoires de demoiselles en détresse... à ma façon tout du moins.

Enfin, je ne négligerai certainement pas d'adresser ma reconnaissance à ma famille. À mon père, qui a relié ma toute première histoire il y a tant d'années, avant même que je n'envisage d'essayer d'être auteure à plein temps. À ma mère, qui achète tous mes livres... même quand elle ne supporte pas le héros et décrète qu'il n'est qu'un porc macho. Et, évidemment, à M. Stoker. Sans ton soutien, je ne pourrais rien faire de tout ça. Merci.

DU MÊME AUTEUR

Autres livres de Susan Stoker

Ace Sécurité

Au secours de Grace

Au secours de Alexis

Au secours de Chloe

Au secours de Felicity

Au secours de Sarah

Mercenaires Rebelles

Un Défenseur pour Allye

Un Défenseur pour Chloe

Un Défenseur pour Morgan

Un Défenseur pour Harlow

Un Défenseur pour Everly

Un Défenseur pour Zara

Un Défenseur pour Raven

Forces Très Spéciales Series

Un Protecteur Pour Caroline

Un Protecteur Pour Alabama

Un Protecteur Pour Fiona

Un Mari Pour Caroline

Un Protecteur Pour Summer

Un Protecteur Pour Cheyenne

Un Protecteur Pour Jessyka
Un Protecteur Pour Julie
Un Protecteur Pour Melody
Un Protecteur Pour the Future
Un Protecteur Pour Kiera
Un Protecteur Pour Dakota

Delta Force Heroes Series

Un héros pour Rayne
Un héros pour Emily
Un héros pour Harley
Un mari pour Emily
Un héros pour Kassie
Un héros pour Bryn
Un héros pour Casey
Un héros pour Wendy
Un héros pour Sadie (TBA)
Un héros pour Mary (Avril)
Un héros pour Macie (May)

* * *

En Anglai
Delta Force Heroes Series

Rescuing Rayne
Rescuing Emily
Rescuing Harley
Marrying Emily (novella)

Rescuing Kassie

Rescuing Bryn

Rescuing Casey

Rescuing Sadie (novella)

Rescuing Wendy

Rescuing Mary

Rescuing Macie (novella)

Delta Team Two Series

Shielding Gillian

Shielding Kinley (Aug 2020)

Shielding Aspen (Oct 2020)

Shielding Riley (Jan 2021)

Shielding Devyn (TBA)

Shielding Ember (TBA)

Shielding Sierra (TBA)

SEAL of Protection: Legacy Series

Securing Caite

Securing Brenae (novella)

Securing Sidney

Securing Piper

Securing Zoey

Securing Avery (May 2020)

Securing Kalee (Sept 2020)

Securing Jane (Novella) (Feb 2021)

SEAL Team Hawaii Series

Finding Elodie (Apr 2021)
Finding Lexie (Aug 2021)
Finding Kenna (Oct 2021)
Finding Monica (TBA)
Finding Carly (TBA)
Finding Ashlyn (TBA)

Ace Security Series

Claiming Grace
Claiming Alexis
Claiming Bailey
Claiming Felicity
Claiming Sarah

Mountain Mercenaries Series

Defending Allye
Defending Chloe
Defending Morgan
Defending Harlow
Defending Everly
Defending Zara
Defending Raven (June 2020)

Silverstone Series

Trusting Skylar (Dec 2020)
Trusting Taylor (Mar 2021)
Trusting Molly (July 2021)
Trusting Cassidy (Dec 2021)

SEAL of Protection Series

Protecting Caroline

Protecting Alabama

Protecting Fiona

Marrying Caroline (novella)

Protecting Summer

Protecting Cheyenne

Protecting Jessyka

Protecting Julie (novella)

Protecting Melody

Protecting the Future

Protecting Kiera (novella)

Protecting Alabama's Kids (novella)

Protecting Dakota

Badge of Honor: Texas Heroes Series

Justice for Mackenzie

Justice for Mickie

Justice for Corrie

Justice for Laine (novella)

Shelter for Elizabeth

Justice for Boone

Shelter for Adeline

Shelter for Sophie

Justice for Erin

Justice for Milena

Shelter for Blythe

Justice for Hope
Shelter for Quinn
Shelter for Koren
Shelter for Penelope

À PROPOS DE L'AUTEUR

Susan Stoker est une auteure de best-sellers aux classements du New York Times, de USA Today et du Wall Street Journal. Elle a notamment écrit les séries Badge of Honor: Texas Heroes, SEAL of Protection et Delta Force Heroes. Mariée à un sous-officier de l'armée américaine à la retraite, Susan a vécu dans tous les États-Unis, du Missouri jusqu'en Californie en passant par le Colorado, et elle habite actuellement sous le vaste ciel du Tennessee. Fervente adepte des fins heureuses, Susan aime écrire des romans où les sentiments laissent place au grand amour.

http://www.StokerAces.com

- facebook.com/authorsusanstoker
- twitter.com/Susan_Stoker
- instagram.com/authorsusanstoker
- goodreads.com/SusanStoker